盏颜

——

著

青春

这时的我们，
年少且历浅，
谁都不曾有过这样的经历，
谁都无法想象当一个人悲伤到连哭都哭不出来的时候。

XIAO
QINGCHUN

百花洲文艺出版社
BAIHUAZHOU LITERATURE AND ART PRESS

图书在版编目（CIP）数据

小青春 / 盏颜著 . -- 南昌 : 百花洲文艺出版社，2017.8
（2022.11 重印）

ISBN 978-7-5500-2331-4

Ⅰ . ①小⋯ Ⅱ . ①盏⋯ Ⅲ . ①言情小说－中国－当代
Ⅳ . ① I247.5

中国版本图书馆 CIP 数据核字（2017）第 168963 号

小青春

盏颜 著

出 版 人	姚雪雪	
责 任 编 辑	袁 蓉	
特 约 策 划	秦 瑶 涂继文	
特 约 编 辑	秦 瑶	
插 画	Starry 阿星	
封 面 设 计	姚姚设计工作室	
出 版 发 行	百花洲文艺出版社	
社 址	南昌市红谷滩新区世贸路 898 号博能中心 A 座 20 楼	
邮 编	330038	
经 销	全国新华书店	
印 刷	天津融正印刷有限公司	
开 本	880mm×1230mm 1/32	
印 张	9.5	
版 次	2017 年 8 月第 1 版	
印 次	2022 年 11 月第 2 次印刷	
字 数	160 千字	
书 号	ISBN 978-7-5500-2331-4	
定 价	33.00 元	

赣版权登字 05-2017-276

邮购联系 0791-86895108

网 址 http://www.bhzwy.com

图书若有印装错误，影响阅读，可向承印厂联系调换。

contents

目

录

青梅与竹马

北京时间早上七点三十五分，北京交通广播 FM103.9 播报西二环近金融街辅路附近路段严重堵塞，提醒来往车辆注意绕行。

很显然，这条路况信息对已经在西二环辅路外侧车道堵了将近二十分钟的我们来说毫无用处，更何况这条路况是作为《一路畅通》铁杆粉丝的小爸亲自提供的。

小爸是我后爹，比亲爹还亲的那种后爹。

听我姥姥说，我妈在我不到三岁的时候跟我亲爸办完离婚手续，不到一个月时间就光速闪婚嫁给了我小爸，以至于她老人家一直怀疑我妈是为了小爸才跟我亲爸离婚的，所以很长一段时间特别不待见我小爸。后来见小爸宠我宠得比亲闺女还要无法无天，她才慢慢改变了对他的态度。

可有的时候，小爸也会好心办坏事。

比如今天，九月一日开学第一天，任何一所学校方圆三个街区内的道路都注定超负荷运载，更别提常年交通状况堪忧的西二环金融街了！可小爸偏不信邪，硬要开车送我跟唐宋上学，结果现在我们已经迟到十五分钟了……

"小爸，我觉得我们真快赶不上军训发车的时间了。"

抱住前面副驾驶头枕，我眼睁睁看着前面路口交通灯变了三回，可前面那辆沃尔沃愣是连半米距离都没能往前挪一挪，心里越发起急冒火。

"快了快了，等拐过这个路口就不堵了。"

"十分钟前你就已经这么说了好吗！"

这时，一路打游戏的唐宋忽然收起手机，拍拍小爸驾驶席的靠背说："叔叔，干脆我跟肖静静就在这儿下车吧。反正这里离学校也不远，我俩走过去。"

"你们军训大包小包的，能行吗？"小爸回头看他，"静静带的东西多，她肯定拿不动。"

"没问题，有我您就放心吧。"唐宋应承得特痛快。

于是小爸开了车锁让我们下车，唐宋打开后备箱盖先拽出他鼓鼓囊囊的大登山包往背上一甩，紧接着一手一个拎出了我的拉杆箱和旅行袋。

既然有人大包大揽承担了所有的行李重担，我自然两手空空乐得轻松自在。

"你们过马路小心点，看车！"小爸摇下副驾驶席车窗，探过半拉身子絮絮叮嘱。

"知道啦，小爸你快回吧。记得周五来接我们哦！"

挥手告别小爸，我快走几步跟上了唐宋，和他一起横穿川流不息的非机动车道。

说起我和唐宋的关系，用青梅竹马来形容再恰当不过了。早在纸尿裤时期我俩就在同一个小区楼下爬来爬去在一起玩了，后来老房子拆迁又回迁，我家跟他家的距离从前楼后楼拉近到了楼上楼下，我跟唐宋也从幼儿园同班摇身一变成了小学同学。

后来小升初电脑派位把我俩分派到了不同初中，等到中考报志愿的时候，为了能再跟他同校我干脆直接照着他的志愿表抄了一份，然后玩命悬梁刺股苦读两个月，终于在他发挥失常的前提下超常发挥拿到了跟他一模一样的北京八中录取通知书。

都说爱笑的女孩运气不会太差。我想一定是因为我在分班考试时面对一道道变态试题苦笑太多次，才再次意外触发了幸运之神的垂怜眷顾，让我和唐宋的名字同时出现在了分班榜单的同一班级名册下。尽管名字一头一尾相隔三十四人，我却觉得那是再缘分不过的圆满。

可唐宋却不这么看，他认为他上辈子指定大奸大恶抢了我半辈子祖产外加欠我半条命，这辈子才被罚跟我绑定孽缘线，注定要磕死在我这块阻挡他成长为三百六十度无死角美少年的绊脚石上。不然不可能他好不容易才逃开短短三年，就又被命运齿轮拨正不得不回来继续受我"荼毒"。

对此，我的评价只有四个字——臭不要脸！

然后，这个臭不要脸的混蛋刚踏上马路牙子就翻脸不是他了，撅挑子把拉杆箱和旅行袋往我脚边一戳，轻飘飘甩出三个字："自己拿。"

我去……在我小爸跟前就拍胸脯扛事，到我这儿就撅挑子不干，什么人啊这是！

眼见他拔腿要走，我又岂能眼睁睁让他弃我于不顾，急忙扑过去抱大腿："哎哎哎，唐宋，你男子汉大丈夫不能言而无信！更何况你忍心见死不救，让我一个人拿这么多东西吗？"

"你是军训还是搬家？"唐宋满脸嫌弃，"再说你往箱子里塞了什么，砖头吗？"

"人家是女孩子嘛，出门在外当然要多带点东西有备无患。"我扯住他胳膊不放，使劲眨巴着眼睛想让自己显得柔弱而娇嫩，结果自己反倒先被这恶心巴拉的语气激出一层鸡皮疙瘩。

唐宋大概也被刺激到了，瞬间甩开我跳出一米远，一脸"我不认识这个神经病"，要跟我划清界限断绝关系的样子。

"小唐同学……"

没想到我才刚往前蹭了两步，那厮竟然撂下一句"自己亲手打包的行李，跪着也得扛到学校"就转身头也不回往学校方向走了……徒留我在原地呲牙咧嘴。

"唐宋你给我站住！我数三下！一、二……哎,唐宋你还真走啊？你等等我！"

谁说青梅竹马都是动不动撒把糖齁死人的？

我告诉你们小说里都是骗人的！就真的有那种专坑青梅一万年的竹马！

比如唐宋同学！

大路朝天，偏偏不能各走一边。

等我远远跟在唐宋身后几米远，累死累活把拉杆箱和旅行袋拖拽到校门口时，距离大巴车发车前往昌平军训基地还有不到七分钟。

小叶老师拿着花名册站在头车下面，见到我俩第一句话就是："先把手机交上来，然后快点上车。开学第一天就迟到这么久，你俩可真行。"

唐宋当场就愣住了："为什么要交手机?"

"军训不允许带手机,所以全都统一锁办公室保管,等军训回来再还给你们。"小叶老师的解释透着十足的不耐烦,"全班都交了就差你俩了,动作快点,马上该发车了。"

唐宋看起来还是不服,我赶紧捅了捅他的后腰,然后率先把自己的手机递了过去。

干吗呀这是! 刚开学就跟班主任拧起来能捞到什么好果子吃? 再说就算巧舌如簧争辩到最后,一样也是胳膊拧不过大腿,还不如打开始就老老实实服从命令听指挥。

唐宋偏头白我一眼,从后裤兜摸出手机不情不愿地交到了小叶老师手里。看那恋恋不舍的样子就跟霸王挥泪别爱姬,生离死别今生永不复见似的……至于吗!

不过看在他主动帮我搬行李上车的分上,我决定不吐槽他了。

北京时间八点零三分,一溜儿十辆公交大巴带着满车亢奋不已的新八中人缓缓驶离北京八中,浩浩荡荡一路向北前往昌平军训基地。

九月初的北京城天高云淡,乍看有了几分秋高气爽的模样,可炎炎夏日的闷热余温终究不肯及时退散,此时正是秋老虎肆虐反扑的猖獗时期。

这样异常闷热的天气坐在不开空调的公交大巴里原本就不是什么舒适的体验,偏偏赶上早高峰处处路段都堵得水泄不通,司机一脚油门一脚刹车踩得整个车厢过电门似的哆哆嗦嗦,连我这种向来不晕车的人都被晃出几分头疼反胃,更别提那些逢车必晕的晕车型体质了。

车子开出不到半个小时,跟我膝盖挨着膝盖挤坐在后车厢过道台阶上的女生终于一个没忍住，哇一声痛痛快快把胃里的东西全吐出来了……那叫一个酸爽！

周围人呼啦一下撤开三步远，硬给拥挤的车厢腾出了一个真空圈！而我跟那个晕车晕得七荤八素的女生，是唯一待在真空圈里的两个人。

"不、不好意……呕……"她声音虚弱地想道歉，结果刚一开口又是哇的一摊。

"别别别，你先别说话了！"我拍拍她的背，从旅行袋侧口袋里翻出个塑料袋塞给她，"拿着这个，再想吐往这里面吐。"

"谢……呕……"

就这么坐在呕吐物里看她一直吐也是挺无奈的，可出于道义我已经没办法像其他人那样甩手撤离了，只好有一下没一下帮她拍着后背，顺便向周围求助纸巾增援。

好在小叶老师以最快速度从前面跑过来了，我立刻站起来把这个最佳照料位置让给她，自己侧身让到旁边。没想到那边几个女生见我过去又嫌恶地躲开了，我低头瞧了瞧才发现自己的鞋面和裤脚全都没能幸免于难，上面星星点点尽是被溅到的呕吐物。

拎着裤腿正不知所措，唐宋突然一把把我拉了过去："脏死了你。"说完他矮身蹲下，捏着湿纸巾的修长手指毫不犹豫伸向我的鞋面。

等等……这是什么情况？

一动不敢动盯着他愣了半天，我才后知后觉反应过来——唐宋他竟然正蹲在地上帮我擦鞋子！他他他……他这是失心疯了不成？

还没等我震惊完，唐宋已经擦完了。他站起身，在一众注目礼下极其坦荡地把我拉到他用登山包占据的座位上，然后拽起登山包把我按了下去，"你坐吧。"

"为什么？"我不明所以，越发觉得他今天太过反常古怪。

唐宋脸上闪过一丝尴尬，含糊其辞地避了避目光："你裤子脏了。"

我低头拽了拽裤腿，裤脚上的痕迹的确用湿纸巾擦不干净，可是这又有什么关系，还值得他突然转了性似的怜香惜玉起来了？

"不是这个。"唐宋下了很大决心似地弯腰凑近我，"你裤子上蹭红了一块，屁股那里。"

尽管他声音低得相当考验我的听力水平，但传进我耳朵里还是犹如"轰——"的一声巨响，我发誓我听见了自己脸部血管爆裂的声音，因为下一秒我脸上的温度绝对可以摊熟鸡蛋了……

"你、你变态啊！"

冷不丁被倒打一耙，唐宋表情相当郁闷："我好心好意提醒你，怎么就变态了？"

他这句话没控制好音量，一下子吸引来更多好奇的目光。众目睽睽之下我实在没脸说出"你不盯着我屁股看怎么知道我姨妈漏了？你盯着我屁股看不是变态是什么"这种话，只好低头把脸往掌心里一埋，装鸵鸟假装自己的存在感为零。

开学第一天就被连名字都叫不上来的新同学吐了半个鞋面，又被逮着点黑历史就留着以后玩命挤兑我的青梅竹马撞见姨妈血蹭脏了裤子，还被将近半个班听见我无缘无故骂帮我擦鞋、给我让座的活雷锋变态……简直丢脸丢到姥姥家去了！

……肯定是我今早起床睁眼姿势不对！

求求闹铃快点把我叫醒，让我倒带重来一次好吗！

军训动员会上，马副校长曾豪言表示八中作为一流市属重点高中，坚持以学生为本，一切从学生需求出发，始终致力于打造低调奢华又物资齐全的教学环境，哪怕在军训期间，也会倾其所能为全校师生提供最优渥的后勤助力。

然而事实证明，就算他们自带校本部御厨为军训伙食加持，军训生活质量依然没能提升到哪里去。十人一桌的偌大餐桌中央孤零零摆着一荤四素，烧茄子连皮都不削，炖土豆切得大小不一，西红柿炒鸡蛋明显红多黄少，唯一一点荤腥红烧肉还潜伏在一大堆宽粉里，一般人发现不了。

规规矩矩围站在桌边等着连长下令开饭，我觉得这点菜色别说对不起我们一下午晒在太阳底下稍息立正齐步走，就连刚刚排队站在食堂门口扯破嗓子吼唱军歌消耗的体力都远远超过了这桌菜所包含的全部油水！

终于，连长宣读吃饭纪律完毕，下令开吃！

"这年头想混口饭吃真是太不容易了！"谢楠，就是晕车吐了一路的那个女生，站我边上抓起馒头狠狠咬了一口，然后心满意足地发表肺腑感慨。

而我当时正忙着下筷子抢夺红烧肉，根本没空搭理她。

等她后知后觉反应过来要去夹红烧肉的时候，菜盘里最后一块肉刚好已经被我稳稳送进嘴巴里，于是她盯向我腮帮子的目光分外眼红、委屈："你怎么全吃了……就不能给我留一块吗！"

先下手稳准狠地捞了一筷子烧茄子，我才顾上忙里偷闲教育她："这种场合你就别指望大家相互谦让了，想吃饱吃好就得先下手为强！你动作再不快点连烧茄子都吃不上啦！"

谢楠神色一凛，立刻提筷加入夺食大战！

一顿饭吃下来筷影翻飞，如同打了一场硬仗，吃到最后盆干碗净连菜汤和馒头渣子都没剩下，谢楠意犹未尽地嘬嘬筷子哭丧着脸表示自己根本没吃饱。

连谢楠这种后半场战斗力超强的家伙都喊吃不饱，我更是有点担心吃起饭来素来斯文秀气的唐宋会不会惨到饿肚子。

原本人满为患的食堂此时已经少了一半多人，可我踮起脚尖朝男生餐区张望了半天还是没能瞅见唐宋的踪影——一堆个头身材差不多的男生换上迷彩服更是看起来都一个样，估计亲妈来了都没办法通过背影分出谁是谁！

"饱暖思淫欲……刚吃饱饭你又开始惦记谁了？"

谢楠的声音忽然近在咫尺炸响在耳畔，吓得我毫无防备浑身一个激灵。

谢楠这姑娘生得白白净净，瓜子脸丹凤眼，外表看起来静若处子特别文静，可但凡开口就是动若疯兔语不惊人死不休。而且天生一副天不怕地不怕的反骨，对八卦的追求更是打碎骨头连着筋地彻底揉进了骨子里。

从分配好宿舍到下午训练短短半天的时间，她已经坑蒙诱骗从我这里套走了有关唐宋的所有情报，其兴致勃勃的程度让我曾一度怀疑她看上他了，结果一问才知道她纯粹是觉得我跟他关系非同一般，忍不住好奇特意八卦一下。

从食堂出来，摸摸下午训练前特意揣裤兜里当储备粮的两块巧克力威化，我有点不太想上楼回宿舍，拉着谢楠在食堂和宿舍中间的空场来回溜达消食。

"我说姑奶奶，算我求您了，咱回去歇会儿成吗？"谢楠没走几步就开始拖我后腿，"下午一连站了几个小时你腿不酸不软不疼吗？"

"还行。"其实我小腿也酸胀得不得了，可唐宋吃饭向来速度慢，这会儿八成还在食堂里没出来，如果我进去找他说不准反倒容易和他擦身错过，不如等在这里守株待兔。

等会儿如果能见着他，我就把兜里两块巧克力威化给他！

见我不肯回去，谢楠干脆就地盘腿一坐不动了："反正我走不动了。你要等小唐同学咱就坐这儿慢慢等，不等咱就回去躺平等晚上训练集合哨。"

"谁说我要等他了！"

我猫踩尾巴似地瞪向谢楠，矢口否认被她一语道破的青涩小心思，却全然没留意到她眼底愈演愈浓的狭促笑意，直到被人从身后拍了下右肩。

"你俩守着食堂门口干吗呢？"

"唐宋？"我惊讶地回头看他，又瞧了瞧他身后的男生宿舍楼，"你怎么是从那边过来的？"

"看你们这精神头，果然教官还是对女生连心慈手软。不像我们连教官，变态似的玩命训我们，这会儿大部分男生都体力不支歇菜趴窝了。"唐宋答非所问。

"谁让你们跟教官同性相斥来着。"谢楠笑嘻嘻搭话，"下午隔着操场看你们训练就够累的，我们好歹还中场休息过两回，你们真是从头扛到尾啊！"

"教官故意玩我们，只能要么死，要么扛。"唐宋说完就要走，结果被我一把拉住，只好侧过身一脸不耐烦地看向我，"你又有啥事？"

我笑眯眯仰头回答他："没什么事，只是想知道你赶时间要去干吗？"

或许谢楠根本没注意到，但我可看得一清二楚——刚才唐宋跟她说话的时候下意识抬了两次手腕，那是他想看手表又克制自己不要去看的潜意识动作，说明他有正在赶时间且快要来不及还不想对我们明说的事情。

更何况在这除了训练、吃饭、睡觉再无事可做的军训基地里，好不容易盼到晚饭后能有个短暂的休息时间，他偏急哄哄地冲出宿舍往食堂以外的地方跑，这种反常行为本身就不太对劲。所以凭我跟他狼狈为奸多年的经验，闭着眼睛我都能嗅出他肯定又在暗搓搓打着什么鬼主意！

"拉肚子去茅厕。"唐宋捂着肚子作忍痛状。

我信个屁！宿舍楼每层都有厕所好吗！

白了他一眼，我一胳膊勾住他脖子重新问一遍："老实交代，你又有什么企图？"

唐宋依然嘴硬，坚持自己一身清白。

"那行，咱就这么耗着吧，反正我有时间我不急。"死皮赖脸摽住他的胳膊，我摆明一副他不招供我不撒手的态度，反正对他撒泼耍无赖这事我在行！

果然，两相僵持不到半分钟，唐宋就投降妥协了。

他看了看我，又看了看谢楠，一副彩票中了五百万分我俩一人十万的豪迈大哥样："走吧，跟我来，今儿算让你俩给抄上了！记住，不许声张，否则咱谁都没好果子吃。"

谢楠这时候也不喊腰酸腿疼走不动道了，一溜烟爬起来比我动作更快抢先跟了上去。于是我们两个做贼似的跟着唐宋，溜边顺着墙根一路小跑拐进了训练操场。

彼时正值夕阳黄昏无限好，咸蛋黄似的落日斜斜挂在操场西面的一片矮墙上，脉脉温情中透着清冷静谧的迟暮余晖落满空无一人的操场，使之褪去白日彻响列队口号的肃然神韵，于秋初微凉的晚风中蒙起一层温婉舒逸的面纱。

"真美啊。"谢楠张开双臂迎向夕阳，一脸如痴如醉的陶醉表情，"多漂亮的火烧云，要是有手机真该咔嚓来一张，发朋友圈里点赞数绝对爆表！"

话音未落，就听旁边传来一声分外熟悉的咔嚓快门声。

我和谢楠齐齐扭过头去，只见唐宋正举着手机将刚刚拍摄的晚霞照片发至朋友圈，而且那张照片右下角还有我超近距离入镜的半张放大的大饼脸！

……这厮每次都拍这么丑的照片败坏我的形象！

我下意识伸手去夺他的手机，想抢过来把朋友圈的丑照删掉。等把他的大苹果切切实实抓握到手里，我才忽然意识到一个更加严重的问题——他哪儿来的手机！

我可是眼睁睁看着他把手机上交给小叶老师的啊！当时他还百般不情愿想跟小叶老师理论来着，多亏我及时拉劝才规避了一场鸡蛋撞石头的无用之争……可问题是，原本已经上交的手机什么时候又跑回他的手里了？

"这种小细节你就不要在意了。"唐宋顺势抽回手机，招手示意我俩继续跟上他。

这根本不属于可以不去在意的小细节范畴好不好！如果不是更想

知道他到底在搞什么幺蛾子，我肯定是要当场追问到底的！可现在，我也只能继续默默跟在他身后朝操场西侧前进。

操场西边有一小块荒草地，枯黄而凌乱的杂草间尽是碎石子和废弹壳，十余米开外的墙根下竖立着一排圆形靶子，看起来像是个常年废置的射击训练场。

唐宋带着我们钻到立靶后面，把墙角堆积的砖头清理出来，一块块码放摆好，然后踩着足够高的砖梯将身子探出矮墙外，费劲巴拉伸手去够什么东西。

"唐宋你干什么呢！快下来，太危险了！"我跟谢楠一左一右护着他，既怕他从摇摇欲坠大半人高的砖头上掉下来，又怕他身子往外探得太多从墙头上栽下去，一颗心扑通扑通的就没消停过。

"行了行了，别喊了。"唐宋从墙外拎进来一提溜大塑料袋，先弯腰递给谢楠，才搭着我的手一跃而下跳了下来，"还好外卖小哥多带了两套餐具，不然你俩只能掰树枝当筷子了。"

"你你你订的外卖？"谢楠一脸如遭雷劈的懵圈样。

"对，食堂的饭太难吃了，我又抢不过他们。"唐宋说着弯腰用砖头搭了个简易桌面，然后伸手接过谢楠手里的袋子，"早知道遇上你们我就多点俩菜了。"

外卖袋刚一拆开，窜鼻芳香便已渗透四肢百骸直逼天灵盖，勾得馋虫翻腾雀跃大闹五脏庙。等唐宋将麻辣小龙虾和酸汤肥牛摆上桌的时候，我和谢楠已经掰好一次性筷子严阵以待了。

可惜刚才食堂抢饭抢得太过疯狂，此时此刻我胃里还满满当当撑得难受，所以就算精神上被美食诱惑得再食指大动，也只能恋恋不舍浅尝辄止，然后异常郁闷地目睹谢楠剥小龙虾剥得乐此不疲，唐宋就着一碗米饭将整份酸汤肥牛迅速席卷一空的整个过程。

因小失大……都是贪抢眼前蝇头小利惹的祸！

所以痛定思痛，我决定携谢楠入伙唐宋，三人一起有福同享有肉同吃，反正都是绑在一根绳上的蚂蚱，谁也跑不了谁的。

趁谢楠吃饱喝足屁颠屁颠替唐宋去毁尸灭迹的空当，我终于打听清楚了他那手机是怎么一回事。敢情当时他帮我把行李提上车之后，又下车去找小叶老师说要发条信息给他爸报个平安，拿到手机后立马从京东下单订了个苹果机，送货地址就是军训基地。

"不对呀！"我认真想了想，依旧觉得不能理解，"就算京东下午给你送过来了，连个联系人电话都没有你是怎么签收的？"

"谁说没电话？"唐宋甚为得意地炫耀他的机智果敢，"从京东下完单我就把 SIM 卡抠出来了，趁中午跟教官好好套了套近乎，找个借口借用几分钟手机打个电话还是不难的。只要联系上京东小哥，想让他从哪儿把快递扔进来都成。"

"大哥你也太奢侈了吧？"军训满打满算不过五天时间，短短五天碰不到手机又不会死，有必要买个跟旧手机型号一模一样的新手机吗！

唐宋扬眉一笑："你懂什么？京东七天无理由退货，军训回去再退完全来得及。"

"万一人家不给退呢……"

"不给退就不退呗。"

对上他风轻云淡的任性态度，我也唯有干巴巴表示我的无语凝噎。

毕竟富二代的世界，我等凡夫俗子真心不懂……

不得不说，外卖行业真是造福全人类的一项伟大壮举。

自从有了唐宋和他的外卖神器，我和谢楠就再没挤过一次食堂，随便编个借口说减肥没胃口不想吃，甚至连开饭前列队唱军歌的步骤都能省略掉，直接溜去找唐宋山珍海味吃香喝辣，每顿吃得肚饱溜圆，感觉喊"一二三四"都更有劲了！

可惜幸福来得容易，结束得也同样猝不及防。

那天中午我叼着半片水煮鱼正想建议唐宋下次整点高汤娃娃菜、蒜炒杏鲍菇之类的素菜，忽然余光瞥见似乎有多余的影子一晃，抬头就见满脸怒容的小叶老师和年级组长从天而降，一脸打算兴师问罪掀桌子的架势。而跟在后面请功邀宠，指证我们一连三天躲在这里吃外卖的，竟是跟我和谢楠住同一间宿舍的张娜。

毫不意外的，我们仨被扭送到教导主任面前听训。

烈日艳阳下，我们一字排开被罚站在食堂门口，接受出入师生的尽情围观，短短二十分钟不到已经把面子里子全都丢了个彻彻底底。

长得特像八哥犬的教导主任倒背着手在我们面前走来走去，竹筒倒豆子似的噼里啪啦不带重样地训斥了我们将近二十分钟，连半个磕巴都没打过。

"嫌食堂饭不好吃？没八菜一汤伺候着你们？"

"你们军训是专门来吃苦的！不是让你们来吃喝享乐的！"

"校领导已经考虑到部队大锅饭伙食不好，心疼你们，关怀你们，特意带了大师傅来给你们做饭！可是你们呢？你们是怎么白白糟蹋校领导这番苦心的？"

"整天撒谎头疼胃疼肚子疼，急得你们班主任跑了多少趟医疗室给你们找药！结果呢？你们拿自己的健康开玩笑，就是为了跑去吃外卖!

"你们自己说,你们这么做像话吗!"

我不知道教导主任他自己知不知道,他情绪激动语速飞快的时候几乎每句话都在往外喷唾沫星子,两边嘴角都蓄着白沫沫,看起来特别恶心。无数次我都有冲动往后退一大步,好避开他雨点般喷撒的唾沫洗礼,省得一个不小心被溅到脸上。

可毕竟教导主任威压在前,我也就是有贼心没贼胆地想想,旁边谢楠倒是当真往后迈了一步。教导主任的眼刀顿时就甩过去了:"你想干什么?谁准你动了!"

"报告曲主任,您讲话唾沫星子都喷我脸上了,所以我往后躲躲。"谢楠按训练场上教官的要求立正站好,昂首挺胸大声报告。

"噗——"唐宋憋不住笑似的扑哧一声。

这下曲主任的脸上可真算得上姹紫嫣红了,恼羞成怒得整张脸都皱起来了,整个人像炮捻燃尽的炮竹筒子似的砰一声就炸开了:"你们这帮学生!真是八中建校以来最差劲的一届!一点礼仪廉耻都不懂!一点规矩教养都没有!我告诉你们!这件事情必须严肃处理!你们现在就去给我写检讨!深刻检讨!回去后全校通报批评!"

于是第三天军训的下午,整个年级都在操场上头顶烈日汗如雨下地排练汇演方阵,只有我和谢楠、唐宋一人搬一个小马扎坐在行政综合楼墙根下写检讨。

好不容易写完两千字的深刻忏悔,却到处找不见曲主任审查过目,只有小叶老师过来通知我们晚上七点开全员整风会,让我们做好准备当众念检讨稿。

"整个年级为咱们暂停一次晚间训练?"小叶老师还没走,谢楠就又开始上嘴唇碰下嘴唇地乱说话，"我滴个亲娘哎，曲主任这真是给了咱们天大的面子啊！"

然后毫无意外地又连累我们挨了小叶老师一通训斥……

我估计此时此刻在小叶老师眼里，我们三个已经从头到脚贴满刺儿头学生标签，撕都撕不掉了。想想刚开学半个星期就混成如此"另眼相看"的待遇，我也是明媚忧伤觉得格外心累。

然而等到了晚上批斗大会现场，站在宿舍楼前灯柱下看着眼前黑压压蹲着的一大片人，我就再没多余闲心考虑如何扭转在小叶老师心目中的形象了，一心只想跑回宿舍拿被子蒙住脑袋——说真的，从小到大我从没像现在这样在这么多人面前丢过这么大脸，我甚至觉得只要待会儿我走到他们正前方念完检讨，就会沦为他们暗中嘲笑议论的对象，一辈子不得翻身……

"小静儿你这么紧张？"谢楠握我手攥了一把的冷汗，立刻转过脑袋盯着我打量，"没事别怕，待会儿你就把他们全都当大白菜，反正灯下黑，也没人看得清你是谁，喊里喀喳一下子就念完了。"

姐姐你说得倒是轻巧，可是我腿软啊……

另一边唐宋也见缝插针又挤兑我："吃起来一口不少吃，屃起来半点不含糊。"

"唐宋你还有脸说！还不都是因为你出的馊主意！"

我忍不住回头瞪他一眼，结果遭到他的强烈反扑："肖静静你能不能讲讲道理，我拿刀逼你们了？还不是你死乞白赖非要跟来的。"

"行了行了。"谢楠赶紧拉开我俩，"咱仨也算同甘共苦患难过了，就算没亲如兄弟也该说是过血的交情，这节骨眼上咱就别闹内讧窝里反了呗。"

唐宋满脸不屑: "谁乐意跟她争。"

我刚要迎头反击就不得不偃旗息鼓,因为曲主任腆着啤酒肚大步走过来了。远远就见他两条眉毛一脑门子官司似地拧得死死的,脸色阴沉得比中午可怕百倍,感觉应该是他后面那个脸上挂彩的男生招惹出来的。

"看什么看!"察觉到我打量的目光,那男生立刻狠狠瞪过来。

"闭嘴!"曲主任扭头直接吼了过去,"你跟他们一起,跟这儿站好了!"

男生没再废话,隔着远远的距离站到我边上,一脸不屑与我们为伍的样子。见他老老实实听话了,曲主任才脸色稍霁,斜着眼睛往我们这边一扫: "你们的检讨都写完了?"

"写完了写完了。"我赶紧双手呈上。

"我不看了,待会儿直接上去念给大家听。"

没什么好气儿撂下这句话,曲主任走去年级列队正前方踩上绿植带的水泥隔离墩,开始了他以"今天你以八中为荣,明天八中为你自豪"为中心思想的演讲开场白。

开场白之后紧跟话锋一转,开始了今天的重头大戏——从食堂用餐嘈杂混乱、不守纪律到医务室查出女生装病逃避训练,从男生连故意起哄不服教官指挥到熄灯号后仍有女生去水房洗头聊天,从私带手机外卖订餐到光天化日公然徒手揍教官……曲主任两片嘴皮子机关枪似的把我们这届学生从头嫌弃到尾,原话那句"八中从来没出过你们这么丢人的学生"更是像恨不得把我们全塞回中招办一个都不要了。

"老曲从来都刀子嘴豆腐心,你用不着怕他。"刚才还跟我瞪眼睛犯横的男生忽然回过头,莫名其妙来了这么一句。大概是见我的表情太过茫然，他又勾起嘴角露出几分嘲笑的意味："瞧给你吓得，小脸都快白成鬼了。"

"不许交头接耳！"曲主任当即扭头怒斥他，"夏天泽你过来！当着所有师生教官的面，好好反思检讨你下午犯的错误！"

被点到名字的男生清清嗓子，昂首阔步走过去接替曲主任的站位，神态自若到根本不像是要承认错误念检讨，反倒更像是作为学生代表上台宣读获奖致辞。

等他开始宛若演讲般侃侃而谈时，我才知道原来刚才曲主任格外愤慨痛斥的那个徒手揍教官恶劣学生，就是他。起因是教官训男生训得心狠手辣，高强度的训练方式导致频频有人脱水晕倒，教官非但不自省调整训练强度，反倒冷嘲热讽怪他们身娇体贵晒晒就晕，他打抱不平，跟教官一言不合就抡起了拳头，最后俩人谁也没占着便宜，还双双挂了彩。

不得不说夏天泽着实口才了得，先是言简意赅陈述了教官故意苛责之暴行，又轻描淡写解释了自己言行失当之原因，最后有理有据地提出了更换教官的为民请命之意——一番检讨念下来非但没让人觉得他是过错方，反倒让人听得热血沸腾只想拍手叫好！

"你们鼓什么掌？又不是什么光荣好事你们瞎起什么哄！"曲主任当即出马镇压阵阵浪潮般的热烈掌声，配合他采取行动的还有散落在四处的班主任们。

夏天泽拒不认错还企图煽起学生暴乱的态度彻底激怒了曲主任，相比之下，我们私带手机偷订外卖的过错就显得根本不值一提，以至于当天晚上曲主任又即兴发挥延长了一个多小时的批判性说教课，直到熄灯号响也没轮到我们念检讨稿。

虽然捧着检讨稿在路灯下傻站了一个晚上，但能逃过一劫，不在整个年级注目礼下丢人现眼也是极好的。相反，即使散会后夏天泽也没被曲主任放过。

他跟在曲主任身后又要被带往行政综合楼，路过我们面前时突然动作极快地把一个纸团塞进我手里，冲我挤挤眼睛又做了个毁尸灭迹的手势。

"他给你什么东西？"谢楠凑过来看。

我展开纸团，发现竟是他的检讨稿。可是为什么要把这东西给我……难道真是懒到这种程度，想让我顺手帮他扔进垃圾桶？

"哎，等等，别扔！"谢楠眼疾手快把纸团从我手里抢了过去，"这么经典的检讨我可得好好留着，将来再写的时候还能拿来借鉴借鉴。"

"你能不能盼自己点好……"我也是相当无语。

谢楠压根不理我，只顾喜滋滋地把纸团展开捋平整，宝贝似的叠好揣进兜里。

等回宿舍洗漱完全身放松地瘫软到床上，我才彻底松了一口气。这兵荒马乱又大起大落的一天总算结束了，等熬过今天夜里的紧急集合三十公里拉练，后天上午汇报演出完，下午就可以返程回家了……我已经迫不及待想抱抱我家的蠢狗大白，想啃小爸做的糖醋小排了。

"静儿，你看这个不对呀！"谢楠从上铺探出脑袋，伸手把她的宝贝检讨范文扔到我床上，"你看看他写的这个，跟他当时在上面念的完全不一样。"

我捡起来刚要细看，屋顶大灯"啪叽"一声灭了。

从枕头底下摸出小手电，我趴在枕头上逐字逐句去读夏天泽的检讨稿，发现这跟他站在台上朗声诵读的版本还真相差挺远，就是份特别四平八稳的认错检讨，完全没那种把曲主任气成猪肝脸的咄咄逼人气势。

"所以他肯定是先写了份普通检讨拿去糊弄曲主任，再临场发挥替换上自己真正想说的话，真是太有才了！"谢楠趴在护栏上，滔滔不绝地表达自己的敬仰之情。

"还有完没完睡不睡觉了！"对面床张娜硬邦邦一句话甩过来。

谢楠那暴脾气当即就炸了，翻身坐起来一副要跳下床跟她吵的架势，"张娜我跟你说，咱们白天的账还没算呢！有本事你再去通风报信打小报告啊？"

对此张娜的反应是重重翻了个身，背对我们嘀咕了句谁也没听清的话。

生怕谢楠当真不依不饶犯倔脾气，我赶紧从床上爬起来给她顺毛，"行了行了，别生气快睡吧，今天夜里还不知道几点紧急集合，抓紧时间能多睡会儿就多睡会儿。"

谢楠生着闷气重新躺下，在我上铺辗转反侧地来回折腾。

而睡在张娜上铺的舒琳，戴上耳机就像完全屏蔽了宿舍动静似的，从始至终都一言不发地靠在床头摆弄她的 iPod nano。一时间宿舍里静得出奇，只剩下她偶尔按键的细微声响。

紧急集合是在凌晨四点半开始的，整栋宿舍楼霎时灯火通明，所有人打了鸡血似地从床上爬起来，手忙脚乱穿衣服，又乱七八糟地按教官教的方法用背包带打好三横两竖的铺盖卷，歪歪扭扭背上身就火急火燎往楼下冲。

十二分零八秒全员集合完毕的时候，已经有背包开始稀里哗啦掉链子了，被子枕头耷拉到地面跟拖了条尾巴似的。然后教官们不得不挨个检查一遍背包的结实程度，才正式带队开拔远征。

教官跟在我们队伍旁边，一直说说笑笑地跟我们逗闷子。

他说你们千万别觉得三十公里拉练距离特别远，走一走，玩一玩，一眨眼就溜达回基地吃早饭了。还说你们平时逛三个小时街也不会觉得特别累，所以把拉练当逛街去享受就好啦！

这话立刻招来谢楠的反驳："可是教官，逛街有鞋子衣服看，能转移注意力当然不觉得累，这荒山野岭有什么可转移注意力的啊？"

小教官认真想了想，特别憨厚地指一指路边的向日葵："你们可以先看看花海，待会儿我再组织你们跟前面一班拉歌，或者你们想点歌我给你们唱也行。"

"既然这样先来个经典的吧。《纤夫的爱》，你会不会？"谢楠继续使坏。

"那有啥不会的？我在我们连可是人称百歌小王子的新一代歌王，甭管新歌老歌没啥能难倒我的。"小教官笑出一口白牙，要多大言不惭有多大言不惭。

然后他一开口果然把我们全镇住了——那声音！低沉浑厚，要多性感有多性感，愣是把一首烂大街的民工歌唱出了深情款款至死不渝的味道！

小教官不声不响露了这一手，随后一路上就成了我们的点歌台，一首接一首嗨得不得了。后来连长找过来让他别唱了，说影响不好，挨了批的小教官面红耳赤连连道歉，等连长转身一走就冲我们做鬼脸，说咱们暂时先消停会儿，等风声过了再小声唱，没事的。

可是等他认为风声已过可以重新开歌会的时候，我们谁也没力气再跟他逗闷子玩了，全都有气无力累得只剩下喘气的劲儿了。

"教官，咱们走完一半了吗？"

"快了快了，再坚持下，马上就到一半了。"

从出发到现在，这个问题我已经问过不下五次了，每次都被小教官这么忽悠过去。这次我坚决打破砂锅问到底，又逼问出了一个确切的细节，他说等我们走到一个什么桥就算走完一半了。

好！第一阶段小目标，向着那什么桥前进！

然而我都走得两腿发飘眼前发黑了，还是没能看到那座比奈何桥还要远的桥……再一个恍神，右脚一个踩空我连喊都没来得及喊出来，就那么骨碌碌滚进路边的臭水沟里了。

"肖静静！"谢楠第一个要跳下来拉我。

"别别你别下来了，没事我自己能上去。"我赶紧拦她。

这个水沟并不深，积水刚能没过我脚脖子。可关键是它脏啊！又脏又臭，手底下摸到滑腻腻的东西，我都不敢去想那是什么……尽管眼前还是有点阵阵发晕，但我估摸着我还是有体力自己站起来爬上去的。

结果才刚一动，右脚脚踝就传来好一阵钻心的痛，吓得我立刻不敢动了，坐在臭水沟里哭丧着脸叫谢楠："谢楠，我、我脚脖子可能崴了，一动就特别疼！"

最后是小教官跳下来把我抱上去的，掀起裤腿一看，果然脚踝肿得老高。

"小静儿你脸怎么这么白，你嘴唇哆嗦什么啊，你说话啊，可别吓唬我！"谢楠护崽子似的蹲在我旁边，听声音像是都快急哭了。

我想告诉她我没事，结果一开口，耳朵里就嗡嗡都是回声，我自己听自己声音都是遥远而缥缈的，估计没比喘气声大上多少。

小教官很有经验地号了号我的脉搏，又掐了掐我人中，然后安慰谢楠，让她不用担心，说我大概是低血糖犯了，扶到医护车上歇会儿吃点东西就好了。

由于不能因为我一个人影响大部队前进，小教官让大家保持队型，继续跟着前面走，他和谢楠留下来陪我等来回巡视的医护车。

在医护车赶到之前，我已经吃了小教官从兜里掏出来的半块巧克力，气色和力气都恢复了不少，可小教官还是坚持把我抱上了医护车，亲自阐述情况，确认我被随行校医接手治疗，才带着谢楠跑步去追我们班的队伍。

医护车上除了我，还有另一个喝着软包装饮料，啃着面包的女生。从我上车起，到校医让我把右腿搭到凳子上，弯腰帮我检查脚踝，她一直都咬着吸管盯着我瞧。

实在被盯毛了，我忍不住问她："同学，你有事吗？"

"我认识你，那天晚上年级大会你跟我哥站一起来着。"她一笑一对酒窝。

我彻底糊涂了："你哥？"

"就是唐宋。"她歪歪脑袋，随即一副恍然大悟的样子，"哦对，我哥他根本不知道我回国了，而且也不太可能跟新朋友提起我。"

"你……是唐宋的妹妹？"我觉得脑子有点懵。

"对啊，我叫唐悦。"

身为对唐宋知根知底十几年的小青梅，我当然听说过他有个叫唐悦的双胞胎妹妹，也知道在他很小的时候，他妈就带着他妹妹抛下他们爷俩儿远走高飞，移民去了国外。

可我怎么也没有想到，眼前这个从头到脚长得跟唐宋没有半分相似的女生，竟会是他如假包换的亲妹子……

我讨厌唐悦

从懂事起，我就知道唐家叔叔很厉害，因为他总会给唐宋买很多很贵很贵，贵到我只能趴在橱窗里眼巴巴看几眼的新奇玩具。所以小时候我最喜欢跟在唐宋屁股后面捡他玩腻的玩具，然后再拿到别的小朋友面前耀武扬威，享受他们艳羡的目光。

后来长大一点知道要脸了，就不会再屁颠屁颠捡唐宋的玩具了，可对唐家叔叔的崇拜却上升到了新的高度！唐家叔叔从白手起家做到全国连锁大企业，买得起漂亮别墅，吃得起豪华大餐，人长得帅还特别有气度，英文说得比国语还溜，不知道比我小爸要强上多少倍！

那时候我还很傻、很缺心眼，竟然跑去找小爸，问我妈为什么不嫁给唐家叔叔，不然唐家叔叔就能当我小爸了。结果害得我小爸以为我不喜欢他了，特别伤心，情绪低落了好几天，直到这事被我妈知道，揍了我一顿。

而现在，我心不在焉低头扒拉着碗里的米饭粒，满腔心思全扑在了老妈跟小爸家长里短的闲聊里。原来当初唐家叔叔是因为前妻婚内出轨才离的婚，离婚后前妻为榨取高额抚养费，硬霸着两个孩子不放，唐家叔叔不得不撕破脸跟她打了很久的抚养权官司，最后法院调停半天，前妻还是只给他留下了唐宋，带走了他最心爱的小女儿。

"后来老唐他前妻跟那个穷鬼佬跑出国，每年让老唐几十万几十万地打抚养费。你说养个小孩子哪用得着那么多钱？还不是全傻乎乎让他前妻和那穷鬼佬给捞走了。"

"人家家里的事，你打听那么清楚干吗。"小爸似乎对这个话题并不感兴趣，伸手给我舀了碗海带汤，又给我夹了几块糖醋小排，"多吃点肉，看你军训回来的瘦的。"

我敷衍地应了声，生怕他的打岔破坏老妈继续八卦的兴致。不过还好，老妈根本没理会他的打岔，又继续说了下去："有时候碰上唐家小阿姨就聊几句。再说这街里街坊住着，谁家有点什么事，别人还能不知道？"

"拿主人家的事随便乱说，这保姆人品也是够呛。"小爸从鼻子里哼了声，很是看不上这种大嘴巴，"不过我也一直想不通，老唐好歹也是身家过亿的大老板，北京什么样的豪宅别墅住不起，干吗一直让孩子住这种半新不旧的破小区？"

"还不是因为那时候唐宋跟咱家静静玩得好，老房子拆迁的时候唐宋哭得跟什么似的，死活不肯搬家，老唐没法子，只好挨着咱们又买了同小区的房子。"

咦，竟然还有这回事？

我惊讶地竖了竖耳朵，在我的印象里，只有自己垂涎唐宋玩具，心甘情愿做他小跟班的黑历史，从来不晓得还有唐宋哭闹着不肯搬家，不肯跟自己分开这一段。如果早知道这件事，我又何必被他白白笑话了好几年跟屁虫，还忍气吞声不敢反驳！

正琢磨该怎么去找唐宋扳回一局，忽然就被老妈一筷子敲到碗边："又偷摸傻乐什么呢，还不快点吃完饭回屋写作业去。"

"你急什么啊，让孩子慢慢吃呗。"小爸毫不犹豫跟我站队。

"你就可劲惯她吧！整天就知道跟唐宋瞎胡闹，刚上高一就挨通报批评，以后还怎么得了？"

眼看老妈又要开启连小爸也压制不住的唠叨模式，我赶紧低头三口两口扒完饭，抓过旁边的拐杖撤离餐桌重灾区："我吃饱回屋学习了，你们慢慢吃。"

说来也是倒霉，那天拉练本来以为只是崴了脚，结果校医摸摸按按折腾了一溜够，回基地就建议小叶老师送我去医院拍个片子看看，吓得小叶老师当时就打车带我去了最近的医院。

到医院拍完片子，医生指着 X 光上明显的裂痕下了诊断，说左脚踝骨裂外加左脚左二指骨折。军训把学生训到骨折，小叶老师立马一副摊上大事的表情，诚惶诚恐地拨通了我妈电话，结果可想而知……

我刚打好夹板被小爸搀着从换药室蹦出来，就见已经跟小叶老师做完深入交流的老妈脸上飘着朵朵阴云……饶是我当机立断拉了小爸这根救命稻草当救援，回家也还是被上纲上线训斥了半个多小时，才灰头土脸勉强挨过这一劫。

所以这会儿刚察觉老妈有几分旧事重提的趋势，我连唐家八卦都不听了，赶紧夹起尾巴麻利儿滚回房间，生怕迟到一秒就又被揪住唠叨个没完。

坐在书桌前翻开数学作业，我满脑子想的还是唐悦那点事。

我是提前一天被接回家的，所以没能亲眼目睹现场版。不过据唐宋描述，平时忙得脚不沾地的唐家叔叔那天亲自开路虎去校门口等他们的，唐悦走过去刚开口叫了声爸爸，那个四十多岁的男人立刻就红了眼圈。

不怪我替唐宋杞人忧天，几乎所有宅斗小说都是这个套路，嫡女自幼离家寄人篱下，一朝归来便不动声色，搅得家宅鸡犬不宁，一边处心积虑报复父兄多年来对自己不闻不问的离弃之仇，一边步步为营夺回本该属于自己的一切富贵荣宠。

更何况，以唐家叔叔对唐悦的愧疚偏宠程度，估计不等她处心积虑步步为营，他就已经将万贯家财一股脑堆在她脚底下了。到时候别说唐宋丢了唐家第一继承人的身份，就连会不会被扫地出门，流落街头，都得看他那宝贝妹妹的脸色和心情。

当然，这些推断我一个字都没敢说给唐宋听，那家伙现在跟他爹一个德行，已经彻底沦为唐悦控。整天唐悦长唐悦短地在我耳边念叨，恨不得把她捧手心里宠着，我估计谁要敢说她半个字坏话，他当时就敢大嘴巴抽人。

我狠狠划掉草稿纸上凌乱的"唐宋"二字，又解恨地在那名字上狠狠打了个叉！

唐宋这个见妹忘义的混蛋……唐悦才回国几天，我陪他长大这么多年，他怎么就从来没对我那么好过！

做了一晚上我跟唐悦撕逼、唐宋拉偏架的噩梦，第二天早上按掉闹钟又迷迷瞪瞪睡了过去，等老妈把我从床上赶下去的时候，已经比平时迟了十多分钟。以至于小爸把我送到校门口的时候，我刚好听到教学楼里的早自习预备铃。

传达室的大爷插着腰站在铁门外喊"快跑几步要迟到啦"，几个要迟到的学生立刻像绷紧发条的疯狂兔子似的跳起来往学校里冲，直看得我跟小爸目瞪口呆。

"静静，你慢点别着急，迟到就迟到了，千万注意安全。"小爸一直跟着我到传达室门口，特别不放心地叮嘱了好几遍。

"好啦，知道了！"我单腿立地抖了抖腋下的拐杖，"我都这德行了，就算想走快点也做不到啊。放心吧，我会小心的，你快去上班吧。"

在传达室门口目送小爸开车离开后，我才转身用最快的速度一瘸一拐往教学楼冲刺。

什么迟到就迟到了别着急慢慢走……开什么玩笑？按小叶老师的规矩，不管任何原因，迟到一分钟是要罚抄和背诵课文的！

"哎，果然是你。怎么几天没见，你就变成小瘸子了？"

一个人影突然蹿到我面前，吓得我想往后躲，结果一慌忘了左脚已瘸的事实，一屁股坐地上去了。倒霉的拐杖还戳我麻筋儿了……那酸爽又扭曲的酥麻！

夏天泽显然被我的反应吓愣了，站在那里一副活见鬼的样子。

良久，他才伸手摸摸下巴，喃喃自语："我觉得我长得还挺帅啊，起码不至于那么吓人吧？"

"你突然冒出来，是个人都要被你吓死了好吗！"

"成，算我错了，你也别赖地上不起来了。"

"废话！我要是能站起来，早就站起来了好吗！"

我没好气地白他一眼，捡起两根拐杖并在一起，半侧着身子试图攀住竖起的拐杖往上爬。这会儿他总算有点眼力价了，知道伸手过来扶我一把。

好不容易重新站稳，我拄着拐杖道了声谢，继续往教室赶。

夏天泽亦步亦趋跟在我旁边，问题多得像个好奇宝宝："你腿是怎么瘸的？刚才送你来的是你爸？怎么跟你长得一点都不像？老曲后来给你们处分没？还有——"

"停！"我抬手打断他，"你怎么这么多问题？"

不知道这句话触了他哪片逆鳞，夏天泽的脸色瞬间晴转多云，一下子变成了那副徒手揍教官的阴郁可怕样。我不动声色地往旁边挪了挪，一边偷偷琢磨，如果待会儿他动手揍我，我抢拐反击算不算自卫过当，一边暗自懊悔刚刚对他的态度太过松懈随意。

就算再凶狠残暴的孤狼，也有翻出肚皮晒太阳的时候，可看他心情好，没露獠牙，就以为它从里到外蜕变成了哈士奇——这就是我犯傻了不是？

"放心，我不打女生。"夏天泽沉着脸说，"蓝老师说无论如何不能跟女生动手。"

我赶紧点头，表示蓝老师说得对！

夏天泽脸上闪过一丝烦闷和嫌恶，转身要走，却又顿住脚步，回过头来冷声冷调地开口："那天我是故意帮你的。看你吓得都快哭了，就临时替换了检讨词，把老曲惹毛了他就全冲我来，没空搭理你们了。"

我下意识动动嘴唇要道谢，却又被他恶声恶气抢先："我告诉你这些不是要听谢谢，是因为蓝老师说傻子才做完好事不留名，我不当傻子。"

撂完这句话他转身就走，方向不是教学楼，却是阅览室平台。

这人真是翻脸比翻书还快，不过……我还挺好奇他挂在嘴边上的蓝老师是谁，能把敢跟教导主任叫板滋毛的刺儿头收驯得这么服帖，真是厉害！

后来我拿这件事去问自称"八卦小天后"的谢楠，她想了想，万分确凿地认定是我听错了，因为别说是我们年级，就连楼上教少儿班的那些大咖里都没有一个姓蓝的。

"这跟少儿班有什么关系？"我忽然觉得有点跟不上她的思路。

北京八中的少儿班可谓驰名全国，十岁入学，十四岁参加高考，每年慕名前来报考的学生家长多到几乎打破头，可惜人家牛逼哄哄，每年就挑三十个凤毛麟角，多一个不要。

"难道你不知道？"谢楠用一副我不知道川普是美国总统的震惊表情看着我，"夏天泽是从少儿班转下来的，而且原本还是个成绩顶尖，预备明年冲刺清华北大的重点苗子，后来连续几次没通过心理评估，才被转下来，跟着咱们再念一次正儿八经的高中。"

原来才是个刚满十三岁的小屁孩……难怪早上喋喋不休追问我的样子，怎么看都透着股孩子气。不过想到夏天泽那种阴晴不定的性格，我还真觉得他通不过心理评估一点也不冤！

"怎么样，夏小鲜肉是不是超级厉害？"谢楠整个人都眉飞色舞了。

我从善如流地点头："确实厉害。"

这句夸赞倒没半分违心，就冲他面对整个年级临场发挥也能条理清晰侃侃而谈的控场能力，我们就谁也比不了，更何况那出身少儿班的高智商血统，又岂是我等平民可以望其项背的。

有了谢楠这份背景资料作补充参考，我也总算明白了，为什么夏天泽接人待物总是习惯性向上吊着眼角，整个眉眼间始终流露着一种牛逼哄哄的桀骜姿态。

那是他曾为人杰的高傲，亦是他烙印入骨的自信。

临近放学，我总算把因为迟到十五分钟而被罚抄十五遍的《荆轲刺秦王》给凑齐了，其中四份出自坐在我前桌的谢楠同学之手，另外三份乃我同桌唐宋同学挥笔书就的墨宝。

把他俩仗义相助的罚抄掺在八份真迹中间，我拄着拐去给小叶老师送货交差。当然，双手撑拐是没办法拿罚抄的，所以我临时抓了唐宋的壮丁，让他陪我去一趟办公室。

交差的过程远远比我想象中要简单轻松，小叶老师接过罚抄随手就放到了一边，叮嘱一句下次注意别迟到，就放我走了，甚至都没数一数罚抄是否够数，以及中间有没有缺段少节。

所以一出办公室我就跟唐宋传授经验，告诉他如果以后迟到被罚抄，每篇偷工减料少抄一段半段，小叶老师是绝对不会发现的。结果被那厮无情鄙视了，因为他这次替我抄的那三遍就是这么干的，而且还是谢楠教的方法。

想想刚才面对小叶老师一脸问心无愧的坦荡，我真是忍不住替自己的 to young to simple 捏了一把冷汗……好险好险！

正要转身打道回府，隔壁办公室忽然传出一声代表着曲主任十级愤怒的吼声，听得我这旁观路人都不由自主抖了三抖，可见里面挨骂的那个得承受多大的心理压力。

"该不会又是夏天泽吧？"我小声跟唐宋嘀咕。毕竟在我的认知范围里，能有本事把曲主任气成这德行的，也就独独只有夏天泽那一例了。

唐宋拽着我就想走："别多管闲事。"

正说着话，就听隔壁办公室门被猛然拉开，一人怒气腾腾地从里面冲出来，扭头甩下几句美版国骂，立刻"咣当"一声摔上了门。

我的天呐……！

我顿时感觉自己的整个世界观都受到了冲击！在我看来，敢于直面曲主任的怒火都要具备相当了不起的心理素质，竟然还有敢像这种当众摔曲主任门的……这位壮士请收下我的膝盖！

"唐悦？"唐宋皱起眉，对着那背影叫了一声。

那位壮……哦不，唐悦立刻转过身，委委屈屈叫了一声哥。

这声哥叫得那叫一个含娇带怯，听得我都忍不住心里狠狠一颤，更别提新晋妹控唐宋了！那厮直截了当抛下我投奔他妹去了，特别紧张特别关切地低头问她："怎么回事？"

不等唐悦回答，火冒三丈的曲主任就追出办公室了，中气十足吼得整条楼道都回音不断："唐悦！你给我回来！"

而唐悦一改刚才那副天不怕地不怕、敢跟恶势力拍案叫板的火爆劲儿，反倒一副闯下大祸不知如何收场、只好梗着脖子装蛮横、耍赖皮，半个身子躲在她哥身后嘴硬："就不！"

说完不由分说扯住唐宋的袖子拽他就跑！

然后唐宋竟然还真任由她拉着自己，跟她一起逃命似的跑远了……

这一切快到我根本来不及反应，等我从这辈子从未有过的震惊中回过神来的时候，整条寂静的楼道里，就只剩下我和气得快要背过气去的曲主任了。

眼见他迁怒的目光波及过来，我再想回避已经来不及了。

"怎么又是你们！"曲主任的燎原怒火总能具化为咄咄逼人的疾

声厉色，"我发现你们这帮问题学生真是物以类聚、人以群分，不管什么事情你们都能掺和到一块去！"

"曲主任，我发誓这回真没我什么事。"我赶紧解释，竭力想把自己给摘出去，"我是来找我们班主任交作业的，纯粹路过赶上了，跟他们一点关系都没有。不信……不信您问问叶老师！"

这时，听到动静的小叶老师出来看热闹，我赶紧拉她以证清白。

回到教室，唐宋的位子还是空的。

谢楠却已经从传达室取挂号信回来了，一见到我，立刻就把手里的厚皮纸信封扔进桌斗里，回过头来趴在我桌子上打听："刚才我看唐宋跟一妹子拉拉扯扯往阅览室平台那边跑，这是什么情况？他不是陪你去办公室了吗？"

"没什么情况。"我闷闷不乐地把历史书往桌角一拍，准备上课。

谢楠不信："把你气成这样还叫没什么？"

"我没生气。"实在不想再被追问这些烂事，我干脆往桌上一趴，把脑袋埋进胳膊里装死，任谢楠怎么推我也坚决不抬起脑袋。

我知道自己本来就没什么好生气的。

就算唐宋毫不犹豫跟唐悦跑了，把我扔在那里一个人应付盛怒滔天的曲主任，可那毕竟是人家的亲妹子，关心一下也是人之常情，青梅竹马的情分再深，到底也比不过血浓于水。

就算唐宋会被曲主任视为乱党同谋，跟他那作死的妹妹一并论处，可那是人家上赶着自愿的，我又跟着瞎着什么急？再忐忑不安替他担心人家也未必领情。

可我就是难受，心里特别特别难受。

这是从小到大，唐宋第一次因为别人把我丢下不管。

　　唐悦叫板曲主任的事迹第二天就传遍了整个年级，唐宋更是在传言中摇身一变，成了只身闯龙潭、入虎穴解救遇难公主的骁勇骑士。人人都在八卦一场英雄救美的好戏，却没人知道，作为八卦主角的英雄碰巧正是美女她哥，从根本上残忍掐断了一切有关罗曼蒂克的遐想可能性。

　　"行啊你小子，一战成名老厉害了！"谢楠动作豪迈地长腿一跨，半个屁股挤开唐宋的矿泉水瓶，硬坐到他桌角上，"听说好多高二年级的学姐都特意趁课间操过来转一圈，打听哪个是你。然后一看——呦，小伙长得还挺帅！"

　　我捂着暖手宝缩在旁边假装专心做题，想着今年北京的冬天一定特别难熬，十一月不到就已经连续下了好几场雨，气温蹦极似的从二十二度直降到十度，让人恨不得把自己裹成粽子、守着暖气片等供暖。

　　唐宋原本也在专心做题，被谢楠骚扰得烦了，便停笔抬头，问她："谢楠，我问你个问题。"

　　"问！姐姐保证对你知无不言。"谢楠特别爽快。

　　"粗糙水平面上，物体在水平推力作用下由静止开始做匀加速直线运动，经过一段时间将水平推力逐渐减小到零，求水平推力减小到零的这段过程中，物体速度是怎么变化的？"

　　"……啥？"

　　谢楠懵逼的表情实在太过好笑，以至于我终于绷不住脸笑了。

　　唐宋瞥我一眼："终于肯露点笑的模样了？"

　　我扭头瞪他一眼，还是不想跟他说话。昨天下午他被唐悦拽走后，耽误了大半节历史课才偷偷从后门溜回来，我问他怎么回事他也不说，气得我决定冷战三天不理他。

"不是吧？"谢楠夸张地大叫起来，"唐宋你故意戏弄我就是为了博她一笑？"

"谁有空戏弄你，马上就要期中考试了，我刷题还来不及。"唐宋说着又拿起笔在卷子上画起受力分析，"别怪我没提醒你们，从现在开始，大大小小一切考试都是会被列入高三保送考核指标的，现在不重视，将来可没地方哭去。"

谢楠一脸"Are you kidding me"的好笑表情："你跟我一借读生说保送？反正就算我次次拿年级第一，到了高考该滚回哪儿还是得滚回哪儿考去。再说我爸压根没打算让我高考，反正要不了三年他就能花钱把我送出国。"

提到出国，前排舒琳忽然转过身来，细声细气地搭话："你也想出国？"

谢楠和我迅速交换了一个眼神，将彼此的惊讶心领神会。

要知道舒琳军训跟我俩一个宿舍，回来按学号排座位，又跟谢楠同桌，如果按"地理位置决定远近亲疏"这一理论，我们三个早就应该勾肩搭背凑成铁三角了。可实际情况却是，自开学到现在将近两个月，我俩听见她说话的次数屈指可数，基本局限于课上她被点名提问。

所以像舒琳这么一个安静到近乎没有任何存在感的人，忽然主动过来搭讪，又怎能不让我们受宠若惊！还没容我反应过来，谢楠那个没节操的已经一个箭步从唐宋桌上转移到舒琳桌上，跟她背地里叫了一个多月的林妹妹深入交流出国计划去了。

而我一歪头，正好瞧见唐宋的视线还在舒琳背上，反手一笔杆敲在他的手背上，疼得他嘶一声缩回手、拧起眉头："你干什么！"

“你盯着人家瞎看什么！”我瞪起眼睛。

唐宋顿时急了，想发火又怕正主听到，只能把声音压到极低，跟我急赤白脸地掰扯：“不是你之前跟我说，舒琳皮肤白毛孔细，眼睛大睫毛长，让我下次有机会好好见识一下的吗！”

强词夺理！还敢说因为我叫他看他才看的，平时怎么没见他这么听我话？

对唐悦唯命是从、学会藏小秘密不告诉我也就算了，现在竟然还敢目不转睛盯着人家美女乱瞧，我看他是越来越不把我这个小青梅放在眼里了！

校服兜里的手机震了三震，我掏出来瞄了眼，未接来电是小爸，立刻伸手抓过靠墙放置的双拐，站起来往教室门口走。

“你干吗去？”唐宋在后面追问。

“看帅哥去！”我连头都没回。

其实我也不算说气话糊弄唐宋，校门外还真有个帅哥等着替我鞍前马后，只不过这个帅哥有点老——趁下午体育课，小爸接我去丰盛医院复查换药。

人体细胞的自我修复能力真是奇妙而彪悍，距离我意外骨折才五十天不到的时间，无论是断掉的趾骨还是裂开的踝骨，都已经恢复如初，一脸佞臣长相的医生大叔边捋他那嘬小山羊胡，边乐呵呵地看X光片：“年轻人骨质量好，恢复起来就是快。行了，骨头全都正位愈合，今天不用打夹板了，回去后注意三十天内别负重、别做剧烈运动。”

眼见他就要下笔开诊断单，我忽然想起半小时前唐宋提过的期中考试，特别是那句“现在不重视将来可没地方哭去”，仔细想想其实甚有道理。所以为下下周考完能有个地方哭，我决定现在未雨绸缪，防患于未然，给自己铺条后路再说！

于是我眼疾手快拦住那即将落到诊断单上的笔尖："大夫等等……"

"怎么了？"山羊胡医生态度特别温和。

那循循关切的目光让我越发觉得难以启齿，咬了半天牙才狠心说出口："那个……大夫您能不能先给我裹上夹板，让我再继续瘸两个星期？"

毫无疑问，我这个无理的要求遭到了山羊胡的断然拒绝。最后不仅照常开了诊断单，还跟从厕所回来的小爸告了通黑状，教育我不能小小年纪就为逃学逃课撒谎装病。

直听得小爸满脸状况外的懵逼——我家闺女瘸着腿都坚持上学，一天课没落下，现在骨头长好了，你跟我说她想装病逃学？

而我更是满心识人不明的郁闷，难怪这大夫长了一副两面三刀的佞臣面相！说好的替患者保密的医德呢，怎么一眨眼就把病人出卖给病人家属了！

没拿到用来让老妈心软，不至于对我动手的保命符，我闷闷不乐地又被小爸原封不动送回了学校。结果一进教室，就听说刚才体育课上，谢楠跟张娜杠起来了，眼下俩人都在小叶老师办公室听候发落呢。

听到张娜这个名字我就觉得不妙，这姑娘除了爱打小报告、抱大腿外，还特别嘴甜殷勤会来事，开学报到那天就跑前跑后帮着发课本、领材料，又张罗人手出黑板报，军训带了好几张漂亮小卡片登记各个寝室名字，贴宿舍门上方便小叶老师查寝找人，开课后跑办公室帮任课老师拿教学用具，比课代表还勤快……哄得所有老师都心花怒放，拿她当个宝。

所谓宁得罪君子，不得罪小人，谢楠跟这种人打御前状，不是等着吃亏吗！

心里一起急，我就再顾不上跟唐宋闹别扭，不等他从饮水机接完水便揪住他打听细节始末："快跟我说说怎么回事，谢楠是怎么跟张娜杠起来的？"

唐宋却瞅瞅我的脚，顾左右而言他："你腿不瘸了？"

"废话，绷带都拆了你看不见？我问你正事呢，别跟我扯别的！"

"这就是你求人的态度？"唐宋挑眉。

大丈夫能屈能伸，我立马换上满脸谄媚："小唐同学，求求你告诉我吧！"

唐宋满意了，回答得特别诚恳："排球课男女分组练习，你们女生那边突然吵起来了，具体发生了什么我也没瞧见。"

说完爱莫能助地两手一摊，施施然走回座位坐下，徒留我牙痒痒得恨不得咬他一口。

"你别担心，这次不全算谢楠的错。"轻轻软软的声音传进耳朵里，我回头正瞧见舒琳捧了保温杯站在我身后，温温柔柔一副愿意帮我答疑解惑的样子。

于是怀揣难以想象的极大不真实感，我从全世界看起来最不屑八卦的人口中听到了一次八卦。原来是体育课分组练习结束后，张娜又自动带入支配者角色，颐指气使指挥大家把排球收整进尼龙网兜，又随手指了两个人，让她们把网兜拖回篮球馆放好。

当时张娜使唤的是好脾气的舒琳，谢楠看不惯她欺负老实人，当时就炸脾气了，一个脏字没说，愣是指着张娜鼻子，冷嘲热讽把她挤兑哭了，然后事情一发不可收拾，惊动了小叶老师，体育课还没结束，两人就一起被传唤走了。

直到下节历史课打了预备铃，谢楠和张娜才从办公室回来。

张娜脸上泪痕未干，一进教室就咣当一声拉开椅子坐下，撞到后排桌子，声音大得吓了随后夹讲义进来的历史老师一跳。谢楠冷笑着从后门进来，还没坐下就斜着眼吐槽她："瞧给她委屈的，好像刚才跟办公室挨骂的是她似的。"

"小叶老师帮偏架啦？"我趴桌上凑过去问。

"我这么跟你说吧，"谢楠斜着身子靠在椅背上，"张娜搁咱班上当个小生活委员实在太屈才了，就凭她那混淆黑白的嘴皮子和天赋过人的心机眼力价，要是穿越到宫廷剧里，一准能混成李莲英那样的总管大太监。"

舒琳当即"扑哧"笑出声："谢楠你这嘴巴也太损了。"

"你还敢笑？"谢楠佯怒瞪她，"有没有良心，我还不都是为了给你出头！"

"好好好，多谢女侠仗义相助。"

后来我曾无数次梦见过这样的场景，老师站在讲台上，背对我们刷刷写着板书，谢楠和舒琳躲在课本后面一来一去要贫嘴，我趴在后面捡乐呵，唐宋嘴里念念有词背英文。

阳光透过玻璃洒在摊开的课本上，我们以为这就是岁月静好，青春永聚，却不知此刻拿着几块青春最为善意的拼图碎片，以为能拼绘出整副青春的我们，是多么的天真而可笑。

我私下问过谢楠，问她是怎么在短短一节课内攻陷舒琳，跟她混成八拜之交的，还硬是把我印象里肤白貌美气质佳的高冷女神，变成了现在动不动就讲冷笑话的女神经病。

对此谢楠的反应堪称得意，几乎是翘着尾巴自夸。声称所有她接触过的女生都会被她的人格魅力所征服，无一例外，从无失手。甚至特别不要脸地说我是最容易搞定的一个，她只用了一堆呕吐物就让我拜倒在了她的校服裤下。

我呵呵冷笑两声，指了指斜前方实验台上正给小车测加速度的张娜，"不是无一例外从无失手吗，那个又是怎么回事？"

"……滚！"谢楠黑着脸爆了粗口。

自从谢楠体育课上当众跟张娜撕破脸皮起了冲突，就彻底被睚眦必报、小心眼的张娜记恨上了，整天明里暗里地被她使小绊子，当真是恶心不死人也膈应死人。

期中考试前一周的周五下午，学校按惯例安排了玉渊潭环湖跑活动。对于我们来说，任何可以取代上课的事情都是坚决值得拥护的，所以即便是体能极差、每次体育课都跟要了亲命似的舒琳都义无反顾地报了名。

环湖跑按年级和男女生分为四组，高二女生组最先出发，然后依次是高二男生组、高一女生组和高一男生组，每组起跑时间间隔十分钟。

又一道发令枪响，高二男生组冲出起跑线，轮到我们过去集合准备。

跟我和舒琳这种明显重在参与的人不同，谢楠是志在挤进前八名、拿神秘大奖的，所以等待起跑期间，她一直认认真真抻腰压腿做准备活动。

唐宋代表班级过来分发补充体力的巧克力，给谢楠的比给我们的多了两块，立刻被我指责偏心，并企图伸手从袋子里多掏一块。

唐宋一爪子拍开我的手："巧克力是按数买的，你多拿了别人就没有了。"

"可是你给谢楠三块！"

"那是小叶老师特别吩咐的。人家是夺冠种子选手，八百米才跑两分四十秒，你呢？"唐宋淋漓尽致地表达完对我的嫌弃后，不等我动手揍他，就又从袋子里摸出一块塞进我手里，"喏，我的那块给你了。整天就知道吃糖，小心你满口长蛀牙！"

"呸呸呸！"唐宋这人说话就这么招人烦！

不过看在巧克力的分上，我可以原谅他。

谢楠随手分给舒琳一块巧克力，然后迅速把剩下的两块剥开包装，嘎嘣嘎嘣吃下肚，抓紧时间边活动手脚腕关节，边跟我俩说："待会儿起跑我就不管你们了，八一湖这半圈距离不短，你俩悠着点。特别是肖静静，你那脚还不能剧烈运动，跑不动别硬拼，实在不行就慢慢溜达回来。"

说话间体育老师已经举发令枪、喊了预备，我赶紧推她去抢占有利起跑位置："行啦，别瞎操心了，你只管好好跑你的，拿不到第一，必须罚请我俩喝汽水！"

"没问题，等姐凯旋！"谢楠特别自信。

发令枪一响，百来号人混成一团，乱糟糟地冲了出去，混在队伍中间的我跑得心惊胆战，生怕一不留神被谁挤趴下，发生严重踩踏事件。

所幸意外并没有发生，乱糟糟的人群也在五十米开外逐渐拉开了层次距离——以谢楠为首的第一梯队一马当先冲在最前面，大部分人所在的第二梯队远远落在她们身后十几米远的范围，剩下就是由我和舒琳组成的第三梯队。

舒琳说咱们匀速慢跑，就当浮生偷得半日闲，出来游湖赏秋了。

我先低头朝手心里哈了口热气，才慢悠悠歪头跟她商量："今儿大风降温，刚才集合已经冻了半天了，姐姐咱先跑几步暖和暖和，再停下来散步赏秋行不？"

我俩磨磨蹭蹭，跑完大约全程五分之一距离的时候，听到后方又传来一声枪响——唐宋他们出发了。这时候舒琳已经喘得上气不接下气，坐路边木凳子上不肯挪窝了。

唐宋追上我们的时候，我和舒琳正在租船码头售票处旁边的小卖部前买水，他气喘吁吁地跑过来拍我俩肩膀："这么半天才跑到这儿，你俩是属蜗牛、一路爬过来的吗？"

"甭废话，你喝冰红茶还是脉动？"我回头问他。

"脉动。"

"你要青柠的还是荔枝的？不过我觉得水蜜桃的更好喝。"

"……随便什么都行，麻烦快点。"

拧开我递过去的水蜜桃味脉动仰脖咕咚了几口，唐宋随手把剩下半瓶往校服兜里一揣，扬眉道了声谢扭身就要跑，被我眼疾手快一把拉住！

嘿嘿，小子，当姐的饮料是白请的？

既然喝了姐的脉动，就得陪姐聊天解闷垫底压轴！

当然，对我此番强行拖后腿的行为，唐宋表达了强烈的抗议和不满。他坚决认为，像我们姑娘家家的，跑一个多小时才回去也不会有人说什么，要是他一大老爷们跟我们一起溜溜达达走回去……实在是搭不起那寒碜。

我想了想觉得他分析得也有道理，于是特别大度地做出了自我牺牲："没关系，到时候就说我旧伤复发，你和舒琳见义勇为、英雄救美，一路把我搀扶回终点的。"

唐宋明显被英雄救美这四个字膈应到了，咽了咽吐沫，特别真诚地问我："肖静静，你知道厚脸皮这三个字怎么写吗？"

"知道，小学语文课教过。"我更真诚地回答。

"知道你还……"唐宋后半句话没说完，眼神就突然直了。

顺着他的目光朝秃柳湖畔看过去，我整颗心顿时往下一沉。那是唐悦和夏天泽，两个人面对面、剑拔弩张得火药味都能顺风飘出二里地了，远远看去倒像是唐悦步步紧逼、夏天泽节节退后。

可惜对唐宋这个无脑妹控而言，任何牵扯到他宝贝妹妹的事情，都会如同烧断保险丝的十万伏特电流，"啪"一声将他的理智烧得荡然无存。所以他一个箭步冲过去，不问青红皂白，一巴掌推开夏天泽，以最为维护的姿势挡在了唐悦面前。

夏天泽有个原则是不跟女生动手，所以抬头一见半路杀出来的是个男的，刚刚憋了半天、无路宣泄的邪火、一股脑全冲他迸发出来了："你他妈有病吧！"

"你才有病！"唐宋瞪眼睛吼回去，扭头看向唐悦后态度却瞬间来了个180度急转弯，声音低沉温柔得一掐一汪水，"怎么回事，他没伤着你吧？"

"哥……他欺负我。"唐悦扯住他的校服袖子委屈控诉。

"你丫讲点道理好不好！我怎么欺负你了？刚才明明是你丫……"

夏天泽蹿起火，指着唐悦鼻子就骂，骂到一半就被唐宋反手打偏了手指。

"你把嘴巴给我放干净点。"

夏天泽眸色一沉，反手攥住唐宋手腕往前一拖，左手握起拳头就要揍过去。

我愣在旁边看得心惊肉跳，只知道如果这一拳照实砸下去，唐宋那挺翘挺翘的小鼻梁百分百就彻底报废了……心里又慌又急又怕，身体却像木桩似的在原地动都动不了。

然而下一秒，我甚至都没看清唐悦是怎么动的，就见唐宋毫发无伤地站在原地，夏天泽反倒被她一个过肩摔给撂地上了——这一瞬间，包括龇牙咧嘴躺在地上的夏天泽在内，我们所有人脸上都是大写的懵逼二字。

只有唐悦蹲下去一把揪住夏天泽领子，盛气凌人地警告他："下次再让我看见你跟我哥动手，我就废了你这只爪子。我向来说到做到，你最好别以为我是在吓唬你玩。"

夏天泽一怔，第一反应竟不是推开她爬起来，而是扭着脖子冲唐宋吼："你就算再眼瞎脑残，这次也该看清楚到底谁能欺负谁了吧！"

唐宋还没回过神来，唐悦就撇开夏天泽，走回他面前，挽住他胳膊俏生生问："哥，你想不想拿冠军？咱们从这里租电瓶船划到斜对岸，肯定稳赢！"

其变脸速度之快，简直让人叹为观止！

夏天泽龇牙咧嘴爬起来，不知是扭了腰还是伤了哪里，表情有几分僵硬扭曲。看得我有些于心不忍，于是绕过去弯腰扶了他一把。

夏天泽站稳揉了揉后腰，立刻不信邪地又跳起来朝唐悦反扑："有种你丫别走！"

唐悦单手挽着他哥，腾出左手，利落地扣住他手腕往他胸前一压，借力打力使巧劲轻轻一推，推得夏天泽一连几个踉踉跄跄后退好几步，正撞到我身上。

而我倒霉正站在湖边，被他一撞往后退了两步，右脚脚下一空就扑通坐湖里了。

好在湖水并不深，可仓皇中我还是灌了两大口浮游生物进肚，从水里浮起来爬回岸边，我恶心得直想抠嗓子眼吐会儿。唐宋和夏天泽一左一右把我拽上去，我瞬间冻得顾不上恶心了，浑身湿透暴露在零上五摄氏度的温度里被五六级大风吹得心中凌乱。

最后的结果是，我们五个谁也没有跑完全程，唐宋疯跑回集合地点，取来我的薄羽绒服和他的厚绒外套，通通裹在我身上，夏天泽把我拽进码头售票处避风取暖，舒琳和唐悦又借毛巾又借热水地围着我转，而我瑟瑟发抖地蹲墙角抱着电暖气，就像拥有了全世界。

无可避免地，当天晚上我因为高烧被送去医院，又是挂水又是开药，特别凄惨地摊平在床上，昏昏度过了整个周末。而惨上加惨的是，一直居高不退的体温，竟然特别不争气地在周日晚上奇迹般降至了正常值，这就意味着，我赔了夫人又折兵，既承受了无妄之灾，又没能逃过期中考试。

手忙脚乱应付完为期两天的期中考试，学校关于这次环湖跑意外落水事故的调查也随之不了了之。在曲主任和小叶老师的双重逼问下，我始终咬死牙关，跟他们保持统一口径，坚持自己没站稳不小心掉水里的说辞，绝口不提先前夏天泽和唐悦矛盾争执的前因。

让我答应串供、掩盖事实的，正是唐宋。

　　而让唐宋满脸为难，又低声下气求我串供掩盖事实的，自然是他的宝贝妹妹唐悦。

　　我发现无论多么简单的事情，只要牵扯到唐悦，都会引发一段极为混乱的错综曲折；就像无论多么荒谬的要求，只要唐宋开了口，我就没办法狠下心来说半个不字。

　　这是唐宋第一次没有摆出那副，"这人只有我能欺负你们谁都别想碰"的强硬态度，在我最狼狈委屈又惊慌失措的时候，无条件站在我身边维护我。

　　原来我并不是不喜欢唐悦，而是讨厌她。

期中考砸了

　　期中考试爆出了两个热门话题，其一是夏天泽碾压实验班考出了接近满分的高分，并以超过百分的绝对领先优势远远甩开了年级第二；其二是七班杀出匹黑马，那个敢叫板曲主任的女中豪杰，单枪匹马闯进被实验班包圆儿的前二十名里，妥妥拿到了年级第七的名次。

　　"夏天泽也就算了，毕竟人家是备战过高考的，高一这点东西在人家看来都是小儿科。可那个唐悦又是怎么回事？"趁午休唐宋出去打球，谢楠霸占他的座位开启了午间八卦频道，"那姑娘可是横看竖看都不像个学霸，难怪老曲怀疑她作弊掺假。"

　　"曲主任怀疑唐悦作弊？"我迅速抬起头。

　　"果然一提他们唐家人，你就来精神了。"谢楠翻了个白眼，特鄙视地看着我，"刚才我跟你说了那么半天广播站的事，你都跟丢了魂似地趴桌上装死。"

　　"哎呀，你别跟我卖关子了，直接省略过程说重点，唐悦她究竟作没作弊？"

"啧啧，看给你急的。"谢楠一脸揪住我小辫子的幸灾乐祸样，"肖静静你跟我说实话，你是不是特希望唐悦作弊这事是真的，好让老曲替你把她给料理了？"

这时我正好看见唐宋从正对我们的后门进来，急忙给谢楠使眼色让她闭嘴别说了。可惜脑电波没能搭上她的频率，她依然嘚啵嘚啵说个不停："行啦行啦，你跟唐宋面前装装就得了，跟我还装个什么劲？上次不还跟我吐槽说唐悦整天精分作大死，我就不信你不盼着她这回真作弊犯大忌倒大霉！"

我不知道我脸绿没绿，反正我看见唐宋的脸已经黑了。如果现在我手里有块板砖，指定毫不犹豫一板砖拍死谢楠这个猪队友！满足自己八卦欲望的同时拜托不要把别人拖下水好吗？

唐宋一言不发走到我俩中间，抄起他桌上的护腕转身就走，吓得谢楠瞬间结巴了："他他他……什么时候回来的？"

"谢楠我要被你害死了！"

我使劲拍了下她的后背，从椅子上一跃而起冲出去追唐宋。

唐宋这次是真的生气了，因为我一路追到阅览室平台他都没有停，每次伸手去拉他，都被他一巴掌拍开。而且他越走越快，似乎是铁了心要把我甩下。

"唐宋你听我解释……"我干脆跑到他面前伸手去拦，没想到他看都不看我一眼就从旁边绕开了，肩膀直愣愣戳在我腕骨上，生疼生疼的。

"唐宋！"

这一声如同情绪得到宣泄的闸口，刹那间惹怒唐宋却不知如何挽回的无措、屡次被唐悦连累不得不忍受的委屈、砸锅砸到姥姥家去的成绩单所带来的挫败……所有超出负荷的情绪一股脑涌上眼眶，眼泪不受控制地啪嗒啪嗒往下掉。

我赶忙背过身去，仰起头使劲眨眼想把眼泪憋回去。

北京深秋的蓝天漂亮得不像样子，万里碧空如洗，成群哨鸽飞掠，薄如金沙的阳光倾斜没入高大的梧桐树枝，抖落满地金黄秋意。

可是越看越觉得悲秋伤怀，越看越止不住莫名泛滥成灾的委屈……

已经走远的唐宋又回来了，臭着一张脸站在旁边搉我："行了别哭了，我又没骂你。"

"我、我没盼着唐悦作弊，都是谢楠瞎说的……"

"行了我知道了，你别哭了。"

"你对她比、比对我好……老是护着她……"

"她是我亲妹子，有血缘关系的，还是失散多年的那种。"

"可、可我还是你的青梅竹马呢！"

"肖静静你有完没完，我警告你别无理取闹！"唐宋说着又板起脸色，却在下一秒妥协般地投降认输，"行行行，以后我对你俩一样好，成了吧？祖宗你别哭了行不行？"

我在手背上狠狠抹了把眼泪，别开脸抽抽噎噎不再去看他。

说到底，他还不是为了有关唐悦的一句玩笑话就不问青红皂白跟我置气、跟我凶？上次唐悦害我掉进八一湖折腾成那惨样，从头到尾都没见他对她甩过半句重话……

所以根本不能怪我小肚鸡肠意难平，实在是唐宋这种差别待遇太气人！

就在我心灰意冷想甩手回班的时候，忽然听见唐宋声色晦暗地开了口："唐悦她不是精分作死。那是她从小生长在那种环境下，不得不为自保养成的应激习惯。"

呦呵！这是要开始家境贫困命途多舛的苦情套路了？

我睨向唐宋，却见他眼底明灭灭满是心疼，毫无半分做戏的样子。

瞅着他心疼的样子，我也没出息地跟着心疼，一心疼就心软，一心软就忍不住递了个话，妥妥替他铺好了顺理成章倾诉的台阶。于是我俩坐在阅览室平台上，晒着暖洋洋的太阳，吹着凉嗖嗖的小风，听他讲述那些年唐悦和她妈在美国吃过的大苦、受过的大罪。

原来当年她妈抛夫弃子跟美国情夫私奔，到了美国就发现，那穷鬼佬之前跟人家合伙做生意，不但赔了个底掉，还欠了一屁股外债，当初是实在没办法才逃出国避难的，过了三五年觉得风平浪静悄悄回国，没想到刚下飞机就被债主里三层外三层围起来痛揍了一顿。

她妈发现被骗，立马打算抱着唐悦回国，可穷鬼佬哪里肯放过这条好不容易钓来的大鱼，抢走唐悦逼着她妈用离婚抚恤金替自己还债，还不清就逼她问前夫要钱，同时本性暴露，对她们母女俩非打即骂。她妈几次想自杀都没死成，想偷偷报警求救又苦于语言不通，而且一旦被发现，又是一顿暴揍，最后终于被打服打怕，任劳任怨打黑工，又不断讹诈前夫赡养费，替酗酒好赌的穷鬼佬还滚雪球般越滚越多的赌债。

"唐悦从小跟这样的母亲和继父生活在贫民窟，小小年纪面对的全是地痞流氓，自然打架骂人学了一身臭毛病。"唐宋说到这里顿了顿，又下意识替她开脱分辩，"其实谁生活在那种环境下都一样，要么敢打敢拼让别人怕你，要么畏畏缩缩挨打受欺负。"

"既然她继父那么凶，这次怎么肯让她回国上学？"

"她继父死了，听说是在黑赌场跟人家打起来了，然后出了意外。后来她和她妈拿到了赌场老板一大笔赔款，就回来了。"

"回来就直接上了八中？"

"去年回来先上了一年的补习班，然后今年跟咱们一起参加的中考。"

"那她跟她妈现在是怎么打算的？"

问完这句话，我清清楚楚地看到唐宋先是僵了僵嘴角，然后才缓缓舒展眉头，状似无谓地说："她妈想跟我爸复婚，我爸不同意。"

瞧，我说什么来着？嫡女发妻一出场就是要登堂入室的节奏，紧接着就该是母女齐心争权夺宠、步步算计掏空唐家的套路了！可怜我的唐宋，很快就要爹不疼娘不爱整天被心机妹妹陷害排挤，最后被赶出家门流落街头……

"你又瞎琢磨什么呢？"唐宋警觉地皱起眉。

"没什么没什么……"我猛然回神，赶紧端正态度，"既然你妈想复婚、你爸不同意，那唐悦呢？她是怎么想的？"

"她也不同意。"唐宋边说边低头拽他的 NIKE 护腕，"她觉得她妈对不起我爸，所以无论在外面受多少罪都纯属自作自受，现在根本不该觍着脸来求我爸原谅。然后我爸想接她回家住，她也拒绝了，说她是她妈的全部依靠，无论如何不会抛下她妈。"

听前半段我还惊讶于她竟如此出乎意料地深明大义明事理，险些怀疑自己看走眼，以小人之心度君子之腹了。可听他说完后半段，我又觉得这事还是得辩证着来看，要么是她当真深明大义又重情重义，要么是她故意玩攒儿想刺激他爸的怜爱愧疚心，最终目的是让他爸怜屋及乌淡化前嫌，把她们母女俩一起请回家。

琢磨明白这层意思后，我决定还是给唐宋提个醒："你想不想听听我是怎么想的？"

"不想。"

……为什么不按套路出牌？你这样让我很是尴尬呀亲！

冷静几秒后，我决定厚颜无耻掐住他脖子强行灌输，可还没来得及付诸行动就听见下午第一堂课的预备铃响彻了整幢教学楼。

唐宋站起来拍拍屁股上的土，双手插兜掉头往楼里走，边走还边回头数落我："你们女人真是八卦死了！本来我是约好跟大齐他们打球的，结果被你害得浪费了一中午时间！"

"大哥你这就有点不讲理了吧？"我忍不住追上去跟他掰扯理论，"明明是我看你倾诉欲望极强，可怜你才勉为其难扮成知心姐姐的，你不能卸完磨就扭脸杀驴倒打一耙啊！"

唐宋斜楞我一眼："在这方面唐悦可比你坦诚多了，想知道什么开口就问，从来不会拐弯抹角等我去猜心思，更不会得了便宜卖乖、装大尾巴狼。"

"你说谁是大尾巴狼！"我跳着要去揪他耳朵，却忽然想到："唐悦都问你什么了？"

唐宋瞥了我一眼，闭紧嘴巴什么都没说。

"你还敢瞒着我了？我再给你一次坦白从宽的机会，你到底交代不交代！"

"下节是小叶老师的课，你再磨磨蹭蹭当心迟到又被罚抄。"

"唐宋求你告诉我好不好？"

无论我如何威逼利诱，唐宋始终都没再多透露半个字，甚至被我追问是不是唐悦要求他保密都不肯说。这样一来，我反倒越发怀疑唐悦打听的事情跟我有关，否则以他向来什么小道消息都肯跟我分享的交情，才不会突然在我面前口风把得这么严。

我想唐宋大概根本没意识到，自从唐悦出现后，已经不知不觉造就了我们之间太多太多的第一次——比如他第一次毫不犹豫把我丢在麻烦漩涡中心独自跑开；比如他第一次在我无辜受委屈时，不仅不替我出头还求我包庇元凶……

又比如现在，他第一次如此守口如瓶，对我刻意隐瞒。

看着眼前几步之遥外唐宋的背影，我心底忽然滋生出一种隐隐的不安，总觉得他正在唐悦的影响下一步又一步离我背驰而去，或许有朝一日会消失在我再也看不到、追不上的地方。

这样的不安远比物理期中试卷最后一道大题来得更让人惶惶生畏，因为大题再难总有一份答案可供参考，而我所面对的却是一盘此局无解的死棋。

小叶老师说这次考试作为我们升入高中后的第一次大考，考不好是很正常的，让我们不要只将关注点放在分数和排名上，而是应该多关注初高中衔接阶段的心理和学习方式方法的转变，尽快找到一种最适合自己的学习方法。

小叶老师还说，如果觉得这次考试成绩太差不愿意告诉家长，可以先不让家长在成绩单上签字，等下次考试有了好成绩和进步空间再签。

有了小叶老师这句话，我那颗七上八下的心总算踏踏实实落回到肚子里了，哪怕只是死刑改死缓，也足够让人有种劫后余生的庆幸。

谁知还没等我松完这口长气，就被第二天下发的家长会通知单一巴掌打醒——

"小叶老师也太坑人了吧？明知道要开家长会，还说什么成绩单可以先不签字……要是没个缓冲直接在家长会上被爆三科不及格，我妈非当场气晕过去不可！"

我抓着头发生无可恋，偏偏唐宋还在一旁甩风凉话："出来混迟早是要还的，侥幸心理是万万要不得的。"气得我一脚踹过去，踹飞了他的满脸幸灾乐祸。

谢楠和舒琳倒是很积极热心地替我出谋划策："你跟你妈说，这次期中是咱学校老师自己出题，目的就是给咱们一个下马威，所以不及格根本没啥稀奇的。"

"就是，你看咱班这次数学才十几个及格的，这种失真成绩根本没有参考意义。"

我趴在桌上继续奄奄一息："这种话顶多拿来自欺欺人一下，班级排名和年级排名都在那里摆着，我妈又不傻……才不会相信我这种鬼话。"

"让你小爸来开家长会呗，他肯定跟你站队。"唐宋忽然插入一句。

我精神一振，立马坐直抖擞起来："有道理，只要跟我小爸串供瞒住我妈就可以了！"

"先说清楚，东窗事发自己扛，别又往我身上推。"

"行行行，自己扛，瞅你那小气劲儿！"

于是我花了下午大半节历史课的时间打好全套腹稿，甚至想好了东窗事发后的紧急预案，一切考虑妥当后神色如常地放学回家。吃过晚饭，趁老妈在厨房刷碗的空当，我一个箭步把小爸扯进房间密谈，连撒娇带装可怜使尽浑身解数才终于说动他弃明投暗。

谁知我还没来得及再跟他从长计议一番，老妈就涂着护手霜推门进来了："静静，你们是不是周四开家长会？回执通知呢，拿来我给你签字。"

我心猛地一沉：这什么情况……是谁走漏消息通风报信了！

小爸那个实心眼的已经开始不打自招了："你怎么知道要开家长会？"

"叶老师下午在微信群里通知的，怎么了？"老妈不明就里看他一眼，紧接着扭头问我："你们期中考试的成绩出来了？我看其他家长都在问成绩单排名什么的，你的成绩单呢？"

等等……微信群又是个什么鬼啊！

大概是我满脸懵逼的样子太过明显，以至于一下子被老妈察觉出了不对劲，她瞅着我跟小爸来回扫了几眼，抱臂往门框上一靠："照实说吧，你俩又搞什么猫腻呢？"

要说还是我小爸够义气，抢先一步从椅子上站起来挡在我面前，半哄半劝把老妈往外推："走走走，咱们出去说。不过咱可得先说好，你听完不许发火、不许急。"

小爸出去的时候随手帮我带上了门，大概十几秒后，外面就传来老妈卡了鱼刺似的拔高声调："什么？三科不及格？全班倒数……不行，我得问问她去！"

一句话吓得正趴门缝听墙角的我迅速弹回原位，正襟危坐迎候即将到来的狂风暴雨。可出乎意料的是，我视死如归静候了好几分钟，也没听门外再有什么动静。

这是……警报解除的意思？我忍不住又蹑手蹑脚凑到门口想听听动静，结果走到门口正赶上老妈推门，两指厚的门板差点结结实实照我鼻梁拍下来……

"你不去写作业站这儿干吗？"老妈依然黑着脸。

"我、我去接杯水。"

"一次没考好说明不了什么问题，你别有太大压力，期末把成绩追回来就可以了。"老妈缓了缓语气，走到书桌前拿过我为争取宽大处理摊平摆好的成绩单，看也不看就低头签了字。

目送老妈签字离开，我立马低头往小爸微信上发了条消息：佩服佩服！

不一会儿收到四字回复：承让承让。

到最后我也不知道小爸是用什么手段把老虎变家猫的，追问他，他也只神神秘秘地表示，独家秘方概不外传。所以我越来越觉得我姥姥老挂在嘴边那句"一物降一物"特别玄学而富有哲理，比如我妈降我、小爸降我妈；又比如唐宋降我，唐悦降唐宋。

后来我才从老妈那里打探到，原来早在军训后的那次家长会上，小叶老师就建了微信群把全体家长都拉了进去，以便跟家长们时时保持联络、互通有无。

"所以也就只有咱们还傻兮兮被蒙在鼓里，自以为能欺左瞒右搞点小动作，其实人家背地里早就携手同盟一家亲了，根本没给咱见缝插针的机会。"

谢楠关上储物柜门，转过身趴在我柜门上幸灾乐祸："小叶老师这事办得的确不地道，可好在被坑的不只是你一个。喏，你瞧那边——"

说着她朝我斜后方一努嘴，"听说某些人更是胆大妄为彻底玩脱了，这边跟小叶老师申请免签成绩单，扭脸又改掉成绩单回家骗父母说考进了班级前十。眼瞅待会儿家长会事情就要穿帮，现在正急得火烧眉毛呢！"

　　"谢楠你说谁呢！"张娜哐当一声甩上柜门。

　　谢楠理都没理她，没听见似的催我："小静儿，你放好东西没？我看已经有家长进来了。"

　　"马上就好马上就好！"我赶紧手忙脚乱把杂志零食以及卷面有点惨不忍睹的课堂小测通通塞进储物柜，又匆匆跑回座位上检查了一遍留在桌斗里的东西，确定没有遗漏掉任何可能破坏家庭安定团结的定时炸弹。

　　此时家长们已经陆续从走廊两端的楼梯上来，所以就算张娜心里再搓火不痛快，她也不会傻到在这个节骨眼上大吵大闹博头条关注。我觉得谢楠百分百是掐到这一点，才敢肆无忌惮撩她发火，反正口舌便宜不占白不占！

　　老妈历来参加家长会都是掐点来，所以等我把她恭迎到座位上时，小叶老师已经踏上讲台准备开场白了。退出教室后，我又蹑手蹑脚绕回后门，蹲在两排储物柜中间准备偷听，以便掌握一手会议情报，好提前做好回去挨训的心理准备和应对策略。

　　正聚精会神听得专注，忽然被人从背后拍了下肩膀，吓得我差点失声叫出来。

　　夏天泽一把捂住我的嘴巴绕到我对面蹲下，竖起食指贴在嘴唇上嘘了声，才放开我小声问："你偷偷摸摸躲这儿干什么？"

　　"偷听你看不出来吗！"我拍着胸口惊魂未定，"你又鬼鬼祟祟跟这儿干吗？"

"回来取东西。"他指了指自己班级的储物柜。

我本是怪他吓我一跳的顺口抱怨，没想到他竟答得如此老实而一本正经，以至于我一时间没能接上话，跟他面面相蹲大眼瞪小眼地冷场了。

夏天泽毫不尴尬地猫起腰，拍拍屁股准备走人："那你继续听，我先走了。"

说着他往后一退，正顶上后排储物柜，撞出本该空无一人楼道里的一声突兀巨响。

教室里的连贯节奏被打断，小叶老师提高音量喊了句"谁在外面"，紧接着便清清楚楚听到她长靴踩过地砖、从讲台走向前门的脚步声……

我抬头正撞上夏天泽错愕又无辜的表情，像极了闯了祸正发懵的哈士奇。

面面相觑半秒钟，他突然跳起来一把拽起我就跑！也不知道他书包里装了什么东西，一路叮叮咣咣从楼道这头响到楼道那头，招摇得让我忍不住怀疑他是不是生怕暴露不了我！

好不容易逃出教学楼，跑到安全区域，我甩开夏天泽，喘得肺都快炸了。

"你怎么跑……跑这么快！"

"总共不到二百米，你体力也太差劲了吧？"

我忍不住白了他一眼，走到对面围墙犄角的乒乓球台前，两手一撑坐了上去。

夏天泽双手插兜悠哉哉跟过来，特自来熟地问："你怎么不回家？"

"等我妈一起走。"

他点点头，抬起手腕看了看表："时间还早，我陪你一起等吧。"

我一句话都来不及说，就眼睁睁看他双手一撑坐上另一半球台，摘下书包从里面摸出一台PSP掌机，旁若无人低头打起了游戏。

一系列动作行云流水又理所当然，好像我们当真是相熟多年的老朋友，他怕我一个人等着无聊特意陪我打发时间。可问题是……我严重怀疑他连我的名字都不知道啊！

斟酌片刻，我还是没好意思把"同学，咱们不熟"这句话说出口，只好浑身不自在地往边上挪了挪，拿出手机假装兴致勃勃刷朋友圈——其实上面啥新状态都没有！

夏天泽在玩一种攻防战的游戏，我余光瞥过去只能看见眼花缭乱的移动物体和刀光炮影以及纯日文的操作界面，看得我阵阵犯晕，而他却全神贯注玩得斗志盎然。

良久，他忽然偏过头把PSP递过来："你要不要试试？"

"不不不，我不会玩这种。"我连忙摆手。

"我教你，很简单的！"他眨着眼睛一派真诚。后来见我一再拒绝，才放弃教我打游戏的打算，拿回PSP继续指挥千军万马，"你一直看着我玩，我还以为你很感兴趣呢。"

"我只是没想到你也这么喜欢打游戏。"我开玩笑地解释，"之前我以为你们少儿班这些小学究，全都是'两耳不闻窗外事，一心只读圣贤书'的呢。"

"怎么可能，"夏天泽立刻叫起来，"我们少儿班从来信奉玩乐至上，不光下课玩，上课也玩！每周五下午都是出游时间，近郊游都去烂了，还去过山东安徽苏杭江南，连霓虹美帝都去过！"

"那你们不学习吗？"

"学呀，边学边玩嘛。我们上课可有意思了，上数学课爆爆米花，然后边吃爆米花边研究微波炉工作时间和爆米花爆开个数的函数关系；还有化学课我们偷偷用买来的化学药品研制小型炸药，后来被老师发现了，他嫌我们做得不对，边给我们分析原理边自己动手做了个威力巨大的，后来炸塌了一张实验台，还被老曲扣了三个月奖金，哈哈哈！还有还有，我跟你讲……"

提起少儿班，夏天泽整个人都神采飞扬。

那双眼睛亮晶晶的，像是渗透了全世界的欢喜与自豪。

趁他讲得高兴，我问出久踞于心的疑惑："蓝老师是谁？上次听你提了好几次。"

"以前带过我们的实习老师。"

提到蓝老师，他眉眼间的熠熠光彩以清晰可见的速度黯然消褪，原本滔滔不绝的话题也戛然缩减为几句寥寥带过的不愿提及："那是个特别棒的家伙，我们全班都很喜欢他。"

"可是没听说咱们学校有姓蓝的老师啊，无论是高中部还是你们少儿班。"我试探着搬出谢楠的话，"所以他实习完没留在咱们学校任教？"

这次换来的却是他长长久久的沉默。

就算我神经再大条，也明显察觉出这个话题是他不愿碰触的禁地。然而还没等我琢磨出转移话题的补救方案，斜前方篮球馆里忽然蹦蹦跳跳蹿出一群少儿班小孩，他们吵吵嚷嚷地边假扮奥特曼相互发射冲击波，边朝我们这边走过来，似乎是打算去操场。

"我还有事，先走了。"

夏天泽撂下这句，跳下乒乓球台就朝相反的方向跑。

然而已经有眼尖的小孩瞧见了他，那小孩大喊了一声"夏天泽"，那群小孩就呼啦啦冲过去把他围了起来。从我这里远远看过去，夏天泽脸上非但没有半分偶遇小伙伴的欣喜开怀，反倒露出几分如临大敌的警惕阴霾。

"来来来，让我们采访下大名鼎鼎的夏天泽同学，"为首的小孩举起拳头当话筒，笑嘻嘻勾住他的肩膀，"到了高一依然碾压众生、占山为王的感觉爽不爽？"

"滚。"夏天泽冷冷甩开他。

小孩不高兴了，使劲推了他一下："都成被逐出少儿班的 loser 了，你还牛什么牛？"

"你再敢说一句试试！"

"说就说，谁怕你！Loser Xia，大 loser！"

有了带头的，周围一圈小孩都开始起哄，嬉皮笑脸绕着他喊 loser。

夏天泽捏着拳头站在他们中间，从眼眶到耳根子都涨得通红，看得我忍不住有些心惊肉跳，生怕他下一秒就一拳挥过去砸断谁的鼻梁。

好在少儿班体育老师很快跟了过来，几声哨响带走了那帮嘴欠的小孩。直到他们乱七八糟地簇拥在体育老师周围进了操场，夏天泽依然宛如泥塑般站在原地，我走过去才看清他望向他们背影的眼神里，满是不加掩饰的羡慕与怀念。

"你还好吧？"我拉了拉他的袖子。

"没事，我早料到会这样。"夏天泽回过神来，故作无所谓地耸耸肩，"少儿班历来是淘汰制，几乎每年都有被淘汰走的。成王败寇，输的就是 loser。"

明明刚才还一副恼羞成怒要跟人拼命的样子，现在又装得好似目空一切、大义凛然……这小孩能不能再死要面子嘴硬一点！我忍不住抽了抽嘴角，原本打好了的满筐安慰人的腹稿突然一个字都不想说了。

"这件事情你不许告诉任何人，听到没有！"

"好好好，我保证一个字都不说。"

夏天泽盯着我打量了半天，像是严重怀疑我此番保证的可信度。直到我被他盯得心里发毛，不自在地往旁边退了半步，他才点点头转身走了。

没想到夏天泽前脚刚走，老妈后脚就鬼魅似的从我背后冒出来了："静静，你刚才在跟谁说话？班上的男同学？"说着还伸脖朝夏天泽离开的方向瞅了几眼，眼底疑色不言而喻。

"唉！老妈你别瞎琢磨了，"我回身挽住她胳膊，"刚才那个就是从少儿班转到我们年级的小孩，这次期中考了年级第一，特别厉害。"

"就是军训打了教官，挨停课处分的那个？"老妈立刻就对上号了，"静静我跟你说，以后少跟这种人来往，小小年纪就打架骂老师，就算再聪明，长大也就是个地痞流氓。"

"行了行了，咱们快点回家吧，小爸肯定早就做好饭等着咱们呢！"

我不耐烦地打断她毫无根由的论断，挽着她胳膊快步往夏天泽离开的反方向走，生怕刚刚那些话顺风飘过去，被那个敏感又自卑的小孩听到。

就在刚才，我觉得自己似乎看懂了夏天泽。

那个看起来张狂到不可一世的死小孩，不过是在用他所习惯的傲然姿态充当保护色，假装不去在意那些来自外界的议论纷扰，强迫自己不能低头流露半分脆弱、失落。

而所有伪装出来的坚强、倔强，却在遥望昔日同伴的目光中化为乌有。

我相信那一刻我所看到的，才是一个真实而让人心疼的夏天泽。

今年的冬天似乎来得格外早，家长会过去没多久，就来了一股超强寒流冷空气，不但硬生生把气温从零上打压到了零下，还带来了一场素染京城的罕见大雪。

中午从食堂吃完饭出来，谢楠忽然心血来潮说要赏雪景，然后就硬拉着我和舒琳不准我们回教室，一手一个挽着我们绕教学楼散步。

"俗话说生命在于运动，像你俩吃饱饭就想回屋待着，根本不利于身心健康！要不这样吧，从今天开始，每天饭后咱们都先绕楼溜三圈再回去。"

"三圈四圈都好说……"我使劲缩着脖子都觉得冷风嗖嗖往脖领子里灌，没一会儿就冻得上牙碰下牙，哆嗦得打颤，"但是咱能挑个暖和的日子出来溜吗？再不济容我们先上去穿件衣服成不？"

"哪有这么冷，瞅你们娇气的！"

舒琳忽然一本正经地问："谢楠你是不是每天都喝人参鹿茸王八汤？"

"还得加上十全大补丸，三天一个疗程，连服九九八十一天，保证你腰不酸腿不疼，连上楼都不带喘气的！"谢楠照例一本正经跟她逗贫，说完"嘘"了一声不让舒琳接茬，指了指耳朵示意我们认真去听，"你们听这个声音，是不是超有磁性超好听！"

"你是不是幻听了？"我四下看了看，再次确认前后左右就我们三个傻兮兮地站在初雪寒风里挨冻，除此之外连半只麻雀都瞧不见。

"广播！听校园广播！"

经谢楠指点，我和舒琳才发现那些潜伏在草坪里乔装小蘑菇的扩音喇叭，也头一次正视平日里习以为常到直接被当作背景音忽略的午间校园广播。

我们才凝神侧耳认真听了几秒，谢楠便迫不及待追问："怎么样？这人声音是不是超有磁性超级好听，有种多听几句耳朵就要怀孕的感觉！"

那副隐在眉梢间的不正常兴奋劲，让人一看就知道有问题！

"这人是谁啊？"这才是我最关心的问题。

"校广播台副台长，洛一扬。"

这是我第一次从谢楠口中听到洛一扬这个名字，短短三个字被她念得熟稔又轻快，像是已辗转唇齿无数次，就连上扬的尾音都带着不加掩饰的欢喜笑意。

听谢楠说，洛一扬是高二年级备受瞩目的传奇人物，既高又帅，还成绩拔尖，每年被学校推荐参加理科竞赛捧回的奖杯不计其数；而且出得考场入得球场，每每校级联赛都是他带队打得对方丢盔弃甲。不仅如此，无论校广播台还是校艺术节，各种主持客串他都手到擒来、如鱼得水，就连一向挑剔爱找茬的曲主任都对他大为赞赏宠爱有加。

简而言之，就是一个自带光环、无论搁在哪里都能大放异彩的男神级人物，而谢楠有缘对这位男神一见倾心，全是托了环湖跑的福。据说当时她拼尽全力冲刺到终点，正气喘如牛累得恨不得摊平在地上死一会儿，忽然就见一瓶拧开瓶盖的矿泉水被递到了自己面前。

——同学，恭喜你破了校记录哦。

谢楠说她永远也忘不了那个时候抬头看到的洛一扬，那天他校服外面套了件黑色羽绒坎肩，细黑额发被风吹得凌乱卷翘，单手掐着秒表告诉她计时成绩，薄唇微扬、眉眼温和，干净纯透得好似冬日里最温柔明朗的那一抹阳光。

立在寒风中瑟瑟发抖地听她讲述完关于洛一扬的林林总总，我哆哆嗦嗦地举起爪子问："所以你拉我和舒琳绕楼遛弯，就是为了听他主持的校园广播？"

"对呀，教学楼里听不到。"谢楠答得理所当然。

实在不忍直视她那副"我花痴我自豪"的脑残粉样，我转身哀叹着扑到舒琳肩上来个眼不见为净。舒琳拍拍我的肩膀，笑眯眯跟我合谋取笑了谢楠半天，却在第二天就给她淘换来一条重要情报——

"舒琳你说的是真的？"

前排座位突然炸响谢楠的一声尖叫，唐宋自动铅笔的笔尖顿时卡断在立体几何图形上，他皱眉瞥她一眼："谢楠，你能不能别老一惊一乍的？"说着抓过我的橡皮擦掉被铅痕划乱的辅助线。

我也被吓了一跳，丢下看到一半的杂志抬头问："怎么了？"

谢楠立刻眉飞色舞地靠过来："刚才舒琳说广播台好几个高三骨干要退役，他们想从高一再招几个新人，小静儿你说我要不要去试试？"

"难道我不让你去，你就真的不去了？"

"当然不是。"

"那你跟我废什么话？"我白她一眼，转头又去问舒琳，"琳琳，你这小道消息打哪儿来的？人家招新有什么具体要求没，咱们谢楠文不行唱不成，能达到人家的招新标准吗？"

"他们台长初中跟我一个学校，当时我们一起办过校刊，关系还算好。"舒琳靠在椅背上转过身来解释，"昨天我看谢楠对广播台有兴趣，就去找她问了问，结果被她一把抓住想拉我进去做苦力，我就也趁机推荐了谢楠。"

"原来咱上面有人！"谢楠眼睛噌一下亮了，"琳妹妹，求蹭个后门，么么哒！"

"反正到时候咱们一起去试试，就算通不过也没有什么损失。"舒琳说着眨眨眼，换了副暧昧语气故意逗她，"据说这次面试是洛一扬亲自把关哦！"

谢楠立刻捧脸装羞涩："哎呀，那人家肯定会紧张到影响超水准发挥的！"

瞧她们一人一句说得热闹，我忍不住也跃跃欲试，想凑个热闹，于是趴桌上继续打听："他们什么时候面试？我也想去，咱们仨一起去吧。"

"就你？"唐宋一眼斜过来。

"我怎么了？"我扬下巴瞥回去。

"没什么，只是突然发现你对谢楠真挺好的。"他摇摇头继续低头做题，"看她赢面不大，竟然甘愿主动投身去做分母帮她争取更大机会，这种精神真是……啧啧，可歌可泣。"

"打死你个乌鸦嘴！"

"哈哈哈哈，还是我们家小静儿仗义！"

谢楠笑了半天，忽地又正色强调："不过咱们可事先说好，组团攻占广播台没问题，但战利品必须是我的，你们谁都不许抢！"

"什么战利品？"舒琳不明所以。

"还能是什么，当然是洛一扬。"谢楠笑眯眯挽了舒琳，又扭头问我，"去不去厕所？"

"去去去！"我抓过挂在桌侧钩上的书包，打开翻找姨妈巾，"你们先走，我马上就来。"

"真搞不懂你们女生，上个厕所都得拉帮结伙。"

听见唐宋在一旁摇头嘟囔，我下意识回了句嘴："女生的友谊就是建立在形影不离连体婴基础上的，谁像你们男生，恨不得打场球就能义结金兰。"

"所以就算明明不感兴趣，也必须装出感兴趣的样子跟着凑热闹？"

我手下动作一顿，抬头问他："你这是什么意思？"

唐宋没说话，却也没有错开目光。

从小到大，我最怕他用这种眼神看着我，仿佛我所有的秘密心事在他面前都是无所遁形的拙劣演技，只需一眼就能被他看穿。

所以每每碰到他这种态度坚决的追根究底，往往都是我先招架不住妥协退让。这次当然也毫不例外，我很快就承受不住他那堪比 X 光的目光，迅速避开视线小声承认："没错，我对广播台完全不感兴趣，可是这不影响我想跟她们一起去面试。"

唐宋依旧皱着眉，有一下没一下地用食指关节摩挲嘴唇——这是他为难题所困时的标志性动作，每次他碰到解不开的理科大题都会下意识这么做。

"行啦，你就别瞎琢磨了，反正跟你说了你也不懂。"

　　我摸出姨妈巾往兜里一揣，站起来拍拍他的后脑勺准备去追谢楠她们，结果没走几步就听他在后面叫我："肖静儿，你听说过那个陪朋怪论吗？"

　　"什么东西？"我停步回头。

　　"你看影视圈那帮明星，十个里面起码有八个都是当初陪朋友去参加北影考试，结果朋友被刷自己过了。所以你也得当心，搞不好最后她俩都没过，就你把自己给套牢了。"

　　如果是平时我可能早就呸他的臭乌鸦嘴了，可是在这件事情上我对自己特别有信心！抛开谢楠暂且不提，当我和舒琳站成一排任君挑选，瞎子才会选我不选她。

　　正因为舒琳如此之好，我才必须陪谢楠一起去面试。

　　女生间的亲密度是靠点点滴滴的"一起"积攒起来的，一起吃饭上厕所、一起听歌吃零食、一起吐槽聊八卦……直到彼此越来越多的经历与秘密错综交缠成解不开、摘不清的死结。

　　尽管我不愿承认，可谢楠对舒琳越来越亲密的态度着实让我有些泛酸，所以我生怕比之舒琳落下越来越多的"一起"，生怕她们之间拥有越来越多我无法插入的话题……

　　最重要的是，我生怕有朝一日谢楠眼中最好的朋友会更名换姓不再是我。

渣爹回国了

　　广播台的面试我终究没能去成，因为小叶老师忽然心血来潮，决定和每位同学来场开诚布公、剖心掏肺的谈心，轮到我的那天刚好是广播台面试当天。

　　"你跟小叶老师说今天中午要去广播台面试，让她先找其他人谈心呗。"见我趴桌上闷闷不乐，谢楠凑过来给我出主意。

　　"我已经问过她了，她不同意。"

　　实际上，就是因为问过了小叶老师才让我倍感心塞。

　　——就你这成绩水平，还想去广播台？

　　——有课余兴趣、愿意参加学校社团是好事，但老师还是建议你分配好主次重点，当务之急是先把学习搞上来，其他的事情以后有的是时间和机会。

　　只要我闭上眼，满脑子回放的都是当时她惊诧的表情和语重心长的暗示，更别提我从她那份寸不离手的花名册上瞄到的我那栏成绩……星星点点的红色在一片蓝色字迹中显得格外醒目而刺眼。

事实证明，不管小叶老师多么努力想营造出平等开放的谈心氛围，跟班主任面对面坐在教室角落窃窃私语的体验感依然尴尬而诡异，特别是当我采取消极应对措施，只剩她独自一人巴拉巴拉坚持唱独角戏的时候——

"我向各科老师了解过你的情况，她们普遍反映你上课听讲和作业情况都是极踏实认真的。包括我在内，我们都认为你很聪明，对知识的理解能力也不错，所以这次期中考出这样的成绩我真是特别想不通，我认为这根本不是你的真实水平。

"高中的学习模式和初中的完全不同，我想你大概还没找到最适合自己的学习方法。课前预习、课后复习都是非常重要的，你有进行过课前预习吗？

"你看，这可能就是症结所在了。你没有课前预习，又怎么能在课上有侧重点地听讲？成绩暂时落后并不可怕，后进生反倒意味着进步空间非常大，你看舒琳这次考全班第九，她进步到全班第一也只能前进八个名次，但是你却有三十多名的进步空间……"

整场谈话下来，我被"后进生"这三个字刺痛得锥心剜骨，呆若木鸡，完全不敢相信自己已经被打上了拖全班平均分后腿的差生标签……

怅然若失地结束掉跟小叶老师的谈话，我只觉得教室里空气稀薄到我快喘不过气来了，于是匆匆拿了借阅卡逃出教室，打算去图书馆冷静冷静。

原本痛定思痛打算借几本百题斩类的参考书发愤图强一番，结果却被图书馆新进的法医秦明系列夺去了全部目光。站在两排书架中间，我只听脑内一双黑白小人打得难舍难分：

小白人激动尖叫：男神新书超想看啊有木有！

小黑人冷漠警告：想想考试分数。

小白人：可素人家觊觎这套书很久了嘛……

小黑人：想想考试分数。

小白人：多看看悬疑推理有助于提高逻辑思维能力！

小黑人：想想考试分数。

小白人：……

争吵到最后小白人讲理讲不通，干脆直接暴力把小黑人给 KO 了，于是我伸手打算去取这套书，结果还是慢了半步，被旁边伸过的一只爪子把整套书都给先下手为强了！

按照剧本套路，跟我抢书的肯定是个帅哥学长，出场自带特效樱花雨的那种，然后我们心如鹿撞，开启一场浪漫邂逅新剧情……可惜现实人生却总是跟偶像剧有着不可逾越的鸿沟，抢我书的家伙并非什么帅哥学长，而是隔壁班的问题儿童夏天泽。

"那是我先看到的。"我试图把书争取回来，毕竟图书馆的新书总是很抢手，一个人看完扫码归还后，往往来不及重新被码放回书架，就又被下一个人借走了，很容易一步错过步步错过。

"哦，"夏天泽丝毫没理解我的潜台词，"我看书很快，你可以两天后再来借。"

说着他把法医秦明系列摆在其余两本书上，又东瞄西瞅打量起其他书架。

而我这时才看清，他打算借阅的另外两本书竟然是《时间简史》和《黑洞简史》——这种让我听听书名就想膜拜的高逼格著作！

"你竟然还看《时间简史》？"我一个没忍住便脱口而出。

"没事看着玩玩，还挺有意思的。"夏天泽随口说着，忽然回头瞥了我一眼，"你那是一副什么鬼表情？难道你不赞同这套宇宙论的体系观点？"

"不……只是对你肃然起敬。"我真心诚意地说。

夏天泽没说话，依然盯着我猛瞧。

被那目光看得心里发毛，我下意识抹了把脸："我脸上有脏东西？"

"没有。"夏天泽认真摇头，想了想又把书递还给我，"如果你特别想看的话我可以让给你，没必要幼稚到为这种小事掉眼泪吧？"

被一个十三岁小孩子说幼稚，我当真窘到无以复加……

"不是因为这个？"夏天泽皱起眉，"那是谁惹你不高兴了？"

"我没不高兴。"

"骗人。"

夏天泽偏执起来当真让人无以招架，他硬是把我堵在两排书架中间，不肯放我走，引经据典搬出一套微表情心理学，向我阐述表情与人类心理活动密不可分的映射与反映射关系，听得我云里雾里脑仁直疼，"好好好，我的确心情不好不高兴行了吧？"

"谁惹你不高兴了？"夏天泽振振有词地打破砂锅问到底，"蓝老师说过，垃圾心情憋久了容易消化不良，就像晕车似的，一股脑全吐出来就舒服多了。"

"听起来似乎很有道理。"我点了点头。

"所以你就试试呗。"夏天泽大方地拍了拍胸脯，"拿我当垃圾桶，尽管吐别客气！"

他那副甘愿就义的豪迈样逗得我扑哧一下笑了出来，这一笑就笑掉了大半防备，剩下的也在他那分外真诚的眼神中消融殆尽。于是我鬼使神差地跟他肩并肩坐在最后一排书架后的地板上，像对老朋友般打开话匣子，缓缓倾诉了我心底所有的挫败与彷徨。

夏天泽盘腿靠在书架上，神情专注而一言不发地从头听到尾。

"就这些，我说完了。"我长长舒了口气。

"说完感觉怎么样，心里轻松点没？"他歪头问我。

我照实点点头，刚刚如鲠在喉、压抑在胸腔里的积闷感果真排减消散了大半，少了塞堵在我心口喉间的那口浊气，我终于又能畅快呼吸了。

"那就行啦。"夏天泽说着站起来，拍拍屁股就要走。

"喂，"我急忙叫住他，"你就打算这么走了？连半句安慰都没有？"

"不然呢，"他扭头反问我，表情甚为无辜，"你见过哪只垃圾桶会开口说话安慰人？"

好吧……他说得似乎也很有道理。

于是我捡起他留在我脚边的三本法医秦明系列，站起来拍拍裤子上的土，和他一起去找图书管理员刷卡扫码。

上完下午三节课，我收拾好书包准备回家。一出教室就看到抱臂靠在对面储物柜上的夏天泽，他一见到我立刻颠颠跑了过来，嘴上还不耐烦地数落我："你怎么这么磨蹭，都打铃好久了。"

"找我有事？"我好奇问他。

"走，我带你去个好玩的地方！"

"去哪儿？"

"你就别管了，反正肯定不会让你后悔。"

说着他不由分说拉了我就要走，正巧谢楠从教室出来撞见这一幕，同样一把拽住我问："你们什么情况？小静儿你没事吧？"

听她那副关切又紧张的语气，我立刻明白，她肯定是误以为夏天泽在找我麻烦，于是赶忙解释："没事，他说要带我去个好玩的地方。"

"去哪儿？"谢楠重复了跟我同样的问题。

在我摇头表示不知道后，她更是拽着我不肯放手了，像是生怕一撒手我就会被夏天泽拐卖到山沟沟里去似的。眼见两边僵持不下，我试探地问："要不你跟我们一起去？成吗？"

后半句我是扭头问的夏天泽，他毫不在意地耸耸肩，表示无所谓，于是被拐大军又加入一名新成员，我跟谢楠两眼一抹黑地跟在夏天泽后面，穿过曲曲折折的胡同小巷。

直到被他带进西单华威，我才恍然猜到真相："你该不会是打算带我们去八层游戏厅吧？"

"你来过？"夏天泽挑起眉。

"西单这巴掌大点的地方，我闭着眼都能找得着路。"不止是西单，我和唐宋从小在西城长大，附近所有能玩的地方都被我俩玩转过百八十遍了。

初中有段时间，唐宋特别沉迷游戏厅的娃娃机，动不动就骗我小爸，说带我来西单图书大厦买参考书，然后偷偷骑车载着我大街小巷玩遍西城所有游戏厅里的娃娃机。

所以相比我而言，谢楠显得更为兴奋，撸胳膊挽袖子，一副要大干一场的架势。

夏天泽兑换了一百枚游戏币，分成三份放到我们手里，特别豪迈一挥手："今儿小爷请客，你们千万别客气，全场随便单挑，小爷保证不带皱下眉头的！"

"如果你输了呢？"谢楠偏要挑衅。

"十个俯卧撑。"夏天泽扬起眉梢。

事实证明，夏天泽敢如此大放阙词，的确是有两把刷子的，我跟谢楠轮番上阵也没能成功在赛车道上把他超过去，哪怕是抓娃娃推金币这种纯看几率的小游戏，他都有一套听起来特别玄学的科学歪理，来把自己高到令人瞠目的胜率解释得头头是道。

一百枚游戏币很快被挥霍一空，趁谢楠跑去服务台兑换游戏奖券的空当，夏天泽忽然用胳膊肘碰了碰我，问："怎么样，现在心情好了吧？"

我一愣，没想到他竟然还惦记着这件事。

"以前我每次考砸了，都会跑来这里痛痛快快玩一通。"夏天泽边说边来回摆弄他从娃娃机里抓出来的长胳膊长腿布偶怪，"这是蓝老师交给我的办法，他说人生不失败受挫个千八百回，根本算不上经历过成长，与其每次为个小坎坷失落沮丧浪费时间，不如痛痛快快疯玩一场，忘掉所有糟糕情绪，然后轻松愉快地再战江湖。"

这样一大锅满富哲理的人生鸡汤灌下来，连我都快爱上那位传说中的蓝老师了。难怪他能把这群乱七八糟的小破孩管教得服服帖帖……听起来就相当有人格魅力啊！

不过……我好奇追问他："你还有考砸的时候？"

"不然你以为我打游戏为什么打得这么好？全靠当初考砸次数太多练出来的。"夏天泽侃侃传授他的经验之谈，"我跟你说，考试这玩意纯粹是熟练工种，等你做题做出题感来了，就啥考试都不怕了，反正万变不离其宗，来来回回就那几个套路。"

见他言语间一副老气横秋的样子，我忍不住伸手揉揉他扎手的短发，笑着开起玩笑："明明还是个小屁孩，怎么说起话来老成得像教导主任？"

"你才是小屁孩！"夏天泽扒拉开我的手，像只炸了毛的小刺猬使劲挺直后背，向我证明他已经不是小孩子了，可惜他再怎么伸长脖子，也还是比我矮了一大截。

这时谢楠回来，将怀里抱着的三大杯饮料分给我们："奖券能换三杯饮料，又额外送了六枚游戏币。"说着展开右手，露出攥在手心里六枚银闪闪的游戏币。

最终我们猜拳决定由谢楠去跟夏天泽赛上最后一局，我负责留在原地帮他们照看书包。闲得无聊从羽绒服兜里摸出手机来玩，这才发现我竟错过了一大串未接来电，最开始有两通是小爸的，后面十几通则全是来自唐宋。

再看时间……竟然已经超过了晚上七点钟！

我明明觉得才玩了不过半个小时，怎么一下子就七点了？完了完了完蛋了……这下子回家肯定又死定了！

"拿着手机不接电话，你是想急死我吗！"唐宋的声音从天而降，我一回头就看到他站在距离我几步远的身后，气喘吁吁的像是一路狂奔而来，"要不是看到谢楠朋友圈，我真差点找你小爸坦白罪行让他报警了！"

我吓了一跳，连忙问："什么情况？怎么回事？"

"你还好意思问！"唐宋没好气地白了我一眼，夺过我手里的饮料，一口气咕咚咕咚灌下去大半杯，才依旧语气不善地从头到尾给我概述了下始末。

原来一个小时前小爸见我还没回家，打我电话又打不通，于是直接把电话打到了唐宋那里，问我是不是跟他在一起，又问他知不知道我为什么这么晚还没回家。

好在唐宋无论是反应速度还是随机应变能力，都是极为出色的，我们多年狼狈为奸练就的默契和习惯让他几乎条件反射地替我打起了掩护，张嘴就骗我小爸说化学老师安排差生临时补课，还说我本来托他回去转告我小爸一声，但他把这事给忘了。

然后挂掉电话他就开始疯狂打电话找我，可我死活不接电话，时间越拖越久，吓得他以为我真出了什么事，正琢磨该不该去找我小爸投案自首，忽然看到了谢楠几分钟前更新在朋友圈的小视频。短短几秒的视频画面，清清楚楚映照出我跨在摩托上跟夏天泽上演连环弯道生死角逐的帅气背影——用唐宋的话说，就是一副没心没肺乐不思蜀的欠揍样。

"所以你认出我们在西单，就着急忙慌跑出来找我了？"我大为感动，几乎想扑上去给他来一个大大的熊抱，以表达我对他不明真相还仗义相助的感激之情！

"废话，再不把你带回去我怎么跟你小爸交代？"唐宋缓了一口气，继续劈头盖脸数落我，"肖静静你到底有没有脑子？晚回家不知道先编个理由，跟家里打声招呼吗？一声不吭在外面玩到这么晚，你想急死你小爸是不是！"

"我有跟他说过今天稍微晚回去一会儿的！"我急忙申辩，"只是玩起来忘了看时间，没想到玩了这么久……原本跟他说的是大约六点多回去。"

唐宋挑起眼角看我，满心满眼都写着不相信。

"真的！"我翻出手机给他找证据，结果发现一个半小时前我给小爸发的微信语音前面赫然多了一个红色刷新符，下面还多了一行小灰色字，提醒网络不给力，消息发送失败……

握着手机我万分无语，唐宋更是特别恨铁不成钢地抽走手机，长按那条没能发送成功的语音消息，点了删除键，然后才把手机丢还给我，"拿好东西，回家。"

"我自己会删……"

我的嘟囔立刻换来唐宋的无情嘲讽："呵，你自己删？万一您老人家一个手抖把消息重新发送了，我又得被连累、得跟你一块吃不了兜着走。"

"……"

仔细想想，他说的这种乌龙还真是并非不可能，于是我装作没听懂他的奚落，笑眯眯地把娃娃机里抓出来的相扑皮卡丘塞给他："好吧，战利品送你聊表谢意。"

"谁稀罕你们小女生喜欢的玩意。"唐宋拎起皮卡丘左右瞧了瞧，一脸嫌弃。

可就算他嘴上嫌弃得再厉害，直到跟谢楠他们告别又把我送到家门口，都没表现出丝毫要把皮卡丘还给我的意思。所以说男生口是心非起来，才是真正的口嫌体正直！

回家把夏天泽送我的布偶怪裹在羽绒服里偷渡进屋后，我拉开书包链拿出安安静静躺在里面的另一只夏祭和服皮卡丘，珍而重之地将它端端正正地摆进书柜。

抓到的两只皮卡丘，唐宋一只，我一只。

像是间接表白了无人知晓的心迹，心中暗藏无比欢喜。

向来心大到曾忘带书包来学校的谢楠，已经连续闷闷不乐低落了整整两天，就连面对红烧肉和糖醋小丸子都无动于衷，依旧满脸木然地捏着筷子戳米饭粒。

　　"你说，他们为什么就不要我呢？"谢楠突然放下筷子问。

　　"因为他们瞎。"我毫不犹豫站队谢楠，同时冲对面舒琳使了个眼色摇了摇头，表示我只是安慰谢楠并没其他意思，让她别往心里去。

　　事情的起因是这样，两天前洛一扬亲自来通知广播台的甄选结果，当时谢楠打了鸡血似的兴冲冲拽上舒琳跑出去，然后被彻头彻尾泼了一盆冷水，回来的时候连午睡压翘的那撮呆毛都打蔫了。

　　整个年级去广播台面试的只有四个人，其中三个都出自我们班，分别是谢楠、舒琳，还有不知从哪里得到消息的张娜。最终广播台决定录用三名候选人，而谢楠是唯一一个被刷下来的。

　　"别人也就算了，可是我怎么也想不明白，我到底哪里不如张娜了？"谢楠每每提到这个话题都怀着满腔怨愤，好像比起自己落选，更让她无法忍受的是输给张娜这个事实。

　　舒琳也忽地放下筷子，认真地说："我决定放弃进广播台了。"

　　"为什么！"我跟谢楠异口同声。

　　"原本我对广播台就不是很感兴趣，当初只是为了陪谢楠才去凑这个热闹。现在既然你们都不去了，我自己一个人也觉得怪没意思的。"

　　"就因为这个？"我不确定地又问了一次。

　　舒琳迅速瞥了谢楠一眼，然后才点点头说："对，就因为这个。"

　　"我不同意。"谢楠沉下脸，语气里没留半点回旋余地。

　　"谢楠，我——"舒琳想要解释，却被谢楠一口打断："你给我闭嘴。别以为我不知道，你根本不是没兴趣、不想去，你是怕我心里不痛快才说不想去。"

　　舒琳开始还试图分辩否认，最终却偃旗息鼓在谢楠锋若利刃的目光下。

　　"舒琳你是不是有病？我求都求不到的机会，你说不要就不要了，你对得起我这个陪跑炮灰的牺牲吗！"谢楠冷着脸站起来，一脚踩在凳子上劈头盖脸冲舒琳就是一通臭骂，"再说你把我当什么人了？你以为我就那么小家子气，因为这点破事就心里膈应，跟你当不成朋友了？"

　　舒琳始终咬着嘴唇不说话，显然是默认了她的所有推测。

　　眼见谢楠越说越过分，我赶忙拉她："行了行了，谢楠你再说就过了啊。"

　　谢楠被我扯得重新坐下来，脸色依然很难看。

　　"对不起，是我想多了。"舒琳低声道了声歉，站起来端起餐盘就往餐盘回收区去了。在她转身的瞬间，我分明瞧见她的眼眶微微红了。

　　"真没劲儿！"谢楠抄起筷子狠狠戳向早已凉透的糖醋小丸子，一个接一个叉起来塞进嘴里，直到嘴巴再也塞不下才鼓着腮帮使劲嚼。

　　就这样，谢楠和舒琳因为广播台的事情双向发起冷战。

　　我托腮撑在桌子上，看着前面那俩谁都不理谁，害得我也一连闹心好几天的祖宗，发自内心地深深叹了一口悠远绵长的哀声气。

　　这几天我没少花心思给她俩调和，可谢楠蛮不讲理犯起了倔脾气，硬说舒琳认为她会为这点小事因妒生恨，是对她人格品性的质疑；而舒琳就更是委屈，明明好心好意怕谢楠心里不痛快才主动让步牺牲，结果反倒莫名其妙挨了一顿骂、落下一通埋怨，都没地儿找谁说理去。

尽管我认为这件事情错全在谢楠，却没办法说服她认同我的观点，并主动向舒琳道歉求和，于是只好苦逼兮兮夹在她俩中间，拼命按捺着想一巴掌抽醒谢楠的欲望。

　　"抽吧，我支持你。"唐宋严肃地表明立场。

　　"抽什么抽什么？塔罗牌还是姻缘签？"谢楠听到立刻扭脸过来凑热闹。

　　我还没来得及阻止，唐宋已经蹦出了那个字："你。"

　　"我？"谢楠没明白，"我怎么了？"

　　"没什么，就是欠抽。"唐宋答得极为坦然。

　　谢楠一下子懵掉了，好半天才缓过神来问了句为什么。

　　"你和舒琳两个人到底有完没完？"唐宋压根没搭理我快挤抽了筋的眼睛，直接打开天窗，把一切都铺开到台面上，"芝麻粒儿大点的屁事，你俩闹了三天还没闹完，你们不累我看着都累了！而且这个家伙——"

　　说着他嘴角一努，直指向我，"现在整天上课不看黑板，就看着你俩发呆叹气。本来智商就不够，还整天操心你俩和解的事不听讲走神，你俩是不是打算让她期末再多挂几个红灯笼，好去踊跃竞争倒数第一？"

　　一连串不打磕巴的话机关枪似的扫射出来，不止谢楠和舒琳，连我都愣了好久。

　　本以为唐宋的指责会火上浇油，成为新一轮撕逼战的导火索，没想到谢楠听完后平静地眨眨眼睛，然后扭头跟舒琳说了三天以来的第一句话："那我们到此为止？"

　　舒琳片刻都没犹豫就点头同意了："好，到此为止。"

　　"呼……太好了！"谢楠如释重负般长出一口气，"这几天真是快憋死我了！好几次快克制不住想跟你说话的时候，我就猛掐自己，昨天晚上发现大腿根都被我自己掐紫了。"

　　"我也是。"舒琳扑哧笑出来，"每次想跟你说话就喝水，然后经常课上到一半就憋得不行，好几次都差点举手报告老师说我要上厕所。"

　　看她俩从冷面相对到笑作一团只用了不到半秒，我顿时生出一种正在追看的电视剧莫名其妙落下好几集，跟不上剧情节奏的恍惚感。

　　"小静儿？小静儿你又发什么呆呢？"谢楠伸手在我眼前晃了晃，"咱们这周末组团去看那个动画电影吧？再不看都快要下档了。"

　　"看看看！我都想看好久了！"

　　"唐宋呢，一起不？"

　　"不感兴趣，我比较想看新上映的好莱坞大片。"

　　"哎呀，我也想看那个！之前看预告片超带感！"

　　后来唐宋叫上了唐悦，谢楠又邀请了夏天泽，我们一行六人浩浩荡荡杀去王府井横店电影院连看了三场电影。爆米花吃光一桶又一桶，橙汁喝掉了一杯又一杯，我们总是擅长制造新的畅快与疯狂，来覆盖所有不如人意的记忆与过往。

　　时间像被施了魔法，似乎眨眼便从期中一步迈到了期末。

　　期末考试属于全区统考，无论重点高中还是普通高中，全都使用同一套试卷，这直接导致我们的卷面分数令人欢欣鼓舞地高出了一大截！再加上我的班级排名一跃往前跳了九个名次，老妈特别开心地表示寒假里要奖励我一次泰国游。

旅行团报的是六天五晚半自由行,大年初二凌晨三点四十的出境航班,大年初六傍晚七点十分落地抵京,意味着我们一家三口要飞去泰国过个异域风情的春节。

大年三十那天,老妈小爸全都放假在家,屋子里大箱小箱摊了一地,我和老妈忙忙叨叨折腾着收拾行李,小爸一大早就钻进厨房洗鱼洗虾剁馅炖肘子,扬言今天的除夕年夜饭要给我们娘俩儿整一桌满汉全席。

老妈指派我去卫生间找旅行沐浴套装的时候,正好有人按了门铃。小爸在厨房腾不开手,探出脑袋喊我去开门,说可能是他新订的空气净化器到了。

我趿着拖鞋跑去开门,只见站在门口的是一位大冬天西装革履不嫌冷的陌生大叔,怎么看都不可能是来给小爸送净化器的快递小哥,于是我礼貌地问他找谁、有何贵干。

"你是静静吧?瞧这一眨眼都长成大姑娘了。"大叔脸上堆着恶心的假笑,一伸胳膊竟然试图进来想拥抱我,吓得我迅速往后一蹿,吭当就把门甩他脸上了。

"静静,谁呀?"小爸又从厨房探出脑袋。

"不认识,一个恶心的变态大叔。"

小爸立刻满手馅料汁地从厨房出来了,对着门口那位痛苦揉鼻子的大叔问:"您找哪位?是不是走错门了?"

"没走错,我找肖佩。"大叔捂着鼻子报出我妈的名号。

等老妈听见动静从卧室出来,我们才知门口这位陌生大叔竟然是我亲爸……所以他被我拿门甩了一脸还骂作变态的这件事情就有点尴尬了。

于是变态大叔……哦不，我亲爸被让进客厅，小爸沏了壶茶，又切了水果端去客厅招待客人，然后留老妈在客厅陪坐，自己继续回厨房调饺子馅。

我跟着小爸躲进厨房，扒在门边偷听客厅那边的动静。

"你鬼鬼祟祟躲这儿做什么贼呢？"小爸冷不丁从背后捅我一下，吓得我一个激灵差点叫出来，赶紧回头堵他的嘴巴让他别出声。

"嘘——"我一把勾住他的脖子小声问，"难道你就不想知道老董是来干吗的？"

小爸摇摇头："不想。"

"可老董他——"我话没说完就被小爸打断，他板起脸来纠正我："什么老董，怎么这么没有礼貌？那是你爸，你亲爹！"

"哦。"我故意慢吞吞地说，"刚才我听我亲爹正跟我妈商量，说想把我接走跟他过。"

"什么？他敢！"小爸一听就炸了，撸胳膊就要往外冲。

幸好我眼疾手快，及时拦腰抱住他，把他拖回来，"你急什么？放心，用不着你出马，我妈一个人肯定就把他怼回大洋洲去！"

要知道，当初我妈跟他闹离婚，就是因为他嫌弃我是女孩，不能为他们老董家传宗接代，所以又在外面找了小三，想生个私生子。后来东窗事发被我妈发现，正赶上小三怀孕检查出是男孩，他更是懒得跟我妈周旋，直接离婚甩了我们娘俩，迅速扶正小三，然后没过几年就带着小三和他宝贝儿子移民澳洲，从此杳无音信。

就是这样一个人渣，现如今一声不吭跑来敲我家门，我妈没拿扫帚把他撵出去，已经算是超有涵养的了！结果他又得寸进尺提出这么个恬不知耻的请求，不是等着被我妈暴打出门吗！

果然，我妈冷笑两声，那股嘲讽劲儿立马就上来了。

我跟小爸猫在厨房听墙角，清清楚楚听见她夹枪带棒地开嘲：
"呦，您怎么突然想起我们家静静来了？您那个宝贝儿子呢，是被您媳妇带走跟人私奔了，还是您突然发现他其实是隔壁老王的种？"

"唉……"只听一声长叹，老董缓缓地讲述起事情始末。

原来两年前他们全家在澳洲出过一场重大连环车祸，当时他跟他儿子都因不同程度的外部创伤被推送进手术室。没想到就是这次意外车祸，让他忽然发现，自己纯属一个替隔壁老王养了十多年儿子的傻子，那个被小三哭哭啼啼搂在怀里的小子根本跟自己没半点血缘关系。

花了大半年时间跟狮子大张口索要财产的小三打完离婚官司，他重整旗鼓打算故技重施，娶个小老婆生个男孩。没想到情人找了一个又一个，却总是不见谁的肚子有半点动静，到医院一检查才知道，那场车祸给自己造成了终生无法生育的后遗症。

"所以你是觉得实在后继无人没办法了，才想起你还有个女儿？"

"佩佩……"

"别那么叫我，咱俩不熟。"老妈毫不留情一句话噎过去，紧跟着就下了逐客令，"你走吧，当初咱俩离婚的时候就已经说得清清楚楚，静静是我一个人的女儿，跟你再无瓜葛。"

"佩佩你别这么说——"

"我再给你一分钟，你马上从我家滚出去。"

老董终归是理亏不硬气，就这么被我老妈连推带攘给轰走了。然后她一转身就回了卧室，"啪"的一声关上门，都不喊着让我过去帮忙收拾行李箱了，看样子像是又自个儿跟自个儿生闷气去了。

"小爸，该你上了。"我回头拍了拍小爸的肩膀，"好好表现！"

　　其实用不着我多嘴，小爸早就摘了围裙洗了手，准备马不停蹄哄老婆了。

　　以我的经验，每次我妈要小脾气都需要我小爸进屋去哄，没一个多小时准出不来。所以在我收到唐宋微信，问我要不要出去吃烤羊肉串的时候，毫不犹豫地留下张字条就出门赴约了。

　　就像之前朋友圈盛传的那张从首都开往北京的春运火车票，每年只有春节这短短十几天，北京城才能够彻底洗褪繁闹喧哗，不管大街小巷都回归独属这座百年老城的清逸沉稳。

　　所以我跟唐宋在空荡荡的街上逛了半天，都没找见一个还处于营业状态的新疆馆子，最后还是唐宋靠着百度导航带我迷失进一条东四胡同，才阴差阳错找到了一家老北京人在自家四合院里开的烤翅铺子。

　　一人攥了一把铁签子，我和唐宋肩并肩坐在院门口的门墩上撸串撸得满嘴流油。胡同深处鲜少有人经过，唐宋又闷嘴葫芦似的光吃不说，于是我只好负责暖场，连说带比划，完完整整讲述了一遍上午我家发生的有惊无喜的大"惊喜"。

　　"所以你说好笑不好笑，我亲爸就站在我面前，可我竟然不认识他，还特别假客气地问他大叔您找哪位。而且最搞笑的是，他还给我带了个芭比娃娃当见面礼！他也不想想我都多大了，难道以为我还是喜欢芭比公主的三岁小孩吗？"

　　唐宋特没良心地从头笑到尾，然后才放下汽水瓶，打开话匣子："你这算什么惨，哪有我家鸡飞狗跳闹腾得厉害。"

　　"你家小阿姨偷偷带男朋友回来住终于被你爸发现啦？"

　　"那倒不是。不对，你等等……她有带男人在我家住过？"

　　"有一次我不小心碰到了，她还求我不要告诉你来着。"

"……那你还说？"

"我这不是以为你们已经发现了吗……行了不打岔了，你快说你家到底怎么了？"

唐宋先是叹了口气，然后才告诉我说唐悦和她妈在他家里。

原来唐家叔叔想趁过年把唐悦接回家，跟一对儿女热热闹闹过一个团圆年。可唐悦说什么也舍不得抛下她妈一个人冷冷清清地过年，唐家叔叔没办法，只好连同她妈一起接了来。

谁知他们那个极品妈自打踏进唐家门就摆出一副当家主母的派头，一会儿横加指责小阿姨煲汤煲得不好，一会儿说家里没个女主人还是显得太过冷清，没半点家的味道，一会儿又谋划着房子应该怎么重新装修，这样将来更适合他们一家四口共同居住。

大过年的谁都不想找不痛快，所以唐家叔叔只当她说的都是屁话，左耳朵进右耳朵出，根本没走心。唐悦却受不了她妈这样丢人，出言提醒反遭斥骂，母女俩长年累月堆积起来的矛盾一触即发，相互指责谩骂，让唐家父子深感大开眼界。

"后来我爸也加入了战局，他们三个乱糟糟吵成一团，搞得家里乌烟瘴气，实在没法待，所以我才叫你出来撸串，顺便躲个清净。"唐宋语气里满是无可奈何的烦躁。

"等等……你之前不是说唐悦跟她妈相依为命吗？怎么还能有长年累月堆积的矛盾？"我越听越糊涂，感觉和之前的版本不太一样啊！

唐宋耸了耸肩，说："具体我也不是很清楚，唐悦一着急就会下意识用回英语，所以她骂架的内容好多我都听不懂。然后她妈那个疯婆子，除了骂她白眼狼就是垃圾废物，更是听不出什么前因后果了。"

"噗——"

　　"你有毛病啊，这有什么好笑的。"

　　"不是，我只是突然想到——"我凑过去一把勾住他脖子，"你不觉得咱俩真是天生一对难兄难妹吗？这合家欢的团圆日子，你家一地鸡毛，我家一地鸡毛，你亲妈，我亲爸，害得咱俩有家不能回，严冬腊月跑出来，坐人家门墩吹西北风，真真儿是小白菜啊地里黄啊！"

　　"你见过谁家小白菜撸串撸得满嘴油都不知道擦一下？"唐宋边说边嫌弃地甩给我一包纸巾，生怕我把油星蹭在他帅气的驼色大衣上。

　　这时临近的胡同里突然爆出巨大的爆竹声，一道接一道的绚丽烟花在这黄昏暮色中直冲云霄，炸开星星点点的磷光亮彩。

　　"这是哪家的熊孩子，也太迫不及待了吧？"

　　"哎，对了。"唐宋突然问我，"晚上下楼跟我们一起放烟花吧，我爸弄了好几箱烟花爆竹，咱今晚可劲全给它造了。"

　　"好啊好啊！"我立马欢快地答应。

　　于是镌刻在我十六岁春节记忆剪影里的，除了电视里倒数的新年钟声和小爸刚出锅的热腾饺子，还有震耳欲聋的爆竹声中，唐宋附在我耳畔喊出的那句新年好。

　　然后我抬起头，看到漫天烟火凝汇成他眼底最为灿烂的笑意。

Ciao Italia！

假期永远比想象中更短，新学期永远比想象中来得更快。

小叶老师依然每个课间跑来教室抽查我们背课文，数学老师依然进门二话不说，直接捏起粉笔写板书，英语老师依然坚持着我等凡人啥也听不懂的纯英文教学……

所有快节奏的教学都在开学第一天和上学期的实现了无缝衔接，如果不是我千真万确被泰国的毒太阳晒黑了三个色号，简直要怀疑整个寒假不过是昨天夜里做过的一场梦。

英语课结束前，酷爱粉衬衫的娘娘腔老师忽然切换回中文模式，向我们简单介绍了学校长期以来坚持的一个国外交换生项目，即学校跟众多非英语国家学校建立了友好兄弟邦交，每年相互输出交换生体验当地风土人情，同时提升双方学生的英语口语表达能力。

"下个月将来我们学校交换体验的是三十名意大利学生。"娘娘腔还是改不掉他全英文教学的臭毛病，说着说着就又蹦回英文了，

"For example，someone involved in this project，then……"

谢楠忽地举手："报告老师听不懂，继续说中文行吗？"

娘娘腔被打断有些不开心，停下来看了谢楠一眼，最终还是应她要求切换回了中文："比如你们报名参与了交换生项目，那么你们将负责一对一接待其中一个意大利小伙伴，带小伙伴回家同吃同住，尽地主之谊，让他们体验到原汁原味的中国家庭生活。同样，将来等你们到意大利的时候，他们也将接待你们，去体验原汁原味的意大利家庭生活。"

下课铃一响，向来秉持不拖堂原则的娘娘腔立刻加快语速，交代完报名截止日期，并表示同学对交换生项目有任何疑问都可以私下找他询问。

待他宣布下课，谢楠立马两眼放光地转身凑了过来："听起来似乎还蛮有意思的，而且意大利小伙都特帅！要不咱们组团走一个？"

"全程用英语交流，你确定自己 hold 得住？"我只问了这么一句，谢楠立刻就霜打茄子似的蔫了，舒琳只顾在旁边精雕细琢她的广播稿，似乎对我们的话题全然不感兴趣。

"英语不行也没啥，反正对方母语是意大利语，说不定英语学得还不如你们呢。"唐宋特真诚地宽慰我们，"再不济你们还能靠肢体语言交流，所以根本用不着担心沟通问题。"

"听你的意思……你想报名？"我扭头问他。

唐宋满不在乎地耸耸肩："报个玩玩呗，我也觉得挺有意思的。"

"就是嘛就是嘛！"谢楠又重新兴奋起来，"大不了咱们组队，到时候所有翻译都交给唐宋处理，小静儿咱俩就负责陪吃陪笑！对了，舒琳你也一起来吧，到时候咱们四组八个人，浩浩荡荡的，多热闹！"

"我就算了，广播台还有一大堆事情，我忙都忙不过来。"

"这样啊……那好吧。"谢楠勉为其难接受了她的理由，紧接着又扭头看向我和唐宋，"那咱仨可说好了啊，待会儿我找娘娘腔领报名表去。"

"成，记得帮我也领张。"唐宋说完冲她一扬下巴，"谢谢了啊。"

我含含糊糊应过去，全然没有他们那般说一不二的底气。

毕竟以我十多年来对我老妈的了解，她或许愿意为招待交换生，特意将家里打扫得焕然一新，却是必然不会允许我脱离她的掌控，独自跑去意大利那么遥远的国家。

不过心怀侥幸心理，我还是在晚饭时试着提了一下交换生的事情。

"老妈，我们学校有一个意大利交换生项目。"我扒拉了一口米饭，装作不经意地提起，"唐宋和谢楠都打算报名参加，我也想跟他们一起报名。"

"多吃点青菜。"老妈说着往我碗里夹了一筷子油麦菜。

"交换生？是不是能去国外学校短期留学的那种？"小爸忽然插嘴说，"我们办公室老宋，他儿子前年就去交换了，整整去美国大学待了一年才回来。"

老妈登时顿住筷子，抬头问我："你们学校要送你们去意大利留学一年？这可不行，国外教学体系跟国内完全不同，出去浪费一年回来还怎么参加高考？"

"不不不，不是小爸说的那种。"我连连摇头解释，"就是如果我报名参加交换生项目，就要接待一个意大利女生来咱们家体验原汁原味的中国家庭生活。而且意大利是非英语国家嘛，我们之间交流肯定要用英语，也能顺便提高一下口语水平。"

"这是好事啊！"老妈一脸支持。

"然后……作为礼尚往来，将来我们去意大利体验交流的时候，她也会接待我去她家吃住的。"趁老妈没来得及反应，我不带换气地把后半段保证也一口气说完，"而且你放心，我们学校带我们去意大利肯定是暑假期间，绝对不会耽误正常学习！"

"不行，我不同意。"

"为什么啊？"

"你从小到大连趟远门都没自己出去过，连吃水果都得你小爸洗好、削皮、切块再插上牙签给你伺候到屋里去，你要是一个人到了国外，你有独立生活的自理能力吗？"

"你又没让我试过，怎么知道我没自理能力？"

"不行，我不放心。"

此后无论我怎么央求说服，她都坚决咬定"不行"两个字不松口。无奈之下我只好使出杀手锏，将哀怨恳求的目光转向小爸，向他寻求紧急支援。

小爸心领神会正要开口，却被老妈抢先一句堵死："拉你小爸当后盾也没用，这件事情我说不行就是不行，没得商量。"

"小爸……"我急得使劲扯他袖子，"你看我妈根本不讲理！"

"我怎么不讲理了？"老妈顿时也急了，"老郭你给我评评理，静静她一个十几岁的小姑娘，一个人出门在外多不安全！我担心她、不让她去有错吗？"

"她又不是一个人去，不是还有带队老师嘛——"

小爸话没说完就被老妈劈头盖脸一通反驳："带队老师才几个人？一双眼睛能照看过来那么多学生吗？你现在顺着她的意思让她去，等到时候真出了事，后悔都来不及！"

"可我们办公室老宋，他们家儿子……"

"人家儿子大学了，二十多岁的大小伙子，谁能拿他怎么样？咱家静静才上高一，又是个女孩子，这情况能一样吗！"

小爸认真琢磨了一会儿，居然临阵反水倒戈来劝我："静静啊，其实我觉得你妈说的有道理，我的确也不太放心。要不这样，你要是真想去意大利玩，等暑假时候我跟你妈请几天假，咱们一家三口去玩一趟怎么样？"

"不怎么样！"我重重放下筷子，"如果你们总是像这样把我圈养起来，我永远都没办法长大，没办法学会独立自主，到时候你们准备对我指手画脚一辈子吗！"

"你这孩子怎么说话呢，爸爸妈妈还不是为了你好？"小爸第一次板起脸来训我。

"可是我不需要这种过度保护！"

说完我腾地站起来，赌气跑回卧室，使劲摔上了门。

父母永远都是这个样子，永远试图用他们自以为对的方式把我们滴水不漏地保护起来，不管我们多么想踮起脚尖，试着去接触篱笆墙外的世界，也不管我们多想用自己的方式去学着长大。

第二天，到了学校，我特别沮丧地把谈判失败的消息告诉了唐宋他们，换来谢楠一连串的惊愕与诧异："你爸妈怎么会那么想，难道你从来没参加过夏令营什么的？"

"别说夏令营了，初中毕业我们全班想来个两天一晚近郊游，我妈都硬是没同意让我去。"我掰着手指头细数，"从小到大我去医院必须我妈陪着，去上学考试有小爸接送，晚回家必须提前报备，假期跟同学聚会必须交代清楚人员行踪，而且超过晚上八点没回去，百分百会接到他们的连环夺命 call。"

说着我往椅背上一靠，艳羡地看向旁边的唐宋："所以我一直特羡慕唐宋，老爸整天天南海北飞着都没空管他，家里只有一个做饭打扫卫生的小阿姨，没人整天管着问着，无拘无束多自在！"

唐宋瞥我一眼："你不就是想让他们给你签申请表吗，我教你个招儿，听不听？"

"你该不会想让我伪造签字吧？"无怪我这么怀疑，据我所知他当年还真没少干这事，以至于他现在签他爸的名字压根用不着拓印，随手一签保准连他爸都分不清真伪。

"不听就算了。"说着他勾起篮球就要起身往外走。

我赶紧扑过去抱大腿："听听听！跪求传授！"

唐宋这才满意了，大爷似的坐回来跟我耳传面授了所谓的锦囊妙计，而且拍胸脯保证一剂见效、立竿见影，今天晚上我就能妥妥拿到签字申请表。

"你确定这么简单就能行？"我忍不住万分怀疑。

"我什么时候骗过你。"唐宋唇角一勾，眼底笑意弥漫。

"我看你是没少骗过我……"我嘟囔着反驳。

唐宋眼底笑意更甚，伸手在我脑袋上使劲胡撸了几把，然后起身喊上几个男生一块下楼打球。跟他们勾肩搭背往外走时，唐宋单手抓起篮球使巧劲一拨，炫技似的让篮球顶在指尖旋转个不停，引来周围几个女生一通喊帅。

"喂，别看啦——"

听到喊声我猛然回神，紧接着映入眼帘的是谢楠那张近在咫尺的大脸，顿时吓得我一个激灵，捂住心口嗔怪她："你吓死我了！"

"人早就走没影了，再看当心眼珠子都要掉出来了。"谢楠一把勾住我的肩膀，哥俩好似的拿我打岔，"这么俊俏又会耍帅的小竹马你要是不给看牢了，到时候万一被哪个奔放的意大利姑娘给拐跑了，你可哭都没地儿哭去。"

"不会的，我相信唐宋。"

我相信唐宋，所以无论他给我出的主意听起来有多简单多不靠谱，我都愿意回家去试一试。

谨记唐宋的叮嘱，进家门前我先在门口徘徊了很久，终于酝酿出一身郁郁寡欢的低落气质。打开家门一脚踏进去，就开始了低头闷不吭声、隔几分钟叹声气的哑巴生活。

等到吃晚饭的时候，小爸终于发现我的异常，于是故意逗我说话："静静今天情绪不太好啊，是不是在学校遇到什么不高兴的事情了？来，跟小爸说说，让我们也高兴高兴。"

"什么事都没有。"我闷声扒饭。

"那是唐宋那个臭小子又欺负你了？"小爸继续猜。

"不是。"

"是不是身体哪里不舒服？胃疼？"

"没事，我挺好的。"

就这样，无论小爸问什么，我都用特别消极低落的语气告诉他"我没事""我很好"。最后老妈不耐烦了，劈头盖脸一句"你吃你的，别管她，那么多臭毛病"，我当即就红了眼圈。

"我吃饱了，先去写作业了。"低声留下这一句，我起身把碗筷拿去厨房，然后直接回了房间。临关门前，我听客厅那边小爸正跟老妈念叨说我绝对不对劲。

然后就如同唐宋所预测的一样，饭后小爸端了果盘进来旁敲侧击，找我谈心，我继续问三句答一句，全程演绎闷闷不乐悲春伤秋，一直憋到最后才轻轻叹了口气，幽幽抛出唐宋教给我的台词：

"小爸，我是不是真的很差劲，才让你和我妈一直对我那么不放心？"

小爸一下子懵了，怔在原地不能对答。

"昨天你跟我妈不放心我参加交换生项目，我仔细想了想，的确从小到大，我做过太多不靠谱不懂事的事情，也一直没有好好反思过，没跟你们道过歉……所以难怪你们总是对我缺乏信心，无论想做什么，都让你们觉得我是在瞎胡闹。"

说到这里我忍不住鼻子一酸："小爸对不起，我没成长为你们希望的那个样子……"

"不不不，根本没那回事，"小爸赶忙过来抱我，"宝贝儿别哭，你一直都是我跟妈妈的骄傲。真的，小爸不骗你，我们从来没觉得你有一丁点的不好。"

小爸的安慰如同一剂催泪弹，瞬间打通我两条泪腺，原本还有几分做戏成分的眼泪顿时止都止不住了，我靠在小爸怀里哭得眼泪鼻涕乱七八糟。

"好了好了，不哭了，宝贝儿咱不哭了啊。"小爸从桌上抽出纸巾替我擦眼泪，"静静，你老实告诉小爸，是不是因为我们不同意你报名交换生去意大利，你才胡思乱想这些的？"

"嗯……"我抽噎着点了点头。

"那你告诉小爸，你为什么那么想参加这个交换生活动？"小爸陪我坐在床边，搂着我的肩膀问得特别温柔耐心又小心翼翼。

我眨眨眼睛，愣住了。

为什么要参加交换生活动？不就是谢楠怂恿我们组团报名，刚好唐宋也很感兴趣，所以我就随大流想跟他们一起……

"因为好多同学都参加，所以想凑热闹，不参加觉得没面子？"小爸试探着猜测。

"不是这样的！"我下意识飞快地否认，想了想又觉得小爸说的也不算错，"我的确是想跟谢楠、唐宋他们一起凑热闹，但绝不是因为好面子什么的，而是……而是……"

小爸耐心十足地等我慢慢想，不催促也不打断。

"而是我觉得这本身就是一次特别难得的经历，我想跟最好的朋友一起去结识更多的朋友，去见识更广阔的世界。虽然等将来回忆起来的时候，或许这件事情并不会成为我所有记忆里最精彩的部分，可我也不想它成为永远无法弥补的遗憾。"

一口气把之前连我自己也没能意识到的想法通通倾倒出来，我顿时觉得心里畅快舒服了很多，于是抹干眼泪扭头对小爸笑："不过现在我已经想通了，就算这次没办法参加也没关系。我会从现在开始慢慢学着独立自主，凡事不再只会依赖你们，这样等到下次再遇到类似的机会，说不定你们就会没有任何顾虑地同意我去参加了。"

小爸没有再说什么，只是揉揉我的脑袋叹了句傻孩子。

然而等到第二天早上，我却在我的桌子上看到了那张签好字的交换生申请表，上面写着同意肖静静参加意大利交换生项目，落款是小爸龙飞凤舞的签名。

唐宋给我出的主意，是让我利用小爸对我的疼爱，装乖卖惨，用眼泪让他心软屈服。他说没有哪个父亲受得了宝贝女儿的眼泪攻势，你一哭他们就慌，你一撒娇他们连天上的月亮都愿意摘给你，所以只要我回家采取怀哀策略，既哭又撒娇，妥妥拿下小爸。

可是后来小爸告诉我，他花了半宿说服我妈，并帮我在申请表上签字，并不只是心疼我的低落难过和擦不尽的眼泪，而是他从我的回答里听到了让他满意的答案，让他认为可以稍稍松弛手中的风筝线，让风筝试着往更高更远处飞飞看。

可惜那天晚上我说过太多太多的话，实在说不好究竟是哪句精妙剖白顺了他老人家的耳，否则我一定找个小本子把那句话好好记下来，以备日后不时之需。

不过不管怎样，结局总是皆大欢喜的！

意大利交换生进驻学校阅览室的时候，正赶上四月初桃花开得浓艳，风一吹就有粉白粉白的花瓣落到小径上，别提多好看了。

我负责接待的意大利女生叫 Chiara，是个完全继承了欧洲人五官优势的小美女。

我第一次见到她的时候，她正歪着头跟旁边的男孩子说笑，金棕色的卷蓬长发随意别在耳后，漂亮深邃的眼睛笑成一弯月牙。听到领队老师喊她的名字，她立刻告别同伴，几步跑过来、落落大方地站到我面前。

"Hi, I'm Chiara." 她笑起来的时候，两粒小巧酒窝显得特别可爱。

Chiara 不光爱笑，还特别嘴甜会来事。当天放学我带她回家，晚上小爸大展身手做了一桌子的拿手好菜，她每尝一口都把眼睛睁得大大的，竖起拇指特别夸张地赞一句 "delicious"，好像从没吃过如此美味的食物，直把小爸哄得自以为中华神厨，嘴角咧到耳根，乐得都快找不着北了。

不同于我那半吊子英语，Chiara 一口流利英文说得特别标准，以至于我都有点恍惚意大利到底是不是非英语国家了。后来 Chiara 告诉我，她妈妈在大学里担任国际课程授课导师，日常上课都是全英文教学，她的英语打小就是跟她妈妈学的，基本可以算是她的第二母语了。

短短一晚的相处让我们全家都深深喜欢上了 Chiara 这个意大利女孩。第二天小爸开车把我们俩送到学校，她去阅览室跟同学汇合，我则直接前往教室。

一进教室就见谢楠特别郁闷地扑了过来："小静儿！你家那个交换生怎么样？"

"Chiara 很好啊，性格特别 nice。"

谢楠又扭头问刚拉开椅子坐下的唐宋："你呢，接待的那个小帅哥咋样？"

"Franco？"唐宋随口答，"昨晚我俩打了半宿联机游戏，超爽。"

谢楠的表情顿时就哀怨了，一副天理不公的样子假哭："为什么只有分给我的交换生那么奇葩！能不能给我换个人啊，我现在申请退出还来得及吗……"

"你那个交换生叫什么来着……Angelica？她怎么你了？"

我对 Angelica 有着特别深刻的印象，当时我们集中到阅览室外等待跟交换生见面，我和谢楠透过落地大玻璃窗偷看里面的俊男靓女，Angelica 就是其中最抢眼的一个。

烫成波浪大卷的灿金长发，高挑匀称的完美身材，再加上那双自带美瞳效果的碧蓝眼眸……扑面而来的女神气息正中靶心，让人想不去注意都难!

这样的高气质女神无疑也是人缘最好、朋友最多的,她拿了个iPad坐在采光最好的南侧落地窗边,戴了款白色蓝牙运动耳机,不知是在听歌还是在看电影,大概有七八个女生围着她交谈,而她一副浑然不受干扰的淡然处世模样,看起来特别赏心悦目。

后来把她跟谢楠分到了一组,我还听到身后好几个女生都发出了羡慕的感叹声,毕竟这是个颜值即正义的世界,谁都喜欢跟漂亮好看、芭比娃娃似的美女当朋友。

"可是美女比慈禧老佛爷还难伺候,昨天愣是折腾得我大半宿没睡!当初咱们都被Angelica那副不食人间烟火的样子给骗了,其实她骨子里要多公主病有多公主病!而且真不是我小心眼容不下她,就她那集狮子座的自大控制欲和处女座的龟毛强迫症于一体的满身臭毛病,真心是搁谁谁都得疯!"

在谢楠的声声泣血控诉中,我和唐宋总算听明白是怎么一回事了。

原来昨天Angelica先是嫌弃中国料理煎炸烹炒油太大,放着满桌佳肴不吃,非让谢楠额外帮她订了蔬菜沙拉和寿司卷外卖;然后跟谢楠共处一室又不满意她边写作业边听音乐的习惯,花费了整整半个小时说教她专注力的问题,直到她妥协摘掉耳机。

紧接着九点多,Angelica换了运动衣说有夜跑习惯,刚好谢楠是长跑小能手,陪她出门夜跑到十一点多回来。待洗澡洗衣服收拾妥当已经十二点多了,谢楠困得只想一头扎进枕头里安然长眠,偏偏Angelica又开始巴拉巴拉说教她不吹干头发就睡觉有多不健康。

"然后好不容易吹干头发、敷完面膜、调好加湿器、戴好耳塞眼罩可以就寝了,结果小公主又觉得床垫不够厚、枕头不够软、被子不够轻薄，最后我翻箱倒柜倒腾出我家最好的寝具四件套，这才勉强把小公主伺候满意，终于肯凑合睡了。"谢楠双手揉着太阳穴，满心疲惫，就差在脑门上写上"累感不爱"四个大字了。

"这也太过分了吧……"我听得瞠目结舌，哪有第一次入住别人家里就这么无理取闹的啊！真当自己是花钱享受五星级酒店，还额外要求极致满意度体验的？

"所以说！"谢楠立刻找到共鸣，"别说让我再这样鞍前马后伺候小公主一个月，再多一天我都忍不了，昨晚也就是亏得我涵养好素质高，才没直接引发国际争端问题。"

可是抱怨归抱怨，我们谁都清楚，这种交换生活动是绝对不会允许任何人中途退出的，而且小伙伴们早就一对一分好组了，临时换组就要牵扯到四个人，校方同样百分百不会同意。

所以现如今唯一的解决之道，只有要么撕要么忍。

谢楠哭唧唧不爽了整整一上午，最后选择了忍。不撕不是因为不敢撕或者撕不过，而是她搜肠刮肚也憋不出几句撕逼式英语，想想如果每撕一句都先停下来用有道词典翻一下也是挺傻的，所以只好忍痛放弃这一选项。

可谁都没有想到的是，有时候即便我们委曲求全绕路而行，也无法避开从马路对面横冲直撞过来硬要碰瓷的麻烦。

下午体育课我们正在篮球馆练习三步上篮，忽然门被推开，一帮意大利学生涌入，为首的男生表示他们得到许可，可以使用篮球馆进行球类运动，并保证只占用边侧场地，不会打扰我们上课。

我们体育老师小彭是个性格超级随和的人，整天跟我们嘻嘻哈哈，上课都没个正型，除非必要情况，绝不会把我们支去操场跑圈，最喜欢让我们解散活动，打打羽毛球，偶尔还会拎个空竹，扎女生堆里炫技耍帅，教得我们班所有女生人人都会抖几下空竹。

没过几分钟，小彭老师发现旁边打球打得热闹的意大利男生早就喧宾夺主，抢了大多数人的注意力后，毫不犹豫就宣布原地解散，然后怂恿男生过去邀请对方打场比赛。

正好唐宋的交换生伙伴Franco也在球员之列，他过去跟Franco简单说明了下想打场友谊赛的意图，那边欣然应允，当时就派了五个男生过来。

同时，以Angelica为首的四五个女生也自觉站到了球场一侧，很是训练有素地拉开阵势，小踢踏舞步一响就跳起了热身开场舞。

"小公主竟然纡尊降贵去跳拉拉队舞？"谢楠一脸被雷劈的表情。

小彭老师贼兮兮凑上来撺掇我们："你们也上去来一段怎么样？咱们输人别输阵，怎么也得组个拉拉队过去跟意大利女生拼拼气势。"

"您打算让我们去跳广场舞？"旁边有女生搭茬，"除了这个我们也不会别的了。"

"别说，这也是一招。"小彭老师摸了摸下巴，"说不定反倒能出奇制胜，打乱他们的节奏。"

听到这里我实在忍不住回头插了个嘴："彭老师，您别净长他人志气灭自己威风啊，话里话外都是咱班男生打不过人家。"

"就是，我看咱们班男生就挺厉害的，一准能赢！"谢楠跟着帮腔。

"要不下个注打个赌？"小彭老师玩心大起，"要是你们班男生赢了，这学期我免了你们八百米考试怎么样？"

"成！不许反悔！"

所有女生都沸腾了，一窝蜂涌到球场边缘给男生们摇旗呐喊，结果反倒吓到了球场上不明真相的唐宋他们，一开场就接连丢掉了两个球。

之后的比赛打得毫无悬念，唐宋他们被意大利男生压制得节节败退，不光跑位被挡、投篮被盖，就连运球过程中都经常莫名其妙被对方截了球，几乎可以说是被打得毫无还手之力。

而意大利队却在拉拉队又喊又跳的助攻下愈战愈勇，作为队长的Franco尤数次从唐宋手里抢下球，也无数次一跃而起将球投入篮筐，动作行云流水，帅得我方阵营也纷纷倒戈为他欢呼。

Franco又要抢球，唐宋反手一扒拉将球传给队友，结果配合失误，篮球直接弹出边界，骨碌滚到了我的脚下。我弯腰捡起球，抬头就看见唐宋冲我勾手："扔过来！"

"我来。"旁边谢楠一把夺过球，以一个标准传球动作把球传了过去。

可惜她准头有点差，篮球偏了唐宋二十多度，连缓冲都没有直接砸到了他斜后方Franco的后脑勺，一下子就把Franco给砸懵了。

全场寂静了两秒，随即哗的一下炸开了锅。

唐宋抢先扶住Franco，却被Angelica一把推开，Angelica急着查看Franco的伤势，却被他队友们挤出外围，谢楠跑过去结结巴巴想道歉，结果被Angelica一个耳光扇愣在原地。

Angelica还要扬手再打，唐宋眼疾手快抓住她的手腕，反手一拧把她往旁边推开，这下子又惹毛了她那几个小跟班，她们立刻一窝蜂扑上来把我们围在了中间。

"你竟敢打我？"谢楠早就看Angelica不顺眼，此刻反应过来更是新仇旧怨一并爆发，撸胳膊就要扑上去干架，我和舒琳赶紧一左一右拽住她的胳膊把她拖回来。

Angelica 也是不依不饶，情绪激动地指着谢楠叽里咕噜骂个不停。

尽管我们谁也听不懂意大利语，却不难猜出她是在为谢楠误伤Franco 的事情发飙。可惜她在这边大呼小叫跳脚跳得厉害，人家却压根不领情——

"Angelica, you've gone too far." Franco 冷着脸叫住 Angelica，又切换成意大利语低声跟她说了几句话。只见她脸上先是露出难以置信的表情，紧接着又转换为红白交加的尴尬。

抛下敢怒不敢言的 Angelica，Franco 走到谢楠面前低声道歉："Sorry, my friend was so rude, I apologize for her rudeness."

谢楠咽了咽唾沫，气势一下子低了八度："不不不，是我该说对不起，我不是故意拿球打你的，真的只是不小心！那个……你没事吧？会不会头很晕脑震荡什么的？"

"他听不懂中文。"我偷偷戳她后腰提醒。

谢楠干巴巴笑了两声，迅速扭过头来将声音压得到几近耳语："废话，我当然知道他听不懂中文！可我一着急就更想不起英语怎么说了，刚才那段话你俩谁帮我去翻译翻译？"

我还强忍着笑，舒琳已经憋不住扑哧笑出声来。

"真是养兵千日，浪费粮食！"谢楠狠狠嫌弃完我俩，转而向站在旁边听了全程的唐宋求救，"唐宋，快快快，她俩全都靠不住！"

"什么靠得住靠不住的？你们又给我整什么幺蛾子呢！"中气十足的怒斥声从身后传来，大家自觉纷纷靠边让出一条道，曲主任虎虎生风地闻讯赶来。

跟在曲主任旁边的是意大利领队老师，只见她快步走向 Angelica

她们，只开口问了一句，那伙人就七嘴八舌告起了恶状——别问我听不懂意大利语是怎么知道她们在告恶状的，就她们那频频指向谢楠的手势和瞟向唐宋的眼神，瞎子都能看出她们狗嘴里没吐什么好牙。

"瞧见没有，小贱人开始恶人先告状了。"谢楠幸灾乐祸地哼了声，仿佛她自己完全置身事外，跟这件事情没半点关系似的。

曲主任的眼刀随即而至："等会儿再收拾你们！"

说完他径自过去询问对方的带队老师，其流利的英语倒让我们一惊。

很快两人沟通完毕，意大利领队准备带着她的学生们撤离。经过我们身边的时候，Franco突然停下来安慰谢楠："Don't worry, I already told them the truth. I'm not hurt, it's just an accident."

"Thank you."谢楠满怀歉意地道了声谢。

"And your voice is so sweet, very nice."意大利男孩扬眉笑了笑。

低柔温醇的声线说着如此直白真挚的夸赞，饶是脸皮厚如谢楠也禁不住刷地红了脸，心情激动到差点掐青我的手腕："妈呀！我刚才是不是被意大利小帅哥撩了？"

小帅哥是不是故意撩她我不知道，我只知道在她身后，曲主任的脸色已经黑到不能再黑了。

最后的结果是小彭老师、谢楠和唐宋通通被曲主任带去了教导处，我和舒琳放心不下也跟着过去，在门口等他们，可惜隔着紧闭的大门，我俩啥都偷听不到，舒琳安慰我说，起码说明曲主任这次没气到破口大骂，估计情况还不至于太糟糕。

大约十几分钟后，谢楠和唐宋被释放出来了。

"小彭老师呢？"我看了看他俩身后问。

　　"还在里面挨训呢。"唐宋反手指了指里面，"这次小彭可惨了，老曲似乎打算把所有责任都扣在他头上，因为是在他课上出事的。还说如果 Franco 这段时间出现任何由于头部撞击导致的身体问题，或者这件事情引起意大利方的任何究责行为，都要算成他的重大教学事故。"

　　"不至于吧……"我心里咯噔一下，"不就是体育课上打球发生了点小摩擦，人家当事人都说只是场意外，意大利领队老师也没说什么，怎么被曲主任一说就这么严重了？"

　　"老曲那人你还不知道，向来是隔着显微镜看问题，在小事化大、大事爆炸这方面特别有一套。"谢楠倒显得对此毫不意外，"不过只要意大利方不追究，小彭老师挨完这顿骂就啥事都没有了，所以你俩必须机警点，但凡从交换生那里听到点风吹草动，必须即刻汇报，然后我来想办法摆平他们领队。一人做事一人当，我绝对不会连累小彭老师的。"

　　"为什么光是我俩，你家那个才是最容易作妖的吧？"

　　"哦对了，有件事忘记告诉你了。"谢楠回答我说，"我退出交换生项目了，反正事情闹到这个地步，我和 Angelica 也没法再假装没事地相处下去了。"

　　"那 Angelica 怎么办？"我下意识追问。

　　"谁管她。"谢楠翻了个白眼，似是完全不愿再提及这个名字。

　　后来我们才知道，曲主任之所以如此痛快地答应了谢楠的退出申请，是因为他们早在提交申请表阶段就找好了两三名替补，所以即便有人因不可抗力不得不临时退出，也不至于出现对方交换生无人接待的尴尬局面。

所幸人类的头骨比想象中更为结实耐用，并不会因为被篮球砸了一下就罢工报废，Franco除了当天晚上涮羊肉吃撑了，抱着马桶大吐特吐了一番，连续好几天都没再出现过任何异常反应。

　　而意大利领队显然也没偏信Angelica添油加醋的控诉，两校关系依然和睦融洽，曲主任杞人忧天假想中的一切恶劣后果通通都没有发生，小彭老师也安然无恙没被追责担处分，我们悬了好几天的心总算落回到了肚子里。

　　后来Chiara偷偷告诉我，Angelica是她们学校的拉拉队队长，聪明漂亮，门门功课都能拿A，不但老师特别喜欢她，追求她的男生几乎能排满整条走廊，可她偏偏一个也看不上，反而对向来对她不假辞色的Franco情有独钟。

　　"But Franco dislikes her, everyone knows it."

　　"You don't like her too, do you?"

　　"I hate her! She is so arrogant and willful!"

　　对Angelica同仇敌忾的厌恶如同加入试管的最后一小撮催化剂，让我和Chiara彼此间的亲近好感有了突飞猛进的变化。我俩边走边聊，正要往车站方向走，Chiara突然指了指说那边似乎有人要找我，然后我一扭头就看见了老董那梳得锃亮的汉奸头。

　　"静静，放学了？"老董脸上堆满假笑。

　　"还没放呢，我俩逃课溜出来的。"我一本正经地回答。

　　老董面不改色，像是没听见我故意噎他："那正好，爸爸今天在餐厅订了位子，请你跟你朋友吃海鲜大餐去！"

　　"可是我小爸还在家等着我们回去吃饺子呢。"

　　可惜老董把我的拒绝听成了客气，竟直接动手上来拉我："哎呀，走走走，哪能让我闺女吃饺子？啥饺子能有海鲜好吃！"

"你别拽我！"我急忙抽出胳膊往边上躲。

大概是见我们气氛不对，Chiara 拿出手机问我需不需要报警，然后老董哭笑不得地向她解释说自己不是坏人，并问她是否愿意一起去吃顶级中国料理。

"刚才不还说海鲜大餐吗，怎么一眨眼变中国料理了？"我插了句嘴，看来老妈说的果然没错，这老家伙果然是个见风使舵、满嘴跑火车的主儿！

"都有都有，中式海鲜料理。"老董赶紧赔笑打圆场。

"可惜我哪个都不感兴趣。"

硬邦邦撂下这句话，我拽着 Chiara 跑开。老董没有追我们，可我知道他一直站在原地看着我，那目光像甩不开的蛛网黏在我背上，让得我浑身不自在。

到家后我们谁也没提这段意外插曲，Chiara 洗洗手就迫不及待要跟小爸学包饺子，最后玩了满身满脸面粉被我推去洗澡——因为小爸偷偷跟我咬耳朵，说如果不赶快制止她加速摧毁饺子皮的行为，恐怕晚上只能用饺子汤灌水饱了！

直到热热闹闹结束了又一天的生活，洗漱完毕关灯躺到床上后我才轻轻叹了一口气。没想到这轻若呼吸的叹息声还是被耳尖的 Chiara 察觉了，她侧过身子问我是不是在为下午碰到的那个父亲不高兴，又说小爸对我那么好，她完全没看出他仅仅是我的继父。

我摇摇头告诉她这件事情很复杂，她更是感兴趣地问我"How complicated"，即便在伸手不见五指的黑暗中，我也可以感受到她那副眨巴着眼睛想听八卦的兴奋劲儿，简直跟谢楠一个样！

于是我干脆盘腿坐起来，拖过枕头抱在怀里，给她从很久以前讲起。

不得不说 Chiara 是个特别合格的听众，全程保持安静，以至于我差点忘了旁边还有个倾听者，好几次自言自语不小心顺溜出了中文。

津津有味听完这一整出狗血大戏，Chiara 趴在床上问我打算怎么办。

我以为她没听懂，又重复强调了一遍老董当年抛妻弃女的渣男行为，Chiara 却依旧不明白这跟我的双向选择权有什么关系。在她看来，不管老董当年如何对待我们母女，既然现在有能力并且愿意给我提供另一种未来、另一种人生，我都应该认真考虑权衡，不该草率拒绝。

——What we talk about is your future, you must consider how to choose just for yourself, not for your mom, your dad or everyone else.

Chiara 临睡前的这句话一直反反复复回荡在我的脑子里，她说如果我去澳洲念书，意味着将开启一段跟现在全然不同的人生，而我不应该为了父辈的恩怨，毫不考虑就断然放弃这个机会。

于是当天晚上我做了一个特别恐怖的噩梦，我梦见老董替我办好了所有出国手续，并把我绑架到了机场，我一边哭着求他放了我，一边拼命拖延时间盼着老妈小爸来救我，结果老董冷笑三声说他们早就不要我了，然后我一回头就瞧见老妈小爸站在离我特别远的地方，脸上除了冷漠就是厌恶，他们说我背叛了他们，说就当从没养过我这个白眼狼。

半夜我被 Chiara 摇醒，问我是不是做了噩梦，因为我又哭又喊，吓得她以为是入室抢劫。

我伸手摸了摸脸，才意识到自己脸上全是凉飕飕的泪痕。

　　躺在床上睁眼望着天花板过了好久，我才终于从梦的余悸中缓过神来，长长松了口气安慰自己不过是场噩梦，随时可以醒来，永远不会成为现实。

　　所以并不像 Chiara 所说，老董的出现意味着我的人生出现了另一种选择。我甚至用不着动用理智去烦恼决断，人类那无所不能的潜意识就已经给出了最完美的答案。

咱们绝交吧

一个月的时间转眼即逝，意大利交换生即将踏上归途。Chiara 住在我家的最后一天晚上，我俩膝盖抵着膝盖坐在飘窗上聊到深更半夜，谁都舍不得去睡，直到老妈发现，被她赶上床。

作为临别礼物，我送给 Chiara 一个手工牛皮相册，里面贴满了这一个月来我们吃喝玩乐北京城拍下的洗印照片，每张照片旁边都用中英文记录了拍摄的时间地点以及当时的简单心情，还买了好多贴纸把整本相册打扮得漂漂亮亮的。

Chiara 临走前分别给了老妈和小爸一个大大的拥抱，感谢他们一个月来的热情招待和悉心照顾，还开玩笑地埋怨小爸做饭太好吃，害得她都舍不得走，想常住我家蹭饭了，听得向来眼窝浅的小爸差点当场掉下眼泪，恨不得认下这个干女儿，顺便再把她户口迁过来。

交换生走的这天正赶上我们期中考试，所以我们没办法亲自去机场送行，只能掐算好他们豪华大巴的离校时间，抽空在两场考试间隙跑去阅览室门口做个最后道别，也就是在这个时候，我才知道原来取代谢楠接手 Angelica 的替补交换生竟是唐悦。

"你怎么没告诉我这件事？"回教室路上，我揪住唐宋要治他的知情不报之罪。

"你以为她什么事都跑来找我汇报？"唐宋白了我一眼。

"可是……"

还没等我可是完，预示下场考试开始的铃声忽然响彻了整幢教学楼，唐宋随即拽起我就朝教室一路狂奔，害得我毫无防备之下险些咬到自己的舌头。

等连轴考完让人晕头转向的物理化学，我已经再没有多余的心思去关心那些有的没的了，整个智商都被掏空似的趴在桌上瘫成死狗，捂住耳朵不去听周围此起彼伏、令人更加心凉的对题声。

"哎哎哎！"谢楠过来推我，"都考完了就别装死了，快点收东西咱们去嗨皮下！"

"去哪儿？"我抬头问她。

"去超市吧。"谢楠想了想说，"明天春游，咱好歹也得去筹点粮草。"

其实比起去超市采购春游物资，现在的我更想飞奔回家睡觉。昨晚熬夜带来的副作用早在刚才考试时就已强势反扑，要不是我靠不断掐大腿、强迫自己保持清醒，恐怕撑不到考试结束就已经趴倒会周公去了！

像是看出我有婉拒的心思，谢楠抢先堵住我的话："你已经连续一个月有了新欢忘旧爱了，现在 Chiara 已经不能成为你冷落我的借口了，所以为了我们的友谊你最好想清楚再开口。"

"好吧……去超市。"我无语妥协。

谢楠极为满意地赞了句孺子可教，然后扭头想问舒琳要不要一起去，结果那边早就人去位空，桌面收拾得干干净净，连个人影都不见了。

　　"舒琳还是每天都去广播台？"我边收拾书包边随口问。

　　"是啊，天天放学就往广播台跑，有时候午饭都不跟我一起吃。"谢楠坐在桌上晃悠着腿抱怨，"洛一扬看起来宅心仁厚的，实际上使唤起人来狠着呢，这段时间舒琳整天为录音那点破事忙得提溜乱转的。"

　　"上次广播台招新不是要了三个人吗？其他人呢，不能欺负咱们琳琳好说话就可着劲使唤她一个人啊！"我顿时替舒琳抱起不平，"我看张娜整天到处乱晃，她怎么不用去广播台帮忙？"

　　"大概是分工不同吧，具体怎样我也不是很清楚。"

　　"反正明天咱们必须好好给她提个醒，可别让她傻乎乎尽吃老实亏！"

　　可事实证明，我和谢楠再怎么替舒琳操心操肺都没用，人家正主只当我们是咸吃萝卜淡操心，一个劲宽慰我们根本没分工不均欺负老实人那回事，是她自己逐渐对播音感兴趣，喜欢上了这份工作，才积极主动愿意挑大梁，顺便多跟前辈们学点经验技巧。

　　舒琳说这话的时候，我们刚刚看完北京海洋馆里的海豚表演，正准备抓紧集合前最后十几分钟时间去前面出口处的礼品商店里挑点纪念品，然后就去指定地点找小叶老师汇合。

　　"哎，你还真别说，我也觉得咱们琳琳特适合干播音主持这行！声音又温柔又好听，主持个音乐电台或者深夜情感栏目，绝对妥妥的！"谢楠越说越认真，"将来你就考中国传媒大学，里面有个播音主持专业，正适合你。"

"不过这个专业好像是提招批次，我妈有个同事的女儿前年刚考完。琳琳你将来要是真想考这个，提招面试前可以找那个姐姐帮你培训培训，拿下面试的概率能大很多。"

我俩兀自说得热闹，舒琳却半点没被我俩的兴奋劲儿感染，挑挑拣拣摘下货架挂钩上的海豚海豹钥匙扣来回对比着看，极为心不在焉地笑了笑："哪有你们说的那么容易。"

后来我才知道，舒琳当时所谓的"喜欢"和"感兴趣"，指的似乎不是录音主持这件事，而是同样身在广播台且跟她搭档主持的某个人。而那个人，偏偏还是谢楠最为在意的洛一扬。

起先我无意中看到洛一扬拴在书包拉链上的鳄鱼挂扣，很是眼熟，似乎跟舒琳在海洋馆挑中买下的那对小鳄鱼一模一样，还以为他们年级春游也去了动物园海洋馆。

几天后的中午，我跑回多功能楼四层物理实验室取落在那里的实验报告册，再顺道去收发室帮谢楠取挂号信，就阴差阳错走了极少有人通行的东侧小楼梯，结果一进楼梯间，就意外撞见了让我没办法不想歪的尴尬场面……

当时舒琳和洛一扬正肩并肩坐在楼梯上，俩人一人一只耳塞捧着手机边看边笑，舒琳手里还拿了袋乐事薯片，洛一扬伸手捏出片薯片就往她嘴里塞——那动作真是要多温柔有多温柔，那态度真是要多亲昵有多亲昵！

最最关键的是，舒琳听到动静抬眼看到我，慌得一下子就站起来了，直拽得耳朵眼里的耳机脱落出来，啪嗒一声掉在地上，清脆的声响像是放大了无数倍回荡在我们之间。

如果不是她此刻的心虚，说不定我真的愿意随便找个理由说服自己只是看花了眼。可她看向我的愧疚眼神，就已经让我明白，呈现在我眼前的不会是简简单单一句误会就能解释得清的。

洛一扬也跟着站起来了，不可否认的是，他俩站一块还真是郎才女貌，颇有几分般配……猛然察觉到这个不自觉冒出来的念头，我顿时连再看他们一眼都觉得窘迫，半句话没敢说就火烧尾巴似的迅速逃离现场了。

等取了挂号信回到教学楼，我还没踏进教室就被舒琳拦住拽去了水房。

"求你别告诉谢楠。"这是她开口的第一句话。

我明白她的意思，她不仅不想让谢楠知道，更希望我能替她保守秘密瞒住所有人。她和谢楠都是我最好的朋友，如果我把中午看到的这件事如实告诉谢楠，固然是对她的背叛，可如果答应替她瞒住谢楠，难道要我眼睁睁看着谢楠时不时像个傻逼似的当着她的面花痴洛一扬？

仿佛看出我的为难，舒琳继续求我："静静，我求你了……这事如果被谢楠知道，以她的脾气肯定会大发雷霆，说不定到时候我跟她连朋友都没得做了。"

"你也知道谢楠会生气？"我气急反问，"你明知道谢楠喜欢洛一扬，还跟他背地里偷偷摸摸搞在一起，你考虑过谢楠的感受吗！当时你进广播台，还跟谢楠开玩笑说正好近水楼台，方便她先得月，结果这月亮倒是捞着了，可惜没她什么事了。"

无论我说什么，舒琳都咬着嘴唇不吱声，一副难过愧疚到快哭了的表情。

见她始终低着头不吭气，我只好缓了缓语气问："你什么时候跟他好上的？"

"这学期刚开学不久……"舒琳说话都带上了哭腔。

原来是洛一扬先招惹上的舒琳。

上学期洛一扬把她招进广播台，一开始的确是挑中了她文采好声音甜，再加上有上任台长卸任前的特意推荐，所以他一直对她特别上心，几乎把她当作广播台下任支柱来培养。

他手把手教她做栏目策划，帮她修改广播稿，又带她搭档录音……一来二去逐渐被她的才情气质所吸引，趁寒假，多次打着广播台集体活动的名义邀她爬山唱歌拉近感情，然后刚开学没多久就私下找她告了白。

"然后你没拒绝就同意了？"

"我、我拒绝不了……"

尽管舒琳低头错开了目光，可那微微泛红的耳尖还是出卖了她的心事——原来不单单是洛一扬看上了她，她几乎也是同一时间被他吸引到萌动了春心。

"嘿！我还奇怪你跑哪儿去了呢，替我取趟挂号信这么半天不回来——"身后忽然传来谢楠的大嗓门，"你俩鬼鬼祟祟躲这儿干吗……哎，琳琳你怎么哭了？怎么回事，谁欺负你了？"

"没……我没事。"舒琳迅速擦掉眼泪，又连连向我投来哀求的目光。

谢楠立刻敏锐地察觉到了什么，满目狐疑地来回打量着我们。

"谢楠你来得正好，快帮我劝劝舒琳。"我清清嗓子迎上谢楠的目光，"刚才小叶老师找她谈话，也不知道都说了什么，她回来就一直哭个不停。"

舒琳立刻会意，抽噎着继续我的谎言："就是期中排名，她问我为什么跌出年级前五十，比以前退步了很多，还说我整天不务正业……"

"她说什么你就当放屁，左耳进右耳出，千万别往心里去！"谢楠挤过来勾住她的肩膀，同仇敌忾痛斥无辜躺枪的小叶老师，"不管怎样你还是稳稳全班前十，已经很了不起了！"

从谢楠看不到的角度，舒琳用口型对我说了句谢谢。

我别过脸去，一点也不想应承她这句谢。实际上刚刚开口的瞬间，我就已经后悔了，一瞬的心软让我对谢楠说出了第一个谎言，那么今后我还需要用多少谎言来圆这个谎？

我更是不敢去想象，当一切真相被揭穿，当谢楠发现舒琳瞒着她跟洛一扬两心相悦，而我却选择帮他们欺瞒她时，我们三人又将如何收场。

所谓怕什么来什么，我越是怕舒琳和洛一扬的事情曝光，这事就越是闹到了全校皆知的地步。不知谁那么缺德把他俩的事捅到了教导处，正好被曲主任抓了典型，成了他杀鸡儆猴、整肃早恋问题的刀下亡魂。

"舒琳和洛一扬？开什么国际玩笑，老曲肯定是搞错了吧！"谢楠听到消息时，连半秒错愕都没有就一口咬定这事根本子虚乌有，百分百是曲主任偏信闹了个大误会。

"怎么可能搞错？人证物证都有，那么多人瞅见过他俩眉来眼去、卿卿我我，难道他们全都瞎了不成？"张娜坐在课桌上幸灾乐祸，两条腿特别欢快地晃来晃去，"要说也怨他俩点儿背，全校那么多早恋的，怎么偏偏就他俩被人举报然后让曲主任抓住了呢。"

"反正我不相信。"谢楠特别坚持，"如果真有这事，我和小静儿怎么可能不知道？"

"那可不一定，知人知面不知心呐。"张娜笑了笑，意味不明地看了我一眼。

这一眼让我没来由地心里一慌，还没来得及揣度她是否发现了什么，就见舒琳红着眼圈从教导处回来了。她一出现，教室里立刻变得鸦雀无声，几乎所有人的视线都迅速聚焦过去，像是生生把她钉死在了教室门口。

看出她的窘迫，谢楠立刻跑过去挽住她，边护着她往座位上走，边挥手斥散那些让她浑身不自在的围观视线："看什么看？没见过美女啊，都该干吗干吗去！"

见状我也迅速跑过去，小声问舒琳到底什么情况。

没想到她一见到我就冷下脸："肖静静，用不着你现在跑来假好心。"

我顿时懵了，这又是怎么个情况？

"你为什么要告诉曲主任？"舒琳盯着我，满脸都是控诉。

"我告诉曲主任什么了？我什么都……"我忽然明白过来她的意思，难以置信到瞠目结舌，"舒琳你疯了吗！你以为是我去找曲主任揭发告的密？"

"行了，别装了。"舒琳的眼圈更红了，"曲主任说他调过监控了，就是咱们班的人往他门缝里塞的匿名信，信上说我跟洛一扬谈情说爱，严重影响班级学习风气。"

"所以你就以为是我说的？"我还是没明白这算什么鬼逻辑！

"咱们班上，除了你还有谁知道这件事？"舒琳边说边啪嗒啪嗒掉眼泪，"我只跟你说过的细节，曲主任全都知道，不是你告诉他的，还能是谁？"

这下子，沦为全班视线焦点的人瞬间就变成了我。

在这一道道或惊讶或鄙夷的视线中，我只觉大脑顷刻空白一片，耳边轰隆隆的全是自己的心跳声，竟是连半句解释分辩的话都想不出来。

"肖静静，我知道你跟谢楠关系好，你觉得我瞒着她跟洛一扬好就是对不起她。可是你不觉得你这么做实在太卑鄙吗？不过也是我自己傻，竟然信你信到把什么都告诉了你。"舒琳声音很轻，却鼓槌似的一下一下敲在我的耳膜上，震得我耳朵嗡嗡直响。

眼见她要绕过我走开，我急忙拽住她的胳膊："不是我，真的不是我！"

舒琳挣开我的手，快步走回座位上拿了纸巾就又从后门跑出去了。我心里又慌又急，下意识转向旁边谢楠寻求支援，却只在她的脸上看到一样难以置信的震惊：

"你早就知道这件事，一直帮她瞒着我？"

"谢楠……"

"别说多余的话，我只问你'是'还是'不是'？"

"是……可是！"

"没有可是。静静啊，你可真是让我彻头彻尾当了回傻子。"

谢楠从头到尾都没有发火，可看惯了她直来直去的火爆脾气，她这副心平气和的态度反倒更让我心惊胆战——以我对她的了解，如果她这时候噼里啪啦冲我一顿火发出来，这事反倒更容易就此揭过翻篇，可她竟一反常态选择像这样把火气怄在心里……

偏偏还有那看热闹不嫌事大，一个劲甩风凉话拱火的："啧啧，我早就说过了吧？知人知面不知心，你对人家掏心掏肺，说不定人家对你狼心狗肺。"

"你给我闭嘴！再怎么样也轮不到你来幸灾乐祸！"谢楠怒气冲冲扭头怼了回去，一嗓子吼得教室里霎时鸦雀无声了，个个埋头假忙生怕引火烧身。

"谢楠，你别……"

"你也闭嘴，我暂时不想跟你说话。"

谢楠冷冷瞥了我一眼，然后径自回了座位，无论我怎么臊眉耷眼地追过去解释道歉，她连眼皮都没再抬一下。后来大概实在被烦得紧了，干脆耳机一塞播放器一开，任我磨破嘴皮也耳不听为静。

下午体育课回来，我忽然发现前面座位换了人："大何你怎么跑这儿来了？谢楠呢？"

"她说她视力不好，坐后面看不清黑板，所以跟我换了下位子。"

……这算什么烂借口！上个月体检她还炫耀过她5.3的超高清视力！

于是须臾之间，舒琳被困在办公室接受三方会谈，已经停了两节课，谢楠私自换了座位跑去了教室前排，原本亲密无间好好的三姐妹就分崩离析散了架。

"唉，早知道今天中午我也应该留在教室。"唐宋忽然往椅背上一靠，两手交叠枕在脑后连连遗憾叹气，"不过出去打了场球，回来就发现错过了年末大戏，因小失大啊。"

"唐宋你是不是有病！"

"我说肖静静同学，你心情不好也别拿我泄愤啊，难道你还打算把我也挤兑走不成？"

"走走走，你们都走！"

我赌气往桌上一趴，只觉得五脏六腑都堵腾得快要爆炸了。

良久，一只手掌覆到我脑袋上使劲揉了揉，"呦，还真生气了啊？其实没什么可担心的，回头跟舒琳那边解释清楚，等过几天谢楠消了气你再去好好道个歉，这不就结了。"

"哪有你说的这么轻巧……"

"不过说真的，我问你个事，你可别蒙我。"

"你说。"

"那封匿名信，真不是你给老曲的？"

我顿时愣住，完全没想到唐宋竟然会问我这个问题。

在我看来，舒琳可以怀疑我，谢楠可以不信任我，任何人都可以问出这种质疑我人品的问题，可唯独唐宋不可以。

"我不是怀疑你，只是你有没有仔细想过，"唐宋紧跟着解释，"既然告密者知道你跟舒琳对话的全部细节，说明当时她必然就在你们附近。所以你还能不能想起来，当时你们说话的时候附近都是些什么人，谁最有可能从头到尾一字不落听完你们的对话？"

"当时我们在水房，除了我和舒琳一个人都没有。"我仔细回忆那天的经过，正是因为当时水房内空无一人，舒琳才把我拽去那里，跟我剖白一切，求我帮她瞒着谢楠。

"你确定中途没人进出过？还是实际有人进去过但你们没留意到？"

"真的没人，除了最后……"

"最后什么？"

"没什么，反正当时水房就只有我们两个人。"

我并不想告诉唐宋，那天我跟舒琳的交谈是被谢楠打断的，是她路过水房看到了我们，也是她先出声叫了我们，我们才发现她在门口。

按照唐宋的论断，谢楠无疑是动机最大的举报嫌疑人。他大概会怀疑她并非在看到我们的第一时间就出声惊动了我们，而是躲在门口听完我们的对话，才装作刚刚路过的样子若无其事出现，后来实在忍不下舒琳横刀夺爱这口气，于是匿名投了举报信。

我不想从任何人口中听到这一连串的推论，因为我相信以谢楠的脾气秉性，即便知道了舒琳背着她偷偷跟洛一扬好上了，也绝对不会选择这种下三滥的报复手段。所以退一万步讲，无论当时谢楠有没有听到我们的对话，那封匿名信都绝无可能出自她的手笔。

可是，如果唐宋的怀疑是对的，当时的确有人躲在水房外偷听我和舒琳的对话，那么那个人很可能一直偷听到谢楠忽然出现才匆匆离去。换句话说，说不定谢楠无意中看见了那个人！

为了搞清楚这件事，明知道谢楠消气前不会给我好脸色看，我还是一下课就硬着头皮凑过去打听，结果果然是碰了满鼻子灰，人家连眼皮都不带抬的，从包里摸出姨妈巾就打道 WC 了。

我只好再腆着脸追上去："谢楠、谢楠拜托你再好好回忆下，当时你有没有看到水房外面有谁鬼鬼祟祟像是在偷听的？这事事关我的清誉啊，我必须给解释清楚了！不然以后全班都觉得我是个吃里扒外的叛徒，我还怎么混？"

谢楠充耳不闻，径自进了隔间关上门。

我靠在门外继续跟她说："既然舒琳一口咬定那些话只对我一个

人说过，说明当时肯定有人在水房外面偷听，谢楠你……"

这时谢楠猛地从里面拉开门，害得我险些一个跟头栽进去。

谢楠虚扶我一把，凉凉地问："如果我说当时外面没人，你是不是还打算怀疑是我干的？"

"怎么可能？你根本就不是那种人！"我赶忙斩钉截铁地表态。

"这还差不多……"谢楠的脸色终于缓和了不少，"水房那种地方本来就人来人往的，我当时根本没注意周围有没有人，更别提留心看是谁了。"

本以为能靠这条线索顺藤摸瓜自证清白，我不由塌下肩膀失望地叹了叹气，丝毫没意识到自己仍然堵在隔间门口，直到谢楠不耐烦地催问："你还有什么事？没事赶紧起开。"

"哦对，还有一件事。"我赶紧换上一副可怜兮兮的样子扑上去抱大腿，"谢楠我错了！我错就错在当初不该一时鬼迷心窍助纣为虐，帮着舒琳欺骗你！我发誓我绝对……"

"行了行了别唱了，丢不丢人。"谢楠一腿踹开我，抬起手腕看了看表，"你这次罪大滔天，我不可能只用两个多小时就原谅你。"

"那需要多久？"

"起码一个星期。"

"这也太久了……求减刑！"

谢楠半秒钟都没犹豫，直接一记白眼驳回上诉维持原判。

不过不管怎样，谢楠消气后好歹还肯跟我说话，而舒琳那边如果我不赶紧想方设法、洗刷冤屈自证清白，恐怕她这辈子都没可能把我放出仇敌黑名单了！

不像谢楠那样敢随便扯谎私下调换座位，舒琳复课后依然坐我斜对桌。

　　她既没问同桌为什么变成了大何，也毫不关心周围的任何闲言碎语，整个人像绝缘体似的，抗拒着任何人的接触，每天上课进教室，下课躲出去，除非被点名回答问题，否则半句话都不说。

　　"肖静静……肖静静！"

　　唐宋冷不丁一胳膊戳到我麻筋儿，疼得我毫无防备倒吸了好几口冷气，然后才在他快使抽了筋的眼色下意识到，讲台上的小叶老师正点我回答问题。

　　我迅速从椅子上弹起来，捧起课本站好，却不知道该回答小叶老师啥问题，只好再度将求助的目光投向唐宋，指望他能给我一星半点的提示。

　　"请你为我们朗读一下第八到第十二段。"小叶老师耐心地重复了一次。

　　唐宋直接把他翻好页码的书塞给我，我尴尬地抬眼瞄了瞄小叶老师，见她没什么反应才偷偷把我那本书丢给唐宋，清清嗓子开始读她指定的段落。

　　直到我读完坐下，小叶老师才不阴不阳地追加了一句数落："下午上课容易犯困，如果困了就自己起立去后面站会儿，等不困了再回来。"

　　我低下头认真抄笔记，假装她说的不是我。

　　下课铃一响，舒琳又第一个站起来从后门出了教室。

　　"唉……"唐宋忽然叹了口气。

　　"你叹什么气？"我诧异地问。

　　"静静，我求你个事。"他一本正经地转过头来看我，"咱能别一上课就把舒琳后脑勺当黑板盯着猛瞧了好吗？你就算把她后脑勺盯出个洞来，人家该不正眼看你还是不正眼看你。"

"你管我看哪儿？又不碍你事。"

我才瞪了唐宋一眼，就见前排大何回过头来抱拳恳求："我的小姑奶奶，求您别神仙打架连累我们小鬼遭殃成不？您这上课整天不在状态，老师那俩眼睛不看别处，光盯着咱这旮旯了，害我想搞点小动作摸个鱼的都不成。"

大何所谓的摸鱼，就是躲桌下面玩他的PSP。

唐宋跟着帮腔："就是，那天物理课我刷个英语完形都差点被逮个现行。"

"还有啊，你们跟舒琳到底是怎么回事？"大何继续哭丧着脸倒苦水，"原本谢楠跟我说好只调换两天座位，容她周末配完眼镜就换回来。结果现在她眼镜也不配，又死活不肯跟我换回座位，说什么让我跟女神同桌多有面子……"

"她说的对啊！"我见缝插嘴，"能捞着跟女神同桌，你何止三生有幸。"

"对个屁！"大何呸了声，"你们俩冷战起来没完没了，看得我尴尬癌都要犯了。所以还真别怨谢楠受不了你们要搬走，搁谁谁都受不了。"

明知他只是顺口调侃，我还是一口气梗在喉咙里，上不去下不来，堵得连中午的红烧鸡腿都没啃几口。

本以为食不下咽已经算心塞到了极致，谁成想下午班会上更是噼里啪啦一通重锤，分分钟教会我什么叫做没有最心塞，只有更心塞。

曲主任慷慨激昂四十多分钟，先是痛斥学校早恋现象太过明目张胆，屡见不鲜，比如他偶尔巡视食堂时，瞧见有男女生排排坐，用同一个餐盘吃饭，还你喂我一口我喂你一口，他上前制止却被告知是纯洁的男女关系，气得他吹胡子瞪眼，表示都男女关系了还纯洁个啥！

接着又不带重样地举例为证"早恋危害猛如虎，误人学业毁终身"，最后话锋一转说到前年毕业的一对师兄师姐，据说俩人当年也是情比金坚、屡教不改，任谁来劝也坚决不肯分开，然后等高考完俩人一个考上清华一个考上北大。

四周顿时一片哗然，谢楠靠在椅背上抱臂咻了声："老曲今儿吃错药了吧，我怎么听着不像要暴力镇压，反倒有点怂恿鼓励的样子啊。"

然而她话音未落，曲主任又眉毛一竖扯回正题了："所以你们没人家那两把刷子，就别学人家搞什么早恋！从今天开始，全校各班不得男女同桌，并排桌椅全部拆开变单排。另外男女生接触交谈必须相隔一臂距离以上！"

曲主任话音未落，全场又是一片哗然。

我下意识扭头看向后排，如果就此取消同桌……那我和唐宋怎么办？

曲主任也不管台下有啥反应，继续他抑扬顿挫的发言："对于你们年级和高二年级近期发生的某些男女生交往过密的事实，由于事态影响还不算太过恶劣，学校本次仅对当事人给予了说服教育。但是下不为例！如果今后再有类似事件发生，别怪学校不讲情面，让你们背个警告处分！"

周围几个班纷纷朝我们班所在的位置侧目，如果忽略舒琳放在膝盖上紧紧握成拳头的双手，甚至连我都会误以为，她无动于衷到已经不在乎任何窃窃私语。

谢楠一眼瞄过来："我可提醒你，现在我跟舒琳是绝交状态。自古熊和鱼掌不可兼得，你想好了再站队，别最后落个身在曹营心在汉，两头不讨好、里外不是人。"

"其实也不用闹到绝交这么严重吧……就算她明知道你喜欢洛一扬，还偷偷瞒着你跟洛一扬好，这件事做得的确不地道，可也是洛一扬先撩的她。又高又帅全校公认的男神来撩，她一时鬼迷心窍把持不住也是正常的，我觉得可以理解。"

"敢情你以为我这么小心眼，就为这跟她生气？"

"……不是吗？"

"当然不是！"谢楠眼睛一瞪，徒然拔高音量，收到前排同学齐齐回头的注目礼后才堪堪压低声音，"我喜欢洛一扬是我的事情，他喜欢谁跟我有个屁关系？再说肥水不流外人田，便宜你们总比便宜外面那些猫猫狗狗强。"

"什么叫便宜我们……"我完全无法领会她这套鬼逻辑。

"行啦，我知道你已经有小唐同学了，我只是打个比方。"谢楠明显误解了我的意思，"所以让我生气的并不是她跟洛一扬有一腿，而是她故意串通你瞒着我这件事。就好比你看上了一盘红烧肉，整天眼馋得口水横流，天天跟你好朋友唠叨红烧肉有多诱人。你以为你好朋友跟你一样是吃不起红烧肉拌饭的，结果有一天突然发现那盘红烧肉竟然就是你好朋友点的桌上菜，人家整天暗搓搓吃着红烧肉，心里指不定怎么嘲笑你癞蛤蟆想吃天鹅肉的穷酸样呢。"

这一大堆通俗易懂的比喻把我的一大车好话全堵在了半道儿，张了张嘴愣是憋不出半句反驳的话……尽管怀揣想要劝和的心，可我当真觉得谢楠的话句句在理呀！

假如有人这样对我，百分之百我也得动友尽绝交的念头……

曲主任宣布年级会结束，各班杂乱无序地撤离，走在楼道里我隐约听到后面有人窃窃私语："……喏，就是她，把自己朋友给举报了……"

心头莫名一跳，我下意识回头看了一眼，只见那几个女生正毫无避讳地指着我议论。

随着人群走在我身后的唐宋显然也听到了那番议论，他蹙眉回头瞪了她们几眼，又伸手揽住我肩膀安抚性地拍了拍："别听她们胡说八道。"

"呵，她连我们都瞒得滴水不漏，还有胆去给老曲通风报信？"谢楠冷笑睨之，分明是替我辩解的话，却非说得好像故意膈应我似的。

那几个女生明显不愿多生事端，一个个低头挤过人群溜了。

隔过她们留下的空隙，我一眼撞见夏天泽那双似懂非懂的眼神，他怔怔盯着我皱皱眉头，似乎很是困惑，看起来颇有几分想穿过人群过来刨根究底的架势。

幸好谢楠拽着我改道卫生间，才让我堪堪躲过此劫。

然而躲得了和尚躲不了庙，等到放学时，我还是被夏天泽堵到了班门口。

"我都听说了。"他劈头盖脸就是这一句。

"虽然我不知道你听说了什么，但你听到的八成是以讹传讹的谣言，别信就对了。"

我想绕过去，却被他横跨一步堵死去路："你带我去事发现场看看。"

夏天泽这死小孩执拗起来真是百毒不侵，死活拽住我不放，非要让我带他去当初舒琳跟我倾诉秘密的地方勘察现场，说是必须先去找些蛛丝马迹，然后才能顺藤摸瓜揪出真正的犯人。

"……你就这么想过把侦探瘾？"

"嘿嘿嘿！"

最后实在犟不过他，我只好把他带去水房，往里一指："喏，我们就在这里说的。"

"当时你们具体站在哪儿？"

"靠窗子的地方，再往左边挪一点，对，就是那里！"

夏天泽站在原地上下左右张望了一番，又绕着水房转了两圈，甚至还探头往窗外看了看，然后又跑到小楼梯间东张西望瞅了半天，摸着下巴一副若有所思的样子。

"怎么样，有什么发现？"我靠在楼梯扶杆上问他。

"水房西南角有监控摄像头，不知道能不能拍到门口位置。"夏天泽说着指了指架在楼梯间角落里的摄像头，"不过这个摄像头位置相当正，既能拍到上下楼梯口，又能拍到往教室那边的通道门，所以只要拿到那天的监控记录，不就知道当时有没有人听墙角了？"

"你说得倒轻巧，问题是谁知道监控记录……不对！"说到一半我忽然反应过来，"你怎么知道我怀疑被人听了墙角？谁跟你说的？"

"谢楠不让我告诉你。"夏天泽眨眨眼睛，毫不犹豫出卖队友。

"……你俩是什么时候勾结到一块去的？"

"此事说来话长……"

"麻烦你长话短说。"

"我加了她微信。"

"长话短说的意思是简明扼要叙述整件事情的经过，而不是省略前情直接跳到最后一句！"

"你到底是想听我坐这儿给你讲故事，还是想抓紧时间拿到监控查清真相？"

"你知道监控记录在哪儿？"

"当年我们可是试图绘制过学校的活点地图，所以还有什么地方是小爷不知道的？"夏天泽扬起的眉梢里满是洋洋自得，特别豪迈大哥范儿地一拍胸脯，"你尽管放一百二十个心，盗监控这事包在小爷身上，保证给你摆平！"

可实际上，对于他那份漏洞百出的监控室侵入计划……我是坚决反对严肃抗议的！

什么躲在监控室外伺机行动，趁监保人员尿遁溜号之际溜进去拷贝监控——他一脸稀松平常，说得好像比吃饭还简单，实际操作起来根本难于上青天好吗！

偏偏夏天泽自信过了头，任我如何百般阻挠都一意孤行，不管我肯不肯配合都打定主意要干上一票。于是明知他这是偏向虎山行的作死行为，我也只有舍命陪疯子了……毕竟人家在为我的事冲锋陷阵，我总不好怕担风险扭头就走吧？

教学楼大厅有一面几乎嵌满整个墙壁的正冠镜，上面用五线谱刻着校歌乐谱，每天进进出出教学楼都必须从它面前经过。我一直觉得学校有病，吃饱了撑的才花钱在这种地方弄个毫无意义的巨大照妖镜，直到今天夏天泽告诉我这面镜子后面就是监控室，我才大惊失色地意识到原来学校不止是有病，简直是变态！

每天得有多少无知少女对着这面双向镜抠眼屎挤痘痘啊！想想就替她们羞愤欲死！我甚至还撞见过曲主任偷偷在这面镜子前拔鼻毛，

不知道当时镜子后面的值班人员作何感想……

对于我的无限脑补，夏天泽则是满脸黑线："你TVB警匪片看多了吧，谁告诉你这是双向镜了？安保监控靠的是监控摄像头，不是偷窥镜，OK？"

"哦……"

"来了！"

夏天泽一直紧盯的监控室侧门终于有了动静，高高胖胖的保安推门出来的瞬间，他一下子把捏在手里的网球弹了出去，网球在地上弹了几下后滴溜溜顺门缝滚进了监控室。

"对不起对不起！手滑了下！"夏天泽赶紧跑过去捡球。

保安大叔拦着没让他进门，自己转身进屋给他捡回球，"下回小心点。"

"是是是，下次一定注意！"夏天泽低头认错的态度特别好，接过球连看都不往监控室里看一眼，转身就拉着我往楼梯上走。

保安大叔这才撞上门，踢踢踏踏地往食堂方向去了。

"他应该是要赶在高三第四节课结束前去食堂吃饭。"夏天泽看了看表，"不然等高三下课，食堂乌央乌央全是人，排队都要排好半天。"

"高三晚饭是在学校吃的？"我头一回听说学校食堂还供应晚饭。

"对，他们晚上有晚自习。"夏天泽边说边拉着我一溜小跑回监控室门口，压住门把手轻轻一推，门立刻就开了。

"门没锁？"我不由惊叹我们的好运气。

"屁！"夏天泽伸手从锁舌上撕下一小截透明胶带，"看过柯南没？刚才我趁他弯腰捡球的时候，把胶带往这儿这么一贴，他以为撞上锁了，其实根本没锁上。"

"厉害厉害！"

"你在门口给我把风，万一那人回来我还没出来，想办法给我个暗示，然后把他支开一会儿，好让我有机会溜出来，懂了没？"

心跳如雷地守在门口，我拼命祈祷保安大叔饭吃得慢一点、夏天泽的动作快一点！

可偏偏怕什么来什么！这边夏天泽钻进监控室十多分钟死活不出来，那边已经可以遥遥望见保安大叔剔着牙出了对面食堂大门，我刚跑回来想敲门通知里面火速撤退，一抬头又看见曲主任正从大厅另一侧往这边走……

如果这时候叫夏天泽出来，百分百跟曲主任撞个正着，可如果等曲主任走过去再叫他出来，又指定得被保安大叔抓个正着……无论怎么看我俩都死定了！

然而就在我最六神无主的时候，一个熟悉的声音忽然从天而降："静静，你怎么还没走？"唐宋一手托着篮球，一手搭着书包正从楼梯上下来。

"快快快，江湖救急！"我赶紧一把扯过他往曲主任那边推，"别问为什么！全速朝曲主任冲过去，最好撞他一个跟头，能让他骂你一顿就更好了！"

唐宋关键时刻还是比任何人都靠得住的，他当即秒懂我想让他拖住曲主任的意图，二话不说一个助跑冲过去就跟曲主任撞了个双双踉跄，不出所料被揪住一通说教！

趁曲主任分心的功夫，夏天泽悄悄从监控室撤了出来。

几乎与此同时，保安大叔稳步迈进大厅。多亏曲主任训人分贝够大，保安大叔光顾着看热闹，没注意我俩从监控室门口溜到立柱后的动作，直到他推门进了监控室，我紧张到几乎骤停的心脏才又重新砰砰找回了它的存在感。

十多分钟后，从曲主任手中脱身的唐宋在校门口跟我们汇合。

"你俩刚才什么情况？"唐宋劈头就问。

"我们在搜寻洗刷我冤屈的铁证。"我扬了扬夏天泽给我的移动硬盘，"这是那天中午十二点到一点半的监控录像，里面肯定录下了躲水房门口听墙角的告密者！"

当着夏天泽的面，唐宋一个字也没有多说。

可等夏天泽一走，他立马板起脸来教训我，大概意思就是我胆子太肥了，竟敢不知死活跑去盗监控，万一被发现，搞不好记大过处分都算便宜我们，而且多亏赶上他今天校篮球队训练，才有机会天降神兵、拔刀相助救了我们一命，不然我们连死都不知道怎么死的！

总之他骑车载我回家走了一路，就巴拉巴拉叨唠了一路。

待到我家楼下，我跳下车转身问他："要不要跟我上去，一起看看这份录像？"

"那必须的！"他立刻不嫌弃这是赃物了。

监控录像播放到 12 时 57 分 32 秒的时候，可以看到舒琳拽着我进了水房；58 分 12 秒的时候，张娜端着水杯从教室方向走过来，刚要迈进水房却忽然顿住脚步，然后就一直站在门外，直到 13 时 11 分 56 秒才忽然转身匆匆往楼下跑去；紧接着 12 分 05 秒的时候谢楠出现在了水房门口，几乎连半秒停顿都没有就大咧咧走了进去。

"怎么又是她！"唐宋嫌恶地皱起眉。

我已经被恶心得说不出话来，握着鼠标拖动进度条，将视频画面定格在张娜慌张转身下楼的侧脸，然后截图分别微信发给了谢楠和舒琳。

　　说句实话，发现这混蛋事出自张娜之手我真是一点也不奇怪，甚至还莫名松了口气。

　　是她，总好过是班上其他任何一个人。

再见了，文科生

都说六月的天娃娃的脸。

前一刻还晴空万里，一副晒不死人不罢休的艳阳天，转瞬就风雨欲来乌云压境，半道闪电几声闷雷，倾盆大雨决堤似的哗哗浇落下来，毁了我们上到一半的体育课。

小彭老师指挥我们从操场冲回篮球馆，饶是我们拿出百米冲刺的速度，还是被浇了个半湿半干狼狈不堪，导致管理员险些因为湿漉漉的水渍问题不肯放我们进去糟蹋木地板。

从室外转到室内依然是排球教学，小彭老师讲解示范完颠球、传球要领，就安排我们两人一组分组练习。谢楠犯懒，装模作样应付了几下就拉我躲到旁边偷懒。

闲扯的话题绕来换去，最后终于拐到了舒琳身上。

谢楠问我听没听昨天中午的校园广播，说舒琳特别动情地讲了个故事，故事的主角是个不问青红皂白，乱冤枉好朋友的傻姑娘，因为一件秘密被泄露公开，就在毫无证据的情况下无端怀疑指责好朋友是泄密者，亲手把这份原本代表信任忠诚的友谊推远打碎。

后来水落石出，确确凿凿的证据揭示出泄露秘密的另有其人，傻姑娘终于意识到冤枉了好朋友，却惶惶不知该如何开口道歉，毕竟曾因为自己言之凿凿的指责，让好朋友背上了背叛者的骂名，甚至一度信任破产，成为班上共同疏远戒备的公敌。

"最后她说她终于明白，对待朋友就该无条件交付自己的信任，任何的怀疑与动摇都是对友谊的亵渎与背叛。她说傻姑娘后悔了，可她却不知道傻姑娘的后悔能否换来朋友的宽恕与原谅。"

谢楠语调平平的复述让这个故事听起来干巴巴的，我转头看向对角线方向正仰着脑袋左挪右挪练习颠球的舒琳，她交叠在一起的手臂绷得直直的，一下又一下接住弹起又落下的排球，神态专注而认真得像如同面对那些晦涩难懂的深奥板书。

"你怎么说？"谢楠冷不丁问我。

"说什么？"我没反应过来。

"答复啊！人家女神已经纡尊降贵，不顾脸面当着全校师生的面忏悔认错了，你这个当事人总得给点回应吧？到底原谅不原谅人家傻姑娘啊？"

谢楠问得颇有几分幸灾乐祸的味道，我琢磨了下反问："那你呢，还是不肯原谅她吗？"

"她又不是跟我道歉。"谢楠眉梢一扬，随即眸色又低垂几分，"再说咱俩这性质不一样。"

"如果她诚心诚意来跪求你原谅呢？"我试探地追问。

"她又不是你，哪儿做得来这种事。"谢楠不置可否地笑笑。

我看了看舒琳又看了看她，识时务地闭上嘴巴，不再继续这个惹人不快的话题。

尽管谢楠避重就轻没有回答我的问题，可她说的却是我们都心知肚明的事实——舒琳不是我们，她做不来任何放低姿态服软求饶的事情，哪怕再后悔想挽回，顶多也就是拐着百八十道弯讲讲傻姑娘的故事，装得置身之外，端得柔肠百结。

所以她跟谢楠在性格方面，当真是走了两个极端，一个直来直去，所有情绪都写在脸上，脾气来得快散得也快，今儿拼死坚持的原则说不准明儿就作废了；一个心思敏感纤细，半个眼神不对都能琢磨出个子丑寅卯，脸皮薄又死要面子，脾气看似温和，骨子里却倔成一根筋。

要是等她俩自己解决这个问题，搞不好等到我们毕业也等不来！

不是那个谁谁谁说过嘛，导致友谊断裂消亡的并非矛盾本身，而是矛盾悬而未决的过程中日复一日堆积起来的疏远与隔阂。所以我决定深藏功与名地推上一把，不再给隔阂繁衍壮大的机会。

对此唐宋表示出极为鄙夷和不屑，用他的原话说，就是肖静静你别这么虚伪成不，当初你不是还嫉妒谢楠跟舒琳更要好，生怕谢楠被她拐走？现在她俩掰了，不正好如你所愿，你就别假模假式操心帮人家和解了。当心弄巧成拙，等人家当真和好如初，你再羡慕嫉妒可就来不及咯！

我一巴掌甩他肩膀上："唐宋你瞎说什么！"

"我哪句话瞎说了？当初你硬要跟她俩报名广播台不就是……"

"闭嘴不许说了！"我当即恼羞成怒去堵他的嘴，扬起下巴压住他的肩膀居高临下逼问之，"总之给句痛快话，这个忙你到底帮不帮吧！"

唐宋似笑非笑瞅着我："我要是不帮呢？"

"唐宋……"我拉下气焰，摇晃他的胳膊撒娇。

"放手。"唐宋试图抽回胳膊。

"不放！"我死拽住不放手。

"你想让我缺席球队训练也成。"唐宋忽然放弃抵抗，"反正今天是这周最后一次训练，如果你还想让我邀请什么人的话……"

不等他说完我立马松手放行："快去快去快去！"

"我只能答应你试着问问，至于我们洛队肯不肯赏脸，我可保证不了。"

"我不管，反正你必须负责把洛一扬带到！"

唐宋不置可否地耸耸肩，拎包出教室往篮球馆去了。我也收拾好书包回家，公交车嘎悠嘎悠驶离熟悉的车站，我盯着车窗上的斑驳光点，继续琢磨谢楠和舒琳的和好计划。

按照我的完美剧本，应该是以周六唐宋生日聚会的名义把她俩约到一起，然后找个密室逃脱把所有人往密闭空间里一关，让她俩谁也回避不了谁。就算刚开始气氛可能会有些尴尬，但我相信逃脱密室破解谜题的过程中，迟早有机会让她俩说上话，说不定还能为闯难关合作上一把！

这样一场游戏玩下来，俩人的紧张关系多少会有所缓解，接下来大家再一起去钱柜唱歌，把心里所有的不痛快借着嗨歌通通吼出来，到时候我再伺机搭个梯子递个话，妥妥当当给她俩垫个台阶都下得来台就成啦！

可我万万没想到的是，到了唐宋生日那天，从第一个环节就拿错了剧本，我所有的完美计划都如同脱缰的野马飞奔在天苍苍野茫茫的大草原上一去不复返了……

本来我让唐宋叫洛一扬一起来，是因为他是引发谢、舒二人矛盾的最根本隐患。解铃还须系铃人，所以干脆把他们搓堆儿凑一锅，有什么话当面说开，有什么问题当场解决，省得这个不安全隐患永远梗在她俩中间，以后时不常就爆发一下。

结果唐宋不止叫来了洛一扬，还把他们整个球队都拉过来了！

瞅见他身后那一排人高马大的汉子，我顿觉满心暴躁从脚后跟直窜上脑门，于是一把扯了唐宋过来审问："你这是几个意思？我让你邀请洛一扬，这么多人都叫洛一扬？"

唐宋嘿嘿干笑两声："都在一起打球，我总不好意思只叫洛队吧？那也太不够意思了。再说人多了热闹，大家一起热热闹闹嗨皮下也挺好的。"

"反正你要是搞砸了我的计划，我跟你没完！"

唐宋挠了挠下巴，又蹦出一句："还有一件事，我得先跟你交代下。"

见他这副欲语还休的样子，我就已经有了不好的预感……果然，不等他主动开口坦白从宽，他即将告知我的"噩耗"就已经活蹦乱跳从马路对面过来了。

"哥，我来啦！"唐悦亲亲热热地挽住唐宋。

然后原本还打算跟我解释交代一番的唐宋立刻秒变妹控，连个招呼都不打就直接把我扔到脑后，满腔心思都转移到了唐悦身上，热不热、晒不晒、渴不渴……各种嘘寒问暖关怀了一溜够，听得我牙根都酸得快直不起腰来了！

唐宋这边已经拖兄弟带妹子，哗啦哗啦给我拽来一大片计划外的闲杂人等了，谢楠那边就更不是个让人省心的主儿了！她竟然把夏天泽那个小屁孩也叫过来了！

　　小屁孩显然早有准备，一见唐宋就掏出礼物塞进他手里，还特别郑重其事地说了句生日快乐，感动得唐宋指着我们这群以给他庆生为名混吃混喝，却连礼物都不带的人大骂没良心，然后不管人家愿不愿意就哥俩好似的跟人家勾肩搭背秤不离砣，恨不得当场歃血为盟拜把子。

　　有了夏天泽这个智商爆表的超级外挂，原本限时六十分钟的密室逃脱变成了八分三十六秒的速战速决——别说没机会给谢楠和舒琳制造和解机会，我甚至连古墓墓穴的模样都没来得及看清，夏天泽就已经喊哩喀喳解开最后一道机关，昂首阔步率领我们闯关成功了……

　　于是，密室老板凌乱了，一个劲追问我们以前是不是玩过这个主题。再三确认我们是第一次闯关后，不但双手奉上了打破纪录的超级大奖，还千求万谢地拜托我们千万别把通关时间写到大众点评里去，生怕被别人质疑关卡设置太简单、没意思、不好玩，影响他做生意。

　　从密室出来，我们一群人又浩浩荡荡杀向钱柜，将原本预约的小包间升级成了最大的豪华包房，十几个人坐进去都绰绰有余，丝毫不觉拥挤。瓜子薯片，果盘饮料，鬼哭狼嚎几回合后再没人顾得上认生了，一个个撸胳膊挽袖子抢麦抢歌毫不客气。

　　唐悦表现得尤为活跃，不管谁点什么歌她都上蹿下跳跑去合唱，我就奇怪她从小生长在美利坚合众国，到底是打哪儿学的这么多中文歌？

　　唐宋凑过来挨我坐下，扯着嗓子冲我喊："怎么这么安静？不是你风格啊！"

　　"你看见舒琳没有？"我也冲他吼回去。

　　"什么？"他大声问。

我一连吼了三遍，嗓子都快撕破音了，依然没能盖过巨大的音响声，最后只好放弃跟他对话，站起来直接越过他往外走。我想舒琳既然不在包房里，或许是去厕所了，我需要赶快把她拉回来，想办法撮合她跟谢楠！

可是从第一个坑位搜到最后一个坑位，都没看见舒琳。

靠在洗手池上，我正琢磨要不要给舒琳打个电话问问她在哪儿，忽听门口有动静，扭头就见谢楠推门进来了。慌得我立马站好，下意识把手机揣回兜里。

"你紧张什么？"谢楠盯着我，面露狐疑之色。

"没什么。"我睁眼瞎胡扯，"不声不响突然进来一个人，吓我一跳。"

"呦，平时胆儿不挺肥的吗？今儿是心虚啊还是怎么回事？"谢楠似笑非笑瞅了我一眼，开着玩笑踹门进隔间蹲坑去了。等她解决完问题，出来洗手时又跟我说："别以为我看不出你憋的什么鬼主意。反正你今天是没机会了，人家早就已经走了。"

"舒琳走了？"我大为惊讶，"她什么时候走的？我怎么没看见！"

"大概二十多分钟前吧，就是唐宋拽着你唱套马的汉子那会儿。她嫌你们太闹腾，说吵得她头也疼心脏也不舒服，然后洛一扬就带她先撤了。"

"都没跟唐宋说一声就走了？"我继续惊讶。

"说了，你没注意到吧。"谢楠甩甩手上的水珠，"别管她了，咱们玩咱们的。"

等我俩返回包房，刚走到门口就听见里面传出不同于K歌的吵嚷声，像是争吵却又不像是争吵，混杂在周遭一片鬼哭狼嚎声中更是不真切。

谢楠一推门，我眼疾手快拽她后退了大半步。

下一秒，一个凌空飞来的玻璃汽水瓶就"咣当"一声粉身碎骨在她的脚尖前。

"卧……槽？谋杀啊你们！"谢楠当即愣了。

然而里面吵架的吵架，劝架的劝架，两拨人马各自忙得热火朝天，压根没人腾得出工夫给满脸懵逼的我俩科普下前情提要。

我跟谢楠对视一眼，各自行动了。

我冲到点歌机前一键关掉震耳欲聋的伴奏伴唱，偌大的包房霎时陷入诡异的静默状态，谢楠抓住这个机会一脚踩上茶几，颇有气势地大喊："都给我住手，别吵吵了！刚才谁拿汽水瓶砸我？站出来我保证不打死你！"

"是她干的！"夏天泽果断揭发。

唐悦眉心一竖："放屁！要不是你硬抢，我能手滑脱了手吗！"

"废话！你要拿它砸我我能不抢吗！"

眼见俩人又要吵吵起来，一直沉着脸坐在沙发上的唐宋忽然拔高声音："你们闹够了没有？没闹够麻烦出去再继续吵。我订了蛋糕，大概半小时后送到，想继续给我过生日的留下，打算继续找不痛快给我添堵的，麻烦去外面，顺便带上门。"

夏天泽的脸色当时就变了，满脸写着山雨欲来几个大字。

唐悦的脸色也好看不到哪儿去，大概是没想到她哥下的逐客令竟然会把她也绕进去，一时间有点反应不过来。不过很快，她就原地转身回到点歌机前，小脸绷得紧紧的，后背挺得直直的，飞快下了几个歌单，放起舒缓欢快的伴奏。

我本来都做好了夏天泽摔门走人的心理准备，没想到他竟也转身坐下，伸手抓了把茶几上的瓜子，翘起二郎腿旁若无人地"咔咔"嗑了起来。

刚刚还剑拔弩张扰乱安定团结的罪魁祸首眨眼间各据一端，其他人也纷纷识相地各就各位，唱歌的唱歌，聊天的聊天，极尽所能装出若无其事的样子来缓和险些不欢而散的尴尬氛围。

饶是如此，后面切蛋糕吹蜡烛的环节也是相当别扭，所有人都在笑着祝福，却没有一个人的笑意是真正深达眼底的。唯有唐宋，拉上唐悦一起吹了蜡烛，又亲手切了块蛋糕递给夏天泽，像是全然忘了先前出口撵人的不愉快。

夏天泽接过蛋糕三口两口吃完，拍拍屁股站起来："你们继续玩，我先走了。"

"现在就走？"我们都是一愣。

"对。"夏天泽认真点点头，"我送了你生日礼物，你请我吃了生日蛋糕，我们已经互不相欠两清了。所以现在我可以走了，因为不想继续跟讨厌的家伙共处一室。"

"你说谁……"唐悦一下子窜起来，可惜话没说完就被她哥按了回去。

夏天泽的贸然离场让原本就尴尬的气氛变得愈发尴尬了，唐宋却镇定自若地继续切分蛋糕，他那帮篮球场上的兄弟们倒是个个都挺给面子，装聋作哑绝口不提任何败兴的话头，吃过蛋糕就凑一堆儿全情投入地探讨下一季校联赛对抗实验中学的战略战术去了。

唐宋抽了几张纸巾擦掉他手指上蹭到的奶油，转头问我和谢楠下午想去哪儿玩。

他问得极为随意，我却听得出他掩示在情绪下的不痛快。

没错，就是不痛快！好好的生日被搅和成这样子，搁谁谁能痛快得了？

于是我凑近唐宋，小声跟他咬耳朵："你把他们都打发了，咱们两个撸串去！"

"我也去我也去！"谢楠听到了，缠上来。

唐宋显然很喜欢我的提议，没过多久就找借口散了聚会，然后带我和谢楠打车直奔朝阳路三间房。那边胡同里有家叫"十三不靠"的烤串店，是我和唐宋前不久挖掘出来的一家超有意思的串吧，老板是个特别话痨的大叔，没事就搬个马扎坐院子里跟客人天南地北地胡侃。

而且他家店里有两只特别聪明的狗狗，都是老板收养来的，一只叫十三，一只叫不靠，整天摇着尾巴作揖卖萌，从我们手里骗走了不少肉串吃。尽管唐宋每次都抱怨老板鸡贼，太会做生意，既赚了烤串钱又省了狗粮钱，却还是每次都千里迢迢跑过去帮老板喂狗。

到了夏天，所有街边大排档和胡同烤串店的生意都特别火爆，我们赶到的时候就只剩下边边角角的临时加桌。谢楠一口气要了三十串羊肉串、三十串肉筋外加三瓶北冰洋，豪气万分地表示这顿她请客，作为夏天泽破坏唐宋心情的赔罪。

对此唐宋只有一个疑问——"夏天泽的锅，你为什么背得这么积极主动？"

谢楠找来起子起开三瓶汽水，一人一瓶放到我们跟前，理所当然解释道："人是我带来的，不管他折腾出什么烂摊子，我都有义务一兜到底。"

"你明知道那家伙属不定时炸弹的，还敢随便把他叫来？"我忍不住埋怨她。

"唉！我哪儿知道唐悦也在……"谢楠替自己叫屈，"再说谁让你们非得玩密室，就我这智商进去不纯粹一拖后腿的？我可不想在那谁面前丢脸，索性拉个高智商的把你们一起碾压了，要丢脸大家一起丢，也看不出谁比谁傻了。"

"你可真是……"唐宋顿了半天才勉强找到形容词，"智商感人。"

"好啦好啦，我知道错了，所以这不是给你们赔罪来了嘛。"谢楠把盛满烤串的托盘往我们跟前儿一推，"今儿你们敞开肚皮随便吃，全算我的！"

既然谢楠这样诚心诚意，我和唐宋也没跟她客气，大把抓串大口吃肉。铁签子扔了一堆又一堆，北冰洋空了一瓶又一瓶，肆无忌惮大笑了一次又一次，直到老板点亮了挂在门口的灯笼招牌，我们才恋恋不舍挥别了十三和不靠，踩着影子走向胡同口的老槐树。

我挽着谢楠叹气，依然耿耿于怀她跟舒琳之间未解的嫌隙。

谢楠拍着我的手背苦口婆心劝我放弃："你就别替我俩瞎操心了，覆水难收懂不懂？"

"可是都在一个班里，低头不见抬头见的，谁都不理谁这多尴尬啊！"

"没事，反正马上就要分班了。"

我顿时愣住，怔了半天才问："分什么班？"

"高二文理分班呗。"谢楠答得一派轻松，"我都想好了，舒琳理科成绩那么好，她又志在出国，肯定会选理科！所以到时候我报文科，远远躲开她就成了。"

我又是一愣，随即拉她站住："你当真决定就这样，跟她老死不相往来了？"

　　谢楠抿着嘴唇不吭声，于是我又问："如果你去文科，那我怎么办？"

　　"跟我一起学文呗！"谢楠立马神采飞扬，"让该死的物理化学永远滚蛋，多好！"

　　哈哈哈哈，狠狠甩了单方面凌虐脑细胞的物理化学……真是想想就爽！

　　不过……

　　我抬头看了看走在前面的那个背影，心里清楚唐宋毫无疑问会留在理科班的，那么所谓的文理选择，对于我来说其实根本没得可选——因为唐宋去哪儿，我就去哪儿。

　　"怎么样，想好了吗？"谢楠兴致勃勃地催问我。

　　"我……反正距离高二还早，到时候再做决定呗！"

　　我是绝对不愿跟唐宋分开的，可又不忍心眼睁睁看谢楠一个人孤零零转到文科班去，所以我根本不想做出任何选择，只好鸵鸟似的埋起头来逃避这个话题。

　　我这个人向来特别特别贪心，唐宋或者谢楠，我谁都舍不得离开。

　　可惜事物的发展规律往往是不以人的意志为转移的，天要下雨娘要嫁人，北京教委也不会因为我的一句不想面对，就取消文理分班，让我们原班人马踏踏实实厮混到毕业。

　　临近期末，越来越多有关文理分班的小道消息遍地四起，有的说我们这届要划分出三个文科班，专门用来收容那些成绩堪忧的差生；也有的说文科班只有一个，并不是谁想去都能去的；还有说学校已经决定拆分我们班作为文科班，等期末考试一结束，就要把我们班拆乱打散兼并到其他几个普通班里去了。

真假难辨的小道消息被传得有鼻子有眼，悲壮的气氛从讲台弥漫到后黑板，那时候我们都以为自己板上钉钉要成为牺牲在高二文理分班这条历史洪流里的超级英雄，注定要舍生取义保卫其他班级安然无虞。

期末考试后，学校特意针对文理分班一事召开了年级动员大会，马副校长站在整个年级面前侃侃而谈，告诫我们万万不可为了逃避数理化而盲目选择文科，也绝对不能因为厌恶史地政而无脑投奔理科——一番大道理讲下来，听得我们晕头转向更加茫然。文理分科这东西，不就是给偏科瘸腿的人开辟的一条活路吗！不按"两害相权取其轻"来选还能按什么？

听见我自言自语的小声嘟囔，坐在旁边的唐宋偏头瞅了我一眼："当然是看你将来考大学想报什么专业，虽然有些专业是文理兼收，但也有特别明确的文科系、理科系。不过你问这个干吗？你该不会想报文科吧？"

"不是不是，当然不是。"我连连摇头摆手。

"不是就好。"唐宋老神在在一副经验十足的过来人口吻劝诫我，"不是有人说过嘛，文科生就像玻璃窗上的苍蝇，前途是光明的，道路是没有的。所以你可别在这节骨眼上犯傻。"

"……这些乱七八糟的比喻你都打哪儿听来的？"

"不记得了。"唐宋不甚在意地说，"反正是至理名言，你记住了就好。"

"那你这至理名言可得藏好掖好，千万别被谢楠听见，否则她那张嘴嘚啵嘚啵跟你矫情起来，可是没完没了有你受的。"

可惜我好心好意的提醒完全没被他当回事，散会回班后他又肆无忌惮叨叨起了这条至理名言，结果被溜达到后排饮水机接水的谢楠听了个正着。要不是小叶老师敲着黑板让大家各归各位，说不定唐宋当真要给不依不饶捍卫文科尊严的谢楠作揖告饶了。

小叶老师给我们发下文科报名表，然后告诉我们有意愿选读文科的同学可以回家和父母商量下，让父母在报名表上签字，并于八月二十日携带报名表回校参加文科选拔考试。

"还要考试？"谢楠满脸的难以置信。

小叶老师理所当然地点头："全年级就一个文科班，当然要择优录取。"

"那是不是真的要拆掉我们班当文科班？"张娜举手问出我们所有人最关切的问题。

"你们听谁说的？"小叶老师明显一愣，"年级的确是要拆掉一个普通班作为文科班，不过你们尽管放心，这次被选中的是七班，不是咱们二班。"

短暂的错愕过后便是无尽的欢呼，每个人脸上都是逃过一劫的庆幸，唯有励志投奔文科的谢楠托着下巴愁眉不展，直到解散放学还一脸郁闷地祈祷整个年级多几个唐宋那样忠贞不二、甘愿守理科班继续接受数理化荼毒的主儿，好让她能少几个竞争对手。

用谢楠的话说，就她这么一个文不成理不就的弱女子，如果上了战场，说不定豁出性命拼一把还有几分胜算，可一旦被送上考场，那就真成毫无反抗之力任人宰割的弱鸡一只了！

瞅着谢楠那唉声叹气的小模样，我忍不住勾住她的肩膀循循规劝，劝她弃暗投明直接从了我大理科，省得费劲巴拉自己去找罪受，搞不好折腾一大圈还是得乖乖滚回来。

"呸呸呸，你能不能咒我点好！"谢楠一胳膊肘戳向我，"喂，你到底想好没有，是继续留在二班跟数理化搏斗，还是跟我一起转移阵地去开辟美好新生活？"

"谁说文科就一定比理科轻松啊，还不是一样要背很多东西。"

"起码肯背就会答！"谢楠不假思索地说，"哪像理科，就算所有公式都倒背如流，看到卷子一样两眼一摸黑，连该用哪个公式都不知道！可是文科不同啊，只要死记硬背，分数都不会差到哪儿去的，到时候考起试来可比现在轻松多了。"

"嗯，你分析得很有道理。"我深以为然地点点头。

谢楠眼睛倏地亮了："所以你答应跟我一起去学文啦？"

"这个嘛……"我咬牙跺脚孤注一掷了半天，还是没能做出最后的决定。

"TO BE OR NOT TO BE"是哈姆雷特的难题，"文科还是理科"却是我亟待解决的问题。抛开一切外在干扰，单纯从主观意愿上来考虑，我还是挺想跟谢楠一起学文的，死记硬背的文科题总比灵活多变的理科题要容易搞定得多，实在不行还能胡扯瞎扯一大通，可如果理科卷子上碰上不会做的大题，那真是只剩下大眼瞪小眼干着急的份儿。

而且听小爸说，我妈早就就文理分科的事偷偷咨询过小叶老师，当时小叶老师特别含蓄地以我的理科成绩为突破口，委婉建议我妈让我选报文科。可我妈跟唐宋一样都患有理科癌，是坚定不移的"理科前途无量论"支持者，所以这事提都没跟我提过，一心只想让我随大流厮守数理化。

　　反倒是小爸，不但第一时间将窃取到的一手情报拿来跟我分享，还特别大义凛然地表示无论文科还是理科，他都无条件支持我的决定和选择，甚至愿意冒着被老妈罚跪搓衣板的风险帮我在文科报名表上签字，感动得我决定继续替他保守私设小金库的秘密。

　　——肖静静，你可别在这节骨眼上犯傻去报什么文科。

　　尽管全世界都化为砝码压在了文科上，可是唐宋的这一句话，却硬是将文理天秤晃晃悠悠重新摆回到平衡点，孰轻孰重，选文选理，我根本左右为难无从取舍。

　　进入暑假的第三天，马副校长率队带领我们远赴意大利，继续完成意大利交换生活动的回访环节。下了飞机换乘大巴，对着我们愉快招手的友善路人，铺满平整街道的落日余晖，漂亮又别具艺术风格的欧式建筑……这些沿路的风景，成为了我们对意大利的最初印象。

　　比起刚见面就扑上来给我一个大大拥抱的 Chiara，她的父母更是热情到让人不好意思接受的地步。我借住她家的第一个晚上，她妈妈生怕我吃不惯他们的饭，特意对照菜谱做了一大桌中国料理，不过那手艺当真是一言难尽……总之当天晚上全靠速食外卖，我们才没饿着肚子睡觉。

　　她爸爸更是热情到搞笑，从见到我的那天起就特别热衷于找我聊天，叽里呱啦说着我完全听不懂的意大利语，面部表情丰富到随手一抓就是表情包。

　　开始我总是紧张兮兮抓着 Chiara 给我当翻译，认认真真回应这位意大利帅大叔的每一个问题，后来 Chiara 懒得翻译了，干脆直截了当告诉我说她爸爸喜欢听东方女孩的柔软发音，让我随便跟他说点汉语就可以了，于是到最后往往是我跟她爸爸对坐在咖啡椅上，意大利语对汉语，鸡同鸭讲各说各的，倒也蛮有意思。

Chiara 陪我们参观了布雷拉美术馆、斯卡拉歌剧院还有米兰大教堂，我们蹲在广场上喂鸽子，成群成群的鸽子扑棱扑棱飞过头顶蓝天，落下大片大片的灰白羽翼，以及不偏不倚掉在唐宋脑袋上的鸽子屎，气得他不断冲鸽群竖中指，嚷着晚上要吃烤乳鸽！

Angelica 当然不同意带我们去吃烤乳鸽，也不知道唐悦凑过去跟她嘀嘀咕咕说了些什么，倨傲高冷的小公主忽然又高兴起来，纡尊降贵带我们逛遍街头巷尾，带着我们去品尝了传说中最受欢迎的手工冰激凌、正宗意面和披萨，又格外耐心地给我们推荐了适合当纪念品回去送人的巷尾礼品店。惊得 Chiara 都咋舌，晚上回去就问我唐悦是何方神圣，说她看得出 Angelica 是真心喜欢唐悦，从没见过她如此善意地对待过谁。

后来我悄悄指使唐宋去问唐悦，问她到底是用什么手段驯服 Angelica 的。

像是心知肚明她哥是我派去的，唐悦撩撩头发先是歪头冲我笑了笑，然后才特别真诚地眨着眼睛回答他哥："我觉得 Angelica 非常 nice，很好相处啊。"

屁！我瞧见周围所有竖耳朵偷听的人都翻了个大大的白眼。

"Basketball again，OK？"Franco 适时地救了场。

于是 Franco 带我们去了他们高中，借用篮球场继续那场跟唐宋悬而未决的较量。Angelica 照例率领她的拉拉队员们加油助威，唐悦也不甘示弱，组织起我们这边的女生去跟她们拼嗓子拼高音。

Chiara 把我拽到旁边凳子上坐下，问我是不是有心事。

她说她觉得我这几天都心事重重的，玩也玩不痛快，特别像当初我为老董烦恼纠结时候的样子，末了还小心翼翼问是不是父母不同意我跟亲爸移民澳洲。

我连连摆手否认她的猜测，试图告诉她我关于文理分科的烦恼，可谁来告诉我"文理分科"这四个字用英语怎么说啊！用手机求助百度未果，我只好连说带比划地绕了一大圈，才勉强让她弄明白了大概意思。

Chiara 不愧冰雪聪明，一下子就从我乱七八糟、极为混乱的陈述中抓住了核心问题，歪着脑袋得出结论——我纠结的根本不是文理分科，而是"with Tang Song"还是"without Tang Song"。

或许因为 Chiara 距离我生活的世界太过遥远，所以我可以放心大胆地把所有心事向她倾诉。我给她讲我跟唐宋小时候的故事，告诉她我是如何拼尽全力追逐他的脚步考进八中，以及我想将来跟他报考同一所大学的愿望。

而如果此时此刻我选择了文科，那么所有关于未来大学的愿望都将化为乌有，我们将彻底走上两条互不相交的轨线，唐宋是那么的优秀，我担心我一旦放手便会再无交集。

Chiara 歪头想了想，告诉我她支持我去学文。

我顿时怔在原地，不由得严重怀疑我没有表达清楚或者她没听懂我的意思。不然为什么从头到尾我都在阐述我如何舍不得唐宋，最后她得出的结论竟然是让我舍弃唐宋？

面对我的质疑，Chiara 同样冥思苦想组织了半天语言才磕磕绊绊向我解释。

她说她建议我顺从内心意愿选择自己最喜欢的专业，做喜欢的事情，成为更好的自己。她说既然我心心念念的小竹马那么优秀，那么我就必须努力打磨自己，让自己成为最优秀的自己、最配得上他的自己。所以，她认为我不应该错过文科选拔考试，哪怕参加了失败也无所谓，只要别给自己的高中生涯留下难以弥补的遗憾。

——Do what you want to do，be what you want to be.

她洋洋洒洒说了很多，我却只记住了这一句。

坐在返程的航班上，赶在唐宋即将关闭租来的移动WIFI前，我抓紧最后几秒给谢楠发了条微信。唐宋好笑地偏过头来问："你又跟她吐槽什么呢？"

"没什么。"我藏起手机不给他看。

果然，他立刻故作嫌恶地扭过头去："我才懒得看。"

靠在并不怎么舒适的椅背上，我歪头透过圆窗去看脚下越来越遥远渺小的城市。

此时此刻，距离我们抵达北京还有十五个小时。

距离我跟谢楠一起参加文科选拔考试，还有十五天。

我在微信里告诉谢楠，让她等我回去一起参加文科选拔考试。

Chiara说服了我，可我却不敢把这件事情告诉唐宋。因为我百分百确信，一旦他得知我打算报考文科班，肯定会不遗余力揪住我的耳朵动之以情晓之以理，直到说服我弃暗投明重奔理科大怀抱，而我的耳根子碰到唐宋就会变得特别软，百分百会因为他的劝阻再次回心转意。

所以为了让好不容易坚定下来的决心不再动摇，我决定瞒住唐宋偷偷参加考试，如果运气好考过了，到时木已成舟也容不得我反悔了；万一没考过，那么皆大欢喜就当一切从没发生过！

只是再天衣无缝的计划都怕猪队友，当我挽着谢楠有说有笑走出考场，一眼看到守株待兔等在走廊对面的唐宋，脑袋嗡一下就蓝屏了，满脑子都是被人赃并获的尴尬懵逼感。

"我去你家取 Xbox，你小爸告诉我你到学校来考试了。"唐宋站在我对面，脸色难看到不亚于当年发现我不小心玩死了他养了五年的宝贝乌龟，"你要去学文科，为什么不跟我说一声？"

……果然是小爸！

全世界除了陪同我一起来考试的谢楠，就只有帮我在文科报名表上签字的小爸知道我今天来考试这件事！我懊恼地拍了拍脑门，怎么就偏偏忘记叮嘱他要暂时替我瞒着唐宋呢！

而且唐宋哪天找我拿游戏机不好，为什么偏偏非要赶在今天！

"我问你话呢！"唐宋逼近一步，兴师问罪的态度越发明显。

"我……"

我还没想好措辞，谢楠抢先一步伸手推了他一把："喂喂喂，你这是什么态度？小静儿又不是你家童养媳，凭什么事事都得跟你汇报啊？你管天管地，还管得了人家学文学理？"

唐宋指着我怒而反驳："可是她……"

"她什么她！"谢楠继续瞪眼睛，"我可告诉你，小静儿好不容易才痛下决心跟我一起投奔文科，我是绝对不会允许你这时候跑来搞破坏的！"

唐宋懒得跟她废话，直接一步过来扣住我的手腕："去找小叶老师把报名表要回来。你听我的，就你那智商根本记不住文科要背的一笋筐东西，还不如理科一通百通来得简单。"

"你怎么知道我背不下来？"我一把甩开他，方才的愧疚早已被他理所当然的鄙视催化发酵成濒临爆发的不爽，"从小到大你不是一直嫌我阴魂不散缠着你当跟屁虫吗？这次我还真就放过你了。我倒要让你看看我这智商能不能学文，等高考完我就让你在我面前跪着唱《征服》！"

唐宋愣了片刻，一声不吭拂袖而去。

谢楠倒是挺兴奋，一个劲儿夸我刚才太帅了！

我淡定地扬起下巴强撑骄傲，其实心里早就开始啪啪抽自己大嘴巴了——我他妈的是不是智障？跟唐宋赌气归赌气，干吗脑袋一热放出大话去？这不是等着将来被啪啪啪打脸吗！

尽管人贵在有自知之明，可我还是没想到打脸竟来得如此之快。

文科选拔考试过后没两天，我跟谢楠就被双双通知落选，不得不灰溜溜滚回即将晋升为高二（2）班的原班级，假装从未参加过暑假内的任何考试，装作若无其事地跑去班级群里欢送即将离开我们进入文科班的四位同学。

而且大大出乎我们意料的是，理科成绩稳稳盘踞我们班前三位的舒琳竟然也在文科四人组之列。据张娜透露出的小道消息，舒琳放假前就找小叶老师谈过文理科的问题，当时小叶老师极力建议她选择理科，可最后她还是毅然决然选择了文科。

我不知道舒琳选择文科的理由是否跟谢楠如出一辙，我只知道她们不约而同选择如此近在咫尺的不告而别，大概是对对方近乎消弭的情谊最为破釜沉舟的回应了。

——再见了，文科生。

　　这是暑假前舒琳踩在椅子上出的最后一期黑板报，当时我们都以为那是她代表二班对所有即将离开我们的文科生的道别。现在我终于明白，这六个字是她对自己的道别。

第 8 章

你好，新同学

高二开学，两道平地惊雷双双炸响在教室。

首先是小叶老师被调去带了新高一，我们换了个新班主任。新班主任名叫徐丛，身高一米七八，一身正气、特别严肃、不苟言笑，常年混健身房练出的体格让他看起来根本不像个教化学的，倒比小彭老师更像体育老师。

当然，以上情报全部来源于八卦小天后谢楠。

谢楠口若悬河分享完有关新班主任的情报，扭头往我桌上一趴："我还有个更劲爆的小道消息，小静儿你想不想知道？"

"跟我有关？"瞅她那眉飞色舞的样子，我就知道准没好事。

谢楠故意挤眉弄眼卖关子："跟你和小唐同学都有关系。"

我和唐宋？

闻言我毫不犹豫将目光投向旁边嫌疑人，反正从踏进学校大门到现在为止，我十分肯定自己遵纪守法，绝对没行差踏错半步，所以如果有什么麻烦事能牵扯上我俩，毫无疑问只能是唐宋干的！

唐宋刚好狂抄完暑假作业的最后一个字，把笔一扔长舒一口气，抬头瞅见我俩正直勾勾看着他，立马把两本作业分别递给我俩："你俩快点抄，还来得及！"

"少来这套！你以为谁都跟你似的，等到开学了才想起抄作业？"我推开他的作业，不给他继续避重就轻装傻充愣的机会，"你快点老实交代，到底又做了什么对不起我的事情？"

"呃……"唐宋装模作样思考半天，"你是指哪一件？"

我正撸胳膊准备揍他，喧哗的教室忽然安静下来，新任班主任徐丛站在教室门口，抬手在门上咚咚叩了两下，直到整个教室没有任何人说话才迈步走上讲台。

大热天也一丝不苟西装笔挺的徐丛老师放下讲义，双手分开支在讲台两端，开口对我们说了第一句话："我叫徐丛，从今天起担任你们的班主任兼化学老师。为确保我们双方相处愉快，希望你们今后能做到令行禁止，不要让我反复重申纪律。"

全班鸦雀无声。

"很好。"徐丛老师甚为满意地扫视全班，"以后我的课上，请务必保持这样的听课状态。接下来给大家介绍下从原七班转过来的三名新同学，"说着他朝门口一招手，"你们三个进来。"

两个女生一个男生，依次走到讲台上面对我们。

唐宋突然"啊"了一声，转过脸来小声知会我："唐悦转到咱们班来了。"

还用得着他说？我早就看见了！走在三个人最前面，现在正面向全班笑盈盈做自我介绍的，可不就是他那个宝贝妹妹吗！

谢楠回头冲我使了个眼色，表示她刚才想告诉我的另一个小道消息就是这个。

"第三组最后那个男生，第四组倒数两个女生，起立！"徐丛老师鹰一样的眼睛立刻扫射过来，声音不大却神色威严，敲在心上宛若锣鼓叩震。

我和谢楠、唐宋在全班的注目礼下讪讪站了起来。

"两分钟前我说过什么，重复一遍。"徐丛老师说。

我看了看唐宋，唐宋看了看我，最后还是谢楠大声说："不许随便说话，不许交头接耳，不许眉来眼去偷偷搞小动作！"

"我没说过这些。"徐丛老师抬手纠正，"我只要求你们令行禁止，在我课上保持安静听课状态，不要让我反复重申纪律，听明白了吗？"

我们忙不迭点头，然后才被示意坐下。

舒琳她们转去文科班后，她们的桌椅全都丝毫未动，所以徐丛老师指着教室里空出来的四个座位，让三位新同学随便找个位子坐下。

几乎毫无悬念地，唐悦当仁不让大步朝我们方向走来，稳稳坐在了舒琳的位子上。另外两个人也很快各自找好了座位，班长表示下课后他会把余下的那套空桌椅送回总务处。

"很好。"徐丛老师点点头，"在正式上课之前，我还有最后一个问题。如果我没记错，三个月前学校出台新规定，要求各班取消同桌制，桌椅全部分开变单排。班长起立，麻烦你给我解释一下，你们班这是怎么回事，拿到什么特批令可以不按规则执行吗？"

被点到名字的炮灰班长含怨带恨瞪了我们好几眼，才不情不愿站起来，挠挠脑袋硬着头皮开口："徐老师，这是我们全班的决定……我们都觉得曲主任那套连坐惩罚太没道理了，而且这条规定又没被正式修订到校规里，所以这学期开学我们就把桌椅恢复成原样了。"

"你们全班的决定？"徐丛老师问。

我们齐刷刷地坚定点头，唯有张娜突然举手叛变："徐老师，我是反对他们这么做的！学校的规定就是规定，我们作为学生有义务不打折扣严格遵守。"

"还有人反对过吗？"徐丛老师逐一扫视过每个人的脸。

不怒自威的威慑力扑面而来，好多人禁不住这招无声拷问，纷纷心虚地避开目光低下头，却自始至终没有一个人再举手站出来。

"很好。"徐丛老师收回那道侵略性的目光，"既然如此，我给你们一天时间准备，今天下午班会课我们来进行一场辩论。假如你们可以说服我跟……"他手指划过讲台上贴着的座次表，然后停在张娜所在的坐标位置，"……张娜同学，我就允许你们这么排座位。"

"真的？"我们顿时精神大振。

"等你们跟我接触久了，就会明白我从不开玩笑。"徐丛老师说着翻开讲义，转身拾起粉笔在黑板上写下"第一章氮族元素"几个大字，字迹刚劲有力、特别好看。

俗话说长得不帅，气质来补，徐丛老师靠他霸气外露的强大气场，短短四十五分钟收获迷妹无数，就连谢楠都不慎中了招，一下课就转身扑我桌子上，一个劲问我帅不帅帅不帅！

"帅个屁啊，一个中年大叔而已。"唐宋从旁插嘴。

"就是，哪儿有我哥帅！"唐悦回头跟他嬉皮笑脸。

"还是我妹子眼神好。"唐宋褒奖似的拍拍她脑袋。

不知道为什么，看到他们这副兄友妹恭、相互调侃的和睦样子，我就浑身炸了毛的不舒服，总觉得被人堂而皇之侵入了原本只属于我的领地，甚至逐渐代替了我的位置。

正瞅着他俩闹心,突然谢楠一拍我肩膀:"小静儿,陪我去买瓶水。"

一到下课,学校食堂里的小卖部窗口前就排起长队,我陪谢楠去买了两瓶脉动,又给唐宋带了一罐咖啡。回去的路上谢楠几番欲言又止,最终还是没忍住透露:"我还有另一个小道消息,是跟唐悦有关的,你想不想知道?"

"有话直说。"

"听说唐悦本来没被分到咱们班,是她主动找年级组长,强烈要求硬调过来的。"

"……啥?"

据谢楠自称来源可靠的小道消息说,唐悦会被分到我们班并非源于七分之一的随机概率,而是百分之百的人为操作。上学期期末,唐悦抢在她们班主任公布分班名单之前,直接跑到办公室去问结果,在得知自己被分到别的班后,硬是不依不饶缠着年级组长同意把她换到我们班,碰巧对方班主任也不愿接手这种麻烦学生,正好顺水推舟把这块烫手山芋甩了出来。

得知幕后真相我不禁愤然万千,暗骂年级组长怎么能这么没立场没原则!

可我万万没想到的是,谢楠的原则立场倒戈起来更是快得不像话,上午还一派誓死跟我统一阵线、坚决要跟她新同桌划清界限的忠贞不二范儿,等到下午班会一结束,摇身一变就成了唐悦脑残粉,连看唐悦的眼神都不一样了!

刚才班会上,徐丛老师如约给了我们自由申辩的机会。

可他满目严肃、霸气外露地往讲台上一杵,我方主辩选手的气势顿时矮上一截,我们牺牲午休时间集体讨论出的论点论据被班长念得磕磕绊绊不像样子，偶尔被反问一句，甚至直接卡壳当机答不上来，急得我们所有人一个劲往他桌上递小纸条，可根本无济于事！

这时候唐悦突然举手："徐老师，我方申请更换辩手。"

那一刹那，我仿若听见全班倒吸冷气的声音，徐丛老师早就声明过这场辩论是1V1的，他一个人站在讲台上说不过我们三十多张嘴，所以让我们派出一个代表跟他对辩，其余任何人不得擅自加入辩局，否则一律按违规取消资格论处。

所以刚才我们就算急得恨不得把嘴都长在班长身上，都死命克制着自己不出声，生怕被揪住错，判了违规，导致来之不易的机会付诸东流。

可是唐悦这一句话……把什么都毁了！

然而令人出乎意料的是，徐丛老师并没有追究她的擅自插嘴，反倒抱臂往黑板上一靠，饶有兴趣地反问："我说过可以更换辩手吗？"

"可您也没说不能更换辩手啊。"唐悦笑嘻嘻反驳。

"我说过这场辩论是1V1的，你们要是换来换去的，岂不又是以多欺少车轮战了？"

"既然辩论是1V1的，你们有两个人，我们当然也要派两个人出战才公平呀！万一待会儿您顶不住了，也可以更换辩手让张娜上嘛，反正双方各有一次更换辩手的机会。"

徐丛老师思忖片刻，竟点头同意了。

于是班长如释重负地坐下，唐悦胸有成竹替了上去。

不得不说唐悦无理搅三分的口才是极好的，再加上她临危不惧的过硬心理素质，朝后往唐宋桌上一坐，硬是谈笑风生驱散了方才凝重的压抑气氛，好几次逗笑全场。

碰上她驳不过的论点，她甚至敢喊暂停让徐丛老师等等，然后公然朝四面八方要小纸条支援。拿到纸条也是不慌不忙一张张打开来看，看到合适的观点张口就说，不合适的直接扔掉。

就这样，她跟徐丛老师一人一句拖到下课，车轱辘话来回说，就是不屈服不放弃。

直到下课铃打过，她才从唐宋桌上跳下来，问："徐老师，平局怎么算？"

"谁说是平局？"徐丛老师不紧不慢地反问。

唐悦一怔，试图据理力争："可是……"

"你们已经用行动说服我了。"徐丛老师打断她的话，"希望你们在今后两年的学习生活中，能够记住刚才四十五分钟里密切协作的团结精神以及不屈不挠的拼搏劲头。只要你们能答应我做到这两点，咱们班的座位就这样固定不变了，天塌下来我替你们扛。"

"徐老师万岁——"

"帅呆了啊唐悦！"

"刚才真是吓死我了！多亏有唐悦在……"

下课后的教室喧闹无比，几乎所有人都在冲着唐悦鼓掌欢呼，感谢她危难关头挺身而出，替大家据理力争，最终让大家得偿所愿。

不得不说，唐悦在拉拢人心方面有着极为出类拔萃的天赋。

只此一役，她就一下子刷爆了全班的好感度，成了年度最受欢迎的转班生。

我们班特立独行的座次方式果然引起了整个年级的羡慕嫉妒恨，听说曲主任第二天就找上了徐丛老师，可老徐不知用了什么办法，愣是把曲主任给怼了回去。从此睁只眼闭只眼再不过问此事，自此老徐在我们心目中的光辉形象又膨胀高大了无数倍。

开学第二周的英语课上，娘娘腔通知我们说九月底是学校英语节，按照惯例高二年级要进行英语舞台剧大赛，让我们一周内填好参赛报名表交给他。

"老师，我们班可不可以弃权？"

"不可以。"

被断然拒绝妄图逃避麻烦事的班长，只好拍醒自习课上睡觉的、打断聊天刷题的，指望集结全班智慧召唤出一套参赛可行性方案。

作为班长，他率先抛砖引玉："要不咱们班挑个简单的演，《睡美人》怎么样？"

"太无聊了吧！"

"还能不能有点创意了？"

"大哥你敢不敢再幼稚点？现在就连幼儿园小朋友的汇报演出都基本脱离格林、安徒生啦！"

引玉不成反挨砖，班长一脸郁闷："那你们选个高端大气上档次的！"

整个教室再次瞬间安静下来。

"《哈利·波特》怎么样？"谢楠举手打破沉寂。

班长顿时如蒙大赦，连问三声有没有人持反对意见，又迅雷不及掩耳之速拍板定音："既然大家都没意见，那咱班就决定出演《哈利·波特》了！谢楠你负责剧本，到时候咱们再一起商定演员。非常抱歉耽误大家自习，现在睡觉的同学可以继续睡觉了，刷题的同学也可以继续刷题了，唯独麻烦聊天的同学注意遵守课堂纪律，不要打扰其他同学，谢谢合作！"

不带换气地说完这一大通话，班长就溜下讲台了。

谢楠维持原姿势愣了好久，才后知后觉反应过来自己被坑了，立马拍案而起跑去揪住班长算账，然后在一片看热闹不嫌事大的起哄声中被推门而入的老徐逮了个正着：

"你们要是自习课没事干，我办公室里还有很多卷子。"

谢楠反应贼快："徐老师，我们排练舞台剧呢，再过两个星期不就英语节了嘛！"

可老徐哪儿是这么好糊弄的，双臂一抱往门框上一靠，一句话就给她怼上梁山了："既然如此，你们排练到什么地步了？不如演一个给我瞅瞅，也好顺便帮你们把把关。"

"现在不行！"谢楠脱口而出后又紧着找补，"那个什么……现在我们对词儿还打磕巴呢，等我们再磨练磨练演技，练好了一定请您来给我们掌眼！"

老徐脸色一板，谢楠立刻臊眉搭眼闭了嘴，夹起尾巴灰溜溜蹭回座位。

霎时教室只剩此起彼伏的翻书声和落笔声，空调吹出的凉风徐徐拂过滑落耳际的半绺额发，明亮玻璃窗外透彻的灿金艳阳铺满整张课桌，虽无琅琅书声，却余岁月静好。

等老徐突击巡查完毕，谢楠立刻不装勤学苦读了，把笔一甩仰头枕到了我笔袋上，极为哀怨绵长地叹了口气，满脸生无可恋。

"玩现了吧？"唐宋趴桌上幸灾乐祸。

"闭嘴！"谢楠翻了个大白眼瞪他。

我给她顺了顺毛，忍笑说："别担心，不可能真让你去写剧本的，班长明显诓你呢。让你写剧本还不如直接演哑剧，咱班真搭不起那寒碜。"

这时唐悦突然插了句嘴："你放心写吧，翻译的事我来搞定。"

"真的？"谢楠立马翻身坐起来。

唐悦答应得特别爽快："好歹我是在美国长大的，保证翻译到位，不给你丢人。"

眼看唐悦一句话就把谢楠感动得差点执手相看泪眼，我忍不住呛了句嘴："那你直接写不就得了，还翻译个什么劲。"

"我不会编故事。"唐悦歉然笑笑。

"我来写我来写！"谢楠不知想到了什么，嘿嘿笑个不停，"咱们来个黑客帝国版的睡美人，保证他们没见过！"

"刚才还是哈利·波特，怎么一眨眼又变睡美人了？"

"慎重考虑到评审代沟问题，我觉得咱还是来点耳熟能详的套路比较保险。"

所幸不管是哈利·波特还是睡美人，只要有人出力提供剧本，不用其他人操心，就百分百能得到全班全票通过。所以最后呈献到娘娘腔办公桌上的，除了正式报名表外还附加了一份谢楠熬了两个通宵撰写、唐悦花了两节语文课翻译的《黑客帝国之睡美人》英文剧本。

在谢楠的剧本里，睡美人不再是中了诅咒昏睡不醒的娇滴公主，而是打家劫舍、强抢王子为夫的黑帮大姐头；王子也不再是斩恶龙破诅咒、吻醒公主的英俊勇者，而是自恃美貌迷惑女巫毒杀后母的傲娇自恋狂；女巫更不是那个心胸狭窄妄图咒杀公主的恶毒反派，而是呆萌好骗、同情心泛滥的小白莲一朵。

再加上西装墨镜装扮的黑社会侍卫，哈士奇属性又蠢又二的倒霉仙女，各种爆点笑点一锅乱炖，导致唐悦在翻译过程中，几次躲在语文书后面憋笑憋到内伤。

剧本有了，招募演员就容易多了，谢导背着手在班里走了儿圈，抬手嘴里咔喳指了儿下，男女主角以及若干配角就通通定下来了。召集众演员开会说戏时，谢导得意洋洋表示她在创作剧本之初就确定了人物原型，所有角色形象都是给主演们量身打造的！

她撂下这话唐宋就黑了脸："合着我在你心里，就一变态人妖是吧？"

"来，让我瞧瞧。"我忍笑扳过他下巴，"虽然谢楠夸你美貌如花有点夸张，不过的确是有几分姿色，勾引一两个傻白甜女巫倒是够用了。"

唐宋冲我一呲牙："你也别美，女巫台词那么多，你背得下来吗！"

我扭头抱谢楠大腿："谢导！求减戏、删台词！"

"瞧你这点出息，驳回！"谢导超大牌往椅背上一靠，翘起二郎腿指挥大家先对遍台词。

所以理所当然地，除了饰演黑帮睡美人的唐悦，我们其他人通通对照剧本念了个鸡飞狗跳磕磕绊绊，还时不时停下来打听下个单词怎么读，最后惹得谢导龙颜大怒，勒令我们两天之内必须背得滚瓜烂熟，否则别怪她祭出终极杀招——邀请老徐亲临排练现场观摩指导！

我讨厌背书，尤其讨厌背英语！

可为了不把有机会跟唐宋卿卿我我的这个对手戏让给别人，吃完晚饭我还是老老实实把自己往房间里一关，拿着台词本声情并茂朗诵女巫部分的台词，指望能自然而然熟读成诵。

结果刚念到女巫毒杀后母被逮捕归案那段，小爸就敲门进来送果盘。

我本打算等他出去好关门继续练台词，没想到他并没像平常那样放下果盘就走，反倒开始拽着我问起学校的事情，一瞅他这没话找话的样子，我就知道他准有问题。

"小爸，有话直说别兜圈子。"

几次张嘴却又欲言又止，小爸最后才蹦出一句："你先出来下，我跟你妈……我们有件事必须要告诉你，然后如果你有什么想法，咱一家三口坐一块儿可以谈谈。"

等等……这节奏怎么听起来似乎有点不太对劲？

出什么大事了？值得他们这样兴师动众……还郑重其事要一家三口坐下来谈？

从房间到客厅这短短十几步路，我面儿上看起来走得四平八稳、波澜不惊，其实心里早就惊涛骇浪、掀上万里高空了！脑内的小剧场上演了一出又一出，从当年医院抱错了孩子现在亲生父母杀上门，到老妈体检查出绝症小爸爱上别的狐狸精……

等小剧场放映到神秘富豪叔父骤然离世，将我指名为上亿身家遗产继承人的时候，老妈终于清清嗓子开口说话了："静静，妈妈怀孕了。"

"哦，我还以为……啥？你怀孕了？"

"对，前两天刚验出来的。我本来想等三个月稳定后再告诉你，但你小爸觉得这事不该瞒你，"老妈说着握住小爸的手，脸上隐隐浮现出少女般的娇羞，"所以我们决定现在就告诉你。"

小爸小声埋怨她："你说得太直接了，咱们不是商量好要委婉点……"

"自家人说话有什么可拐弯抹角的。"老妈原形毕现，使劲拍了他手背一下，"再说静静都长大了，这种事情她可以理解的。"

后面他们又说了什么我全都没记住，满脑子翻来覆去都是老妈那句满怀欣喜的"静静，妈妈怀孕了"，我不知道自己是不是应该表现出惊喜、开心之类的反应，又或者应该像电视上演的那样做出独占欲作祟下的激烈反对？

事实上，我觉得这一瞬间自己是放空的，从身到心。

直到后来关灯睡觉躺在床上，我才慢慢回过神来，开始明白老妈那句话究竟意味着什么。

老妈怀孕了，意味着她跟小爸打算生个二胎，意味着十个月后家里将多出一个嗷嗷待哺、奶声奶气的小宝宝，小爸终于要有自己的亲生骨肉了……那么我呢？

……小爸有了自己的小孩后，对我还会像现在这么好吗？

第二天一大早，我顶着失眠半宿换来的黑眼圈踏进教室，屁股刚挨着椅子，两只眼皮就一个劲地往下沉，要不是忌惮坐镇讲台的老徐，我保证自己下一秒就能一头扎在桌子上睡死过去。

"小静儿，你该不会昨天真熬夜背台词来着吧？"

"你想多了，我只是没睡好。"

趁谢楠跟我说话挡住老徐视线的空档，我赶紧闭上眼睛，想着能多眯瞪一秒是一秒，不然待会儿老徐亲自盯的早自习上可是半秒都不敢睡的！

即使闭着眼我也知道唐宋来了，他的脚步声跟别人完全不一样，我打小就能听出来。他把书包往桌上一扔，拉开椅子坐下，伸手乱揉一把我的头发："瞧你困得这样，昨晚当贼去了？"

我只当没听见，都懒得张开眼皮瞪他一眼。

这种头昏脑涨的困倦状态一直持续到第四节课，好不容易熬完上午最后一节课，我连午饭都顾不上吃就一头栽倒在桌上，此时此刻我只想好好睡上一大觉，天塌下来都不要叫醒我。

中午的太阳晒在身上暖洋洋的，我脑袋埋进胳膊里舒舒服服睡了好长一大觉，直到唐宋把我推醒："醒醒别睡了，快点起来。哎，我说你睡觉怎么还流口水，恶心死了！"

被吵醒的我极度不开心，特别是爬起来发现竟然还不到上课时间就更加不开心了！

"吵什么……"我话没说完就被塞了个麦当劳外卖纸袋，我瞅了瞅里面有汉堡有薯条，还有一盒麦乐鸡和一个菠萝派。

接着他又把巧克力冰激凌端端正正摆到我桌上，"先吃饭，不然下午又得饿得嗷嗷叫。"

被吵醒的不悦感早就飞到九霄云外，抱着外卖袋我满心只剩下绵绵密密的雀跃欢喜，我甚至觉得整颗心脏都扑通扑通跳得比刚才欢实多了！

"傻乐什么呢，再不吃就凉了！"唐宋嫌弃地瞟我一眼。

我低头想抓汉堡，结果才一动，两条手臂就密密麻麻针扎似的疼起来，不仅疼还棉花似的使不上力气，要不是还有双腿接着，外卖袋肯定早就被我扔地上去了。

察觉出我的异样，唐宋蹙眉问："你又怎么了？"

"胳膊，胳膊麻了！"我使劲甩着两条胳膊，指望麻劲儿能快点过去。

"趴着睡那么长时间不麻才怪……"唐宋嘴里嘟嘟囔囔叨唠着，

手上却毫不迟疑地拿开外卖袋，拉过我的胳膊从下到上一点点按摩，力道适中特别舒服。

几分钟后胳膊终于不麻了，我剥开包纸开始啃汉堡。

唐宋捏了几根薯条，边吃边问："你昨晚没睡觉？失眠了？"

"啊？哦……嗯。"

"因为你妈怀二胎的事？"

一口汉堡噎在嗓子里，我瞪着眼睛说不出话，唐宋赶紧把饮料递到我嘴边，三大口可乐咽下去我才把气儿理顺，抬眼对接上适才被打断的震惊："你是怎么知道的？"

"听我家小阿姨说的。"

……你家小阿姨属蒲公英的吧？不生产八卦，专门传播八卦……

又吸了几口饮料，我才闷闷不乐承认自己的确是因为我妈怀孕的事不开心。

我告诉唐宋，我担心小爸有了自己的孩子，就不会像现在这样对我这么好了。我还担心将来家里变成四个人，那个小两居根本不够住该怎么办，我那个房间可是万万挤不下另一个人的，他们会不会为了给小孩腾地方，把我打包送回姥姥家？

我越说越郁闷，连外焦里嫩的麦乐鸡块都吃不下了。

"肖静静，你是不是傻？"

唐宋一句话就把我砸懵了，我不明就里地抬头，眼睁睁看他伸手过来戳我脑袋："脑容量本来就不够用，还整天瞎琢磨这些有的没的，难怪一考试就那么点可怜分数。"

我一巴掌拍掉他欠招的爪子，瞪起眼睛正要怼回去，却听他又哄小孩似的安慰我："别瞎想了，你小爸那么疼你，不会多个小不点就不要你的。"

——静静欤，姥姥的宝贝外孙女呦，别看你小爸现在这么疼你，万一将来你妈再给他生个小不点，他可就该不要你咯！

像是唤醒尘封记忆的钥匙，唐宋的话让我忽然想起很久很久以前，姥姥抱着刚换掉第一颗乳牙的我坐在快要拆迁的大杂院里晒太阳。那天天气很好，大大的太阳晒在身上暖洋洋的，我靠在姥姥怀里昏昏欲睡，半梦半醒间依然听到了姥姥喃喃自语的连连叹气。

那个时候她说，如果小爸有了自己的小孩，就不会要我了，还说如果将来他们不要我，就让我回去跟她过。后来这话被我妈听到过一次，我记得那次她跟姥姥狠狠大吵了一架，然后好长一段时间不管我怎么哭闹说想姥姥，都坚决不肯带我回姥姥家。

尽管从那以后谁都没再提过这件事，小时候的记忆也逐渐被越来越多的新鲜体验取代，我甚至以为自己早就忘掉了这段记忆，直到似曾相识的场景混淆了时间岁月，才知道原来那些我们一厢情愿以为已经忘却的记忆，依然深深蛰伏在潜意识里，如同伺机捕猎的猛兽，耐心等待张牙舞爪卷土重来的那一刻。

都说苍蝇不叮无缝的蛋，我妈怀孕这件事连我姥姥都还没来得及告诉，竟然就被老董不知用什么手段给打听到了。于是他又开着他那辆超级骚包的宝马7系，每天下午四点十分准时蹲点在我们学校门口，指望抓住这个天赐良机离间策反我，哄我乖乖跟他搬去澳洲。

不得不说，比起前段时间毫无章法的围追堵截死缠烂打，老董这次明显心机套路了很多，一看就是被高人指点过。

这次他一上来绝口没提澳洲的事，好几次都是二话不说硬塞给我一个礼物袋，叮嘱一句回家路上小心就掉头钻回车里，好像他每天千里迢迢跑来等我放学，就是专程来给我送各种新款电子产品和进口零食的。

知道礼物送得多了，他才忽然一改这套我早已习惯的套路，空手来问我周六晚上愿不愿意陪他吃顿饭。我下意识想拒绝，却又听他伏小作低苦笑，说他买好机票打算回澳洲了，临走前只想能跟我好好吃顿饭，毕竟经此一别后会再无期。

吃人嘴软拿人手短，想想我都拿了人家那么多礼物，自然不太好意思拒绝他如此期期艾艾的简单请求，于是一个没忍心就答应了，周六下午借口舞台剧排练从家里溜了出来。

老董带我去了一家超有逼格的法式餐厅，我们坐在靠窗的位置，能看到外面被地灯点亮的小小欧式庭院。餐厅里用餐的客人不多，所有人的交谈都是静悄悄的，像是没人忍心打碎这片柔和灯光和悠扬旋律缔造出来的祥静氛围。

合上菜单，老董端起柠檬水要跟我碰杯："静静，以前的确是我亏欠了你们母女，今天爸爸正式跟你道个歉，希望你能原谅爸爸。"

"你没对不起我，只是对不起我妈。不过要不是你及时让位，我妈也遇不到我小爸这么好的男人，现在我小爸把我们娘俩照顾得特别好，肯定比当初凑活跟着你过要强上一百倍。"

我承认我这话带了几分故意膈应人的成分，谁知老董听了非但没生气，反倒煞为认同地点头称是："所以树挪死人挪活，如果有机会还是应该尝试下去换种生活环境，说不定正好搭上顺风车，踏上一条更顺风顺水的人生轨道。"

虽然他说得很有道理，可我怎么总觉得他又开始套路我了？

聊不下去干脆就不聊了，我低头拿起刀叉，开始专心对付服务生端上来的蜗牛和鹅肝，反正我只答应陪他吃一顿饭，又没答应陪他聊一顿饭。然后老董一个人自说自话兜了会儿圈子，估计实在觉得没劲，干脆放弃迂回战术，坐我对面开始讲故事。

我大概总结了一下，他讲的那些故事基本都围绕着同一个中心思想，那就是单亲妈妈改嫁后但凡为新家庭生育了新的宝宝，原本随嫁过来的拖油瓶注定走上亲妈不疼后爹不爱的孤苦伶仃不归路，抽烟纹身打架进少管所那都是好的，更惨的是万一亲妈后爹又生了个男孩，那我这个做姐姐的搞不好就要被迫辍学打工，给弟弟赚奶粉钱、读书钱、买房钱和彩礼钱。

老董口若悬河说得唾沫横飞，直到我吃饱喝足把刀叉一放。

"我不会跟你去澳洲的。"我拾起餐巾擦擦嘴。

老董一愣："合着我刚才说了那么半天，你全都没听懂？"

"听懂了，可我小爸不是那种人。"

"知人知面不知心啊！你是我亲闺女，我还能害你不成？"

"反正我妈和小爸都不会同意我跟你去澳洲的，我自己也根本不想去。"

听我这么一说，老董顿时急了："谁说你妈不同意？你妈要是不同意，咱爷俩能好端端坐这儿吃上这顿饭？静静啊，爸爸都跟你说了，知人知面不知心，你妈现在跟那个男人有了自己的孩子，哪里还顾得上你？前几天就迫不及待找我，问我想带你出国的话还作不作数！"

老董说，是我妈给他机会来跟我培养感情的。

他还说，我妈早就知道今天我要跟他出来吃饭，所以才大开绿灯给我放行。

他又说，我妈已经不反对我跟他移民澳洲了，只差我点头同意表个态。

从离开餐厅到送我回家的一路上，老董又絮絮叨叨啰嗦了好多，可是我捂住耳朵一个字都不肯信，我知道他肯定是骗人的，我妈才不可能放任我跟这个她骂了半辈子混蛋的男人走！

我到家的时候，我妈正在客厅看电视，小爸在厨房收拾碗筷。

大概是听到门口有动静，小爸立刻从厨房探出脑袋："静静回来了啊？跟同学一起吃过饭了没，小爸给你留了馄饨，没吃的话待会儿给你热热吃。"

我脱掉鞋子放到鞋柜里摆好，脑子里飞速思考着待会儿该如何开口跟我妈对峙，是直截了当问她为什么突然同意让老董带我走，还是应该先稍微旁敲侧击打探下？

思前想后琢磨了半天，我决定还是先不拿老董的片面之词去质问我妈，万一是他信口雌黄诓我呢？在这件事情上我必须冷静、冷静再冷静，决不能冒冒失失沉不住气。

打定主意后，我无比热情地跑去厨房："还没吃呢，我都快饿死啦！"

十分钟后，我端着大碗坐在客厅呼哧呼哧喝热馄饨汤，小爸包的鲅鱼馅馄饨本来就特别鲜，馄饨汤里还加了虾米皮和紫菜，然后再撒上一点香油，别提多香了！

小爸捧着茶杯坐边上问我舞台剧排练的事，我就捡学校排练过程中的逗趣事讲给他听，逗得他哈哈大笑直说想看现场版，让我演出的时候别忘找同学录视频给他。

老妈瞥了我们一眼，一句话没说，拿起遥控器换了个台。

小爸每天这个时候都要看北京台的《食全食美》栏目，他特别乐忠于跟节目嘉宾和大厨学做新菜，比如今天美食节目教的是荷香糯米鸡翅，老妈随口说了句看起来还挺有食欲，小爸立刻表示过两天就试着做给我们娘俩儿尝尝。

从我进家门到现在，无论老妈还是小爸，他们言谈举止间的神态反应都惯如平常，没有半点不同寻常的迹象。咬着热腾腾的馄饨，我甚至怀疑那些跟老董和法式餐厅有关的记忆不过是我午睡睡糊涂了，头脑昏昏凭空而生的幻觉。

在我看来，法国大餐就算再贵，也远远不如小爸煮的馄饨好吃。

小爸说想看我们超现实恶搞舞台剧的现场实录，所以即将轮到我们班上台表演之前，我郑重之地把特意从家带来的小摄像机交给唐宋，让他负责站在阶梯教室最后一排正中位置，把我们（特别是我）的精彩演出全部高清拍摄下来。

唐宋吸溜着鼻涕接下此项重任，用哑得不像话的嗓子表示一定完成任务，请组织放心。

三天前，身为舞台剧男一号的唐宋突患重感冒，嗓子哑得几乎到了失声的状态，急得谢楠和我们整个剧组差点崩溃——眼瞅还有三天就要正式演出了，男一号在这节骨眼上突然掉链子怎么办？十万火急！在线等！

俗话说病来如山倒，病去如抽丝，不管怎样，唐宋这个男一号注定是出演不成了，于是谢楠临时抓了大何的壮丁，也不管他愿意不愿意，直接把台词本往他手里一塞，下课就跑去堵在他座位上逼着他把台词背熟，弄得大何一见她就痛哭流涕直喊姑奶奶饶命。

谢楠才不理他那一套，糖果棍棒轮番上阵，总算在正式演出前硬逼大何记下了全部台词。刚才我们换好戏服在阶梯教室外最后排练匆匆过了遍场，就雄赳赳气昂昂奔赴了评审席前的主战场！

不得不说谢楠的剧本真是特别有张力，饰演黑社会版睡美人的唐悦跟她西装革履黑墨镜黑手套全副武装的打手侍卫们刚一上台亮相，观众席上就传来了一片惊叹和掌声。

随着一幕幕剧情场景的切换，台下的掌声和爆笑声越来越多，蹲在幕后等待下轮上场时，我甚至看到坐在评审席上的曲主任都乐出了满口白牙。

本以为胜券在握，没想到最让我们担心的一幕还是发生了——

我捧着熬给王子的毒药交给大何，他本来欣喜若狂地再次跟我确认药性效果，然后喜滋滋地端去呈现给他后母，却在半道连人带药一起被睡美人劫持抢上山头。

可大何欣喜若狂地接过药碗后，连续张了几次嘴都没蹦出半句台词，只能干巴巴愣在原地眨眼瞪着我，瞪得我心里咯噔一下——糟了！这货忘词了！

男一号演到一半忘了词，剩下的半场戏要怎么办！

就在我慌到不知如何是好，只能跟大何大眼瞪小眼的时候，唐悦带着她的黑道侍卫们提前上场了——她愣是把强抢王子的戏份提前了半幕，然后假装意外把那碗药灌大何喝下去了，紧接着示意大何装晕，叫来倒霉仙女诊脉医治，随后就宣称王子被毒哑了。

短短不到两分钟的工夫，整个剧本就被唐悦三言两语篡改到连亲妈谢楠都不认识了……这下子懵逼的就不光是被迫变哑巴的大何了，我们剩下所有串场配角都表示 Hold 不住，差点当场给跪！

尽管唐悦兜了一圈又想方设法把剧情拽回了剧本，可是"咔吧"

断掉的那一瞬还是让整个剧情连贯性出现了硬伤，更别提后半部分涉及王子的戏份。我们不得不硬着头皮自行发挥了不少，无论是口语流畅性还是衔接配合感都较之前半部分大打折扣。

谢幕时我偷偷瞄了眼评审席，从他们的表情也不难估计，我们班的得分高不到哪儿去。全员退出阶梯教室后，谢楠立马冲着大何发难："你到底是怎么回事？"

"我太紧张，突然忘词了嘛……"大何既委屈又愧疚。

谢楠扭头又冲我来了："既然他忘词了，你就不能提醒他一下吗！"

"我又没背过他的台词，怎么提醒？"我也很委屈。

"还有你！"谢楠又转向唐悦，"干吗好端端的突然擅改台词？就算你反应快英语溜，拜托也稍微考虑下其他人行不行？你看看后半场除了小静儿能勉强配合你搭几句词，其他人根本全军覆没演哑剧了有没有！"

"当时我光想着救场，没考虑那么多，Sorry啦！"唐悦耸耸肩，没什么诚意地道了句歉。

"啊啊……气死我了！"谢楠狂暴地抓了抓头发，极为郁闷地发泄心中的不满。

直到一小时后所有班级表演完毕，评审团公布得分名次，宣布我们班跟五班并列排名第三，拿到了第22届英语节的小铜人奖杯，谢楠这才多云转晴、露出点笑模样。

回家路上我检查了一遍唐宋拍的录像，越看我们集体懵逼的样子越觉得好笑，于是更加迫不及待想回家把录像拿给小爸看。

可就在我踏进家门的一瞬，立刻察觉到了扑面而来的低气压和火药味——这是什么情况？老妈又跟小爸吵架了？不能啊，自打老妈怀孕后，小爸整天老佛爷似的供着她还唯恐伺候不周，怎么可能跟她吵得起来？

……难道是他跟老董怼起来了？

我探头探脑想往客厅里看个究竟，就听客厅里甩出小爸气急败坏的吼声："反正我不同意静静出国！她是我女儿，谁都别想从我跟前儿带走她！"

猝不及防听到这份真情流露，我鼻头一酸，差点没掉出眼泪来。

然而我还没感动完就又听到老妈的声音："你急什么啊，我这不跟你商量呢吗！"

"这事没得商量！我告诉你，就算是静静自己愿意我也绝不同意。她那个亲爹有多混蛋你又不是不知道，把女儿交给他我可睡不着觉！"

"女儿女儿女儿，你一口一个叫得倒是挺亲！可你别忘了你真正的女儿还在我肚子里呢，静静跟你半点血缘关系都没有，你凭什么不让她跟亲爹走？"

"你说什么……你再说一次！"

"我说静静跟你半点血缘关系都没有，她的事情你做不了主！"

小爸刹时脸色灰白，气得手指都在抖，心疼得我立马冲了出去："妈！你瞎说什么呢！"

他们光顾着吵架，谁都没听见我的开门声，所以我的出现让他们两个都是一愣。小爸最先反应过来，过来帮我摘下书包："冰箱里有绿豆汤，你先歇会儿，我去做饭。"

说完他把书包拿去里屋，然后一头扎进厨房。

那落寞的背影、低沉的声音，真是让人怎么看怎么心疼！

老妈似乎也意识到自己情急之下说错了话，满脸悔意地盯着厨房瞧了半天，最终还是没跟进去安抚被语言刺伤的小爸，而是转身冲我招招手："静静你过来，妈妈有事想跟你谈谈。"

该来的终于还是要来了……

不过让我有点高兴的是，姥姥和老董都说错了，我小爸并没有因为有了自己的孩子就容不下我，想赶我走，他可喜欢我了，根本舍不得我。

不后悔的选择

在已经买好机票准备回澳洲这件事情上，老董的确没有骗我。

据说是他在澳洲那边的生意出了点问题，合伙人搞不定所以紧急把他召唤了回去。他走的时候小爸带我去送机，然后站得远远的，留出机会让老董跟我话别。

"静静，等爸爸回去处理完公司的事，肯定会再回来……"

"你不用回来了，我不会跟你去澳洲。"我毫不犹豫地打断他，"我今天来送你，就是想跟你面对面讲清楚，在我心里我只有一个父亲，那就是我小爸。"

老董顿时不高兴了："你这孩子怎么说话呢！身体发肤受之父母，从头发丝到指甲盖，你身上有一半东西都是我给你的！再说你小爸穷了吧唧，你跟着他能混得点什么？你是我唯一的女儿，我花了大半辈子在澳洲置下的家产到头来不给你还能给谁？怎么就这么笨，这点利害关系都想不明白！"

瞅他又吹胡子又跳脚的，多余的话我也懒得再说，只站在原地冲他挥了挥手算作道别："总之你回澳洲之后就不要再来打扰我们了，祝你一路平安。"

目送老董进了安检，我跟小爸打道回府。

上了机场高速，小爸手握方向盘两眼直视前方，过了好久才装作若无其事地问了我一句："静静，你在机场都跟那个谁……跟老董说什么了？"

"没说什么。"我偏头看他，"怎么了？"

"哦，没事。"小爸特不自然地掰了掰后视镜，"我就是看你们聊得好像挺激烈的，老董情绪似乎也挺激动，所以随便问问。"

就看他这此地无银三百两的心虚劲儿……要真是随便问问那才有鬼呢！于是我干脆侧过身盯着他，快刀斩乱麻，捅破那层窗户纸："小爸，你是不是特怕我哪天真的跟老董一走了之了？"

小爸闭嘴开车，不言语了。

不言语就等于默认，这是小爸的行为习惯。

我默默在心底叹了口气，看来老妈那天口不择言，着实是把他伤到了骨子里，看看他这副无精打采的憔悴劲儿，哪里还像四十出头的帅小伙，根本都快沧桑成马上奔五的小老头了！

"我妈一孕傻三年，说话走肾不走心，小爸你别当真。"

"嗯，我知道。"

其实那天晚上，我们就都知道了老妈一百八十度态度大转变的原因。

原来老妈单位有个同事最近刚给七岁多的女儿办完移民，让女儿转学跟前夫去美国读小学。我妈她们都知道这个女儿从小就是那个同事的宝贝命根子，谁都不敢相信她竟然就真舍得这样一下子放手，硬是把女儿送去了颠倒昼夜的西半球，从此母女分离、天各一方。

可是那个同事却说，她是舍不得女儿离开自己，可不能明明有更好的选择、更好的未来摆在女儿面前，却因为自己的一句舍不得而生生断送。所以她想开了，抓住机会把女儿送出国，让女儿去拥有更广阔自由的天空。

就是受这个同事言传身教的触动，老妈连续失眠几个晚上后，终于也跟着想开了，觉得把她跟老董的恩怨强行转嫁到我身上是她的自私、不豁达，所以才重新联系老董，给他接近我说服我的机会，想把自由选择的权利重新交还到我手中。

那天晚上老妈一边说一边掉眼泪，又一边掉眼泪一边跟小爸道歉，最后小爸搂着她安慰了好久才算把这茬接过去。不过现在看来，即便当时小爸原谅了老妈话赶话的无心之失，也始终没能过得去他自己心里的这道坎。

所以我决定择日不如撞日，反正我们爷俩现在身处狭小车厢内，谁都逃无可逃、避无可避，正适合纾解心结，开诚布公掏心掏肺谈一谈！

"小爸，刚才在机场你干吗离我那么远？"我撅起嘴假装娇嗔地抱怨，"万一老董要动手揍我，你都来不及赶过来救我。"

果然小爸眼睛一下子就瞪起来了："他敢！不对，他为啥要跟你动手？"

"我说了他不乐意听的话了呗。"

"你到底跟他说什么了？"

"我跟他说，让他不要再来打扰咱们的生活了，因为在我心目中就只有我小爸一个父亲，他在我这儿顶多算隔壁家老王，充其量是个打过招呼的陌生人而已。"

"静静……"小爸愈加握紧了方向盘。

"所以小爸,就算我们没有血缘关系,你也是我心里最可敬可爱、最强大、最无可替代的独一无二的爸爸,是一直守护在我身边的超级英雄。"

小爸偷偷蹭了蹭眼角,还以为我没看见。

下了机场高速,小爸拐了个弯,驶上一条明显不是回家方向的路。

"你要带我去哪儿?"我扭头问。

"霄云路。"小爸回答得特干脆,"凭什么老董都带我闺女吃过法国大餐,我还没带我闺女吃过?这绝对不成!走,咱爷俩今儿也去法式餐厅开开洋荤!"

"小爸最棒了!"我欢呼一声扑过去搂他脖子。

"别闹别闹,开车呢!"小爸把我推回来坐好,老规矩跟我约法三章,"不过咱可事先说好,不许拍照,不许发朋友圈,不许让妈妈知道。"

"请组织放心,坚决不泄露小金库的秘密!"

事实证明,跟小爸吃法国大餐比跟老董要开心多了。

既然老妈说要把自由选择的权利交给我,那么我想我已经做出了最好的选择。

周一班会课上,老徐带来一则学校官方发布的超劲爆消息。

众所周知,八中校服堪称全市爆丑校服之最,什么土肥圆,什么红白蓝,碰到我们的灰耗子皮全都不算个事!我们的校服从头到脚一身灰扑扑,每逢升旗仪式和课间操,全校出洞灰压压往操场一站,简直就像一大窝训练有素、动作整齐划一的大耗子精!

所以八中学生对于校服的怨念,所谓由来已久、堪称代代传承。

也不知道马副校长和曲主任今年抽了什么疯,竟突然正视起历代学生对奇丑无比校服款式的怨念,俩人一拍即合着令学生会牵头举办原创校服设计大赛,声称人气最高的票选作品将取代灰耗子皮成为八中新校服。

就是这一句承诺,让此次活动的民众参与度空前高涨,谢楠率先领了报名表,特豪迈地表示要就此一战成名、载入校史!

唐宋当即一盆冷水泼过去:"载入校史也分两种,一种是名垂校史、受学弟学妹万代敬仰,一种是遗臭万年、遭学弟学妹万人唾骂,你打算用哪种载入姿势?"

谢楠诡异一笑:"要不要赌一个?"

"我来当公证人!"我赶忙举手凑热闹。

唐悦也凑过头来横插一脚:"要不这样,你们谁输了就去报运动会一万五千米长跑?"

不得不说唐悦这个赌注有点狠,一万五千米当真跑下来,别说女生撑不住,男生基本也得累到吐血瘫痪,所以每年运动会的一万五千米长跑作为不得弃权的加分项,向来是各班此题无解的难题,听说去年好多班都用抓阄认倒霉的方式推选敢死队队员。

可我们班不一样啊!我们班有健将谢楠和炮灰班长!

去年小叶老师刚开始动员运动会报名,谢楠二话不说直接有力出力,把一万五千米给认领了,男生那边也毫不含糊,直接就齐心合力把班长给牺牲掉了。

所以一听唐悦抻这茬儿,谢楠拍板押注得分秒不带犹豫,末了还挤眉弄眼地冲唐宋挑衅："怎么样，男子汉大丈夫，敢不敢跟我赌一把？"

唐宋犹豫了，带着显而易见的左右为难。

"别磨磨唧唧的，赌不赌快点给句痛快话！"谢楠继续将他。

唐宋把牙咬了又咬，终于豁出去了："行，只要你拿下最高票选，我爬也把一万五千米爬下来！"

谢楠高兴了，扭脸就跟唐悦击掌庆贺。

敢情这俩人是串通好的……

唐悦坑唐宋我管不着，毕竟那是人家亲哥，可谢楠跟着当帮凶，我可就不乐意了。

所以美术课上，我义正言辞地批评了她吃里扒外的亲敌行为，又拐弯抹角帮唐宋探她扬言拿下原创校服设计大赛的实力虚实。要知道就凭唐宋那外强中干的身体素质，体育课跑个一千五百米倒是没啥大问题，换上一万五千米，保准竖着进去横着被抬上救护车！

或许是我探得太过委婉含蓄，谢楠竟理解成我在担心她会输掉赌约，所以特意扯了张废纸要给我露一小手——这两周的美术课我们都在美术教室画文化衫，各种颜料调色盘都是现成的，她把自己尚未打好线稿的文化衫从支架上取下来，替换了张白纸夹上去，单用一根毛笔蘸了蘸深蓝颜料，寥寥几笔就勾勒出一身漂亮的水手裙。

"厉害了呀！"我更替唐宋担忧了。

谢楠面露得色："小意思，这都不算什么！现在工具不趁手，随便给你画着玩玩，等我今晚回家认真画上几稿，明儿再拿给你看。"

然后第二天，她果然带来了一小摞彩绘手稿，啪嗒往我桌上一放。

"这么多都是你昨天晚上画的？"我惊讶地问。

"线稿而已，花不了多长时间。"谢楠跨坐在椅子上嘚瑟。

唐悦手快，立马把画稿抢了过去："我看看！"

"都很好看啊——"她边看边赞，翻到最后一张突然愣了一下，"咦……这是什么？"

谢楠伸脖瞅了瞅，脸上一红就要动手把那张纸抽回来，却被唐悦眼疾手快抢先一步藏到了背后。于是她只好伸手问唐悦要："那是我不小心混夹在里面的。"

唐悦却不给她："这也是你画的？"

"别闹了，快还给我。"谢楠探着身子想绕到唐悦身后抢回画稿，唐悦顺势一躲正好背对唐宋，唐宋伸手轻松抽出画稿："我瞧瞧，该不会是画了什么少儿不宜的东西吧？"

我立马凑过去一起看，只见打好格子的白纸上画着线条凌乱的铅笔构图、细黑笔勾勒到一半的清晰人物线条以及好几处留白的对话框……

这、这分明就是一张尚未勾边完成的漫画分镜！

"《神兽坑爹指南》？JOJO大大！"唐悦分外激动地扑向谢楠，攥住她的双手死也不放开，两眼迸发出道道金闪闪的光芒，"我一直在追你的连载！特别搞笑特别好看！真的！"

谢楠试图抽回爪子，未果。

唐悦继续激动："暑假漫展我还托基友帮我买了你的新本子！可惜她睡过头错过了签售，明天我把本子带来你帮我补个签绘好不好！"

"等等——"唐宋打断她俩。

我问出心中所惑："你们谁给我们解释一下，这是什么情况？"

"先把分镜给我。"谢楠朝我伸出手。

我把画稿给她，问："你在画漫画？"

不等谢楠回答，唐悦已经巴拉巴拉把她卖了个底儿掉——原来谢楠笔名JOJO，从去年开始就在网上连载漫画《神兽坑爹指南》，并以其萌贱的风格、爆笑的剧情迅速窜升至人气No.1，虏获大量真爱粉后一直蝉联榜单前三甲，堪称实打实的漫界大触。

谢楠托腮纠正："已经连续好几周跌出前五，眼瞅就快跌出榜单前十了好吗……"

"还不是因为你偷懒，周更变成双周更，人气不降才怪！"

"双周能更已经很不错啦，作业要是再多下去我都打算月更了。"

"那可不行！"

趁她俩一来一去聊得热乎，我用手机迅速搜了下《神兽坑爹指南》，果然像唐悦说的那样，已经有了六百多万粉丝关注、上亿万条留言评论，当真是火到让人吓了一跳！

瞅了瞅看起来二了吧唧丝毫没有大神气质的谢楠，又瞅了瞅摊在桌上的那些简单好看的校服手稿，我也只能拍拍唐宋肩膀同情地说上一声节哀。

谁教他运气不济，挑个衅都正好撞大神家门槛上呢……

谢楠用一顿丰盛的必胜客大餐作封口费，要求我们替她保守漫画连载的秘密。用她的原话说，这世道本来就是能者多劳、不能者不劳，她可不想因为画技出众就被赖上一堆莫名其妙的烂差事，像出黑板报之类的麻烦事还是更适合屁颠屁颠的张大总管。

尽管如此，她跟唐宋打赌的事情还是很快被传得全班知晓，其中最激动的莫过于班长！自从得知今年有望不用被迫参加运动会一万五千米项目后，他就整天课前课后绕着谢楠打转，特别鞠躬尽瘁地帮她出谋划策，讨论哪种风格款式的校服更容易为普罗大众所喜爱，甚至强烈要求帮她提前做份民意调查，好知己知彼出奇制胜。

秉持看热闹不嫌事大的心理，继班长之后越来越多的人开始关心谢楠的参赛设计稿，我们座位附近每天都有那么几个课间会被围得水泄不通，五花八门的提议被七嘴八舌一通杂烩，听得谢楠瘫在座位上直翻白眼。

"大大你别搭理他们，你画什么都好看！"唐悦又开启了脑残粉模式。

头一次，我选择跟唐悦统一阵线："我也觉得你画自己的就好，他们一天一出意见，每天都有新花样，听得我都脑仁疼了。"

谢楠一手转笔一手捏眉心，盯着画稿不以为然，甚至还宽慰我俩说兹事体大，毕竟事关今后百年校服大业，跟每个八中人都息息相关，如果能参考大家的意见设计出所有人都喜欢满意的校服，那才算真正流芳百世永垂不朽呢。

可她嘴硬不过几天，就敌不过通宵达旦唤醒的瞌睡虫，趴在阅览室的长桌上奄奄一息了，而摊在她脑袋下面充当枕垫的，是她这段时间来从不离手的线装素描本。

摊开的纸页上依旧是黑白线条的半成稿，旁边密密麻麻写满了小字修改构思，从橡皮擦拭的痕迹来看，这幅线稿已经被反反复复修改过多次了，而她花了一中午时间试图修复这份线稿，却始终只是擦来涂去制造出更多的橡皮碎屑。

"啊啊烦死了！老娘不干了！"谢楠突然坐起来，铅笔啪嗒往桌上一扔。

这一嗓子顿时打破了阅览室里极度安静的自习氛围，无数谴责的目光顷刻扫射过来将我们妥妥淹没，我立马扑过去按住这个不分场合撒癔症的小祖宗，不让她继续爆豆发脾气。

谢楠把素描本推到我跟前："后天截稿，这么丑的东西你说我怎么拿得出手！"

我翻了翻素描本，最前面几页是早先她拿给我们看过的几款设计图，说实话还是挺清新好看的，然后越往后翻越有向奇装异服靠拢的趋势，难以想象如果真正穿上身会是什么效果。

"我觉得还是你在美术教室画的那张最好看。"

谢楠颓败地抓了抓头发："本来我觉得设计校服是件很好玩的事，所以才报名参加的，没想到搞到最后竟然这么麻烦，我都已经好几天晚上睡不着觉了，一闭眼满脑子飞的都是设计稿。"

"你干吗给自己这么大压力？"

"因为背负了太多人的期待……"

"行了你快别四十五度角仰头望天了，明媚忧伤这套不适合你。"

"……反正老娘不干了，恭喜你们家小唐同学侥幸逃过一劫！"

尽管谢楠是笑着说出这句话的，我却从她的眼睛里读到了满满的不甘心。这根本不是她想要的结果，只是她无法两全其美之下自暴自弃的退缩和妥协。我不知道将来她会不会后悔此时此刻一念之间的放弃，我只知道如果她后悔了，我肯定会比她更后悔没能一棒打死她的这个一念之间。

所以我抓过她的素描本，二话不说直接撕了。

谢楠顿时急了："你干吗！"

"你不是说要弃权吗，我帮你处理垃圾。"

"……那也用不着全撕了啊！"

"不把这些撕了，难道你还打算今后让我们穿着这些鬼东西招摇过市？"我故作惊讶地问她，"反正我是宁可继续裹着这身耗子皮，也不要穿更加奇怪的校服。"

抢在谢楠开口之前，我把还剩下大半本空白页的素描本塞给她："你又不是人民币，怎么可能做到让所有人都满意？所以不要管其他人怎么想，画出你最喜欢的设计就足够了。"

谢楠感动到一塌糊涂，跟我执手相看泪眼。

趁她无语凝噎的空档，我又想起来一件事："不过你也别放飞得太自我，起码别整成《神兽坑爹指南》里面那种小吊带和小热裤，我估计曲主任心脏承受不了。"

"你看过了？"

"对呀，我们都看过了。"

"你们……是指谁？"

"我、唐宋、班长、大何还有……"

我掰着手指头还没数完，谢楠就崩溃了："班长和大何是怎么知道的？我不是付过你们封口费了吗！快把我的披萨和鸡翅都吐出来还给我！"

"这事真不赖我！"我举手以示清白，"是唐宋不小心跟大何说漏了嘴，大何又告诉班长的！班长那人你也知道，天生大嘴巴，他一个人知道了基本就等于全世界都知道了。"

"原来是这么回事……"谢楠阴测测磨牙，"小静儿，帮姐个忙呗。"

我只觉后背一凉，顿生不祥预感。

来不及抽身而逃，我就被她伸手一捞勾住了肩膀，又被她寥寥几句话拽下水，不得不为了稳住我们友谊的小船，拿出足以进军奥斯卡的实力派演技配合她撒谎涮人，骗得所有人都对她退赛一事信以为真，骗得唐宋喜笑颜开以为逃过一劫，骗得班长哀声跪求只觉人生一片灰暗。

与此同时，被学生会贴进玻璃橱窗的一套校服设计稿以堪比核裂变的速度火遍整个校园，春夏款是蓝白水手服，秋冬款是红蓝格百褶裙搭配鹅黄鸡心领毛衣——没人关心这份匿名编号为 36 的作品出自哪位大神之手，所有人只恨不得立马扒掉身上的耗子皮，换上这套衣服，越快越好！

谢楠还特意拉我去橱窗前参观过，班长贼心不死追我俩屁股后面想套话。

"我说谢楠，这套校服当真不是你设计的？"

"不是啊。"

"可我的直觉告诉我，你肯定是在骗我！"

"既然这样我就实话告诉你吧……"谢楠说到这里故意停顿卖关子，等勾得班长屏息凝神满怀期待，才随手一指旁边那套中规中矩的天蓝运动衫，"这套是我的。"

面对那套普通到极致的设计稿，班长是拒绝相信的。

谢楠撂下一句"爱信不信"就拉我走了，徒留班长一人秋风瑟瑟徒伤悲。

直到匿名投票结束，学生会才在公布票选名次的同时揭开了各位参赛作者的神秘面纱，其中谢楠投稿的第 36 号作品以远远超出第二名 378 票的优势稳稳拿下优胜。

"赢了！我们赢了！"班长激动得忘乎所以，扑过去抱住谢楠喜极而泣，"我就知道你是骗我的！太棒了，我们赢了啊！我不用去跑一万五千米了，哈哈哈哈哈！"

全班轰然大哄，谢楠瞬间面红耳赤。

最后要不是唐宋他们极力阻拦，估计他非被断手断脚、揍成猪头不可！

等大伙嘻嘻哈哈闹腾完，唐宋才以慢了好几百拍的节奏突然回过味来——"等等……合着绕了一大圈，最后还是坑我去跑一万五？"

"加油，千万别给咱班丢脸！"

不管唐宋是否认赌服输，反正他被赶鸭子上架推上了运动会男子一万五千米长跑的起跑线。

学校操场是标准四百米跑道，一万五千米要跑三十七圈半，绝对是一个听上去就相当腿软的数字。以班长为首的男生们公然聚赌，纷纷以薯片和妙脆角下注压唐宋会跪在第几圈，我偷摸塞给班长一包辣条，赌唐宋能跑二十五圈。

"你们这帮……忒不仗义！"唐宋胸前贴着15号牌，冲我们咬牙切齿竖中指。

谢楠把他拽到一边，将自己毕生经验倾囊相授，比如怎么呼吸吐纳，怎么分配体力，怎么保存实力最后冲刺……感动得唐宋亲切握住她的双手不放，直言感受到了革命同志雪中送炭、如沐春风般的温暖。

"加油！姐看好你！"谢楠同样大力回握他的双手，像对待革命同志那样对他寄予殷切厚望，"说什么也得给姐撑到二十六圈，到时候战利品分你一半！"

"……"

　　人争一口气、佛受一炷香，唐宋当即掏出一块牛肉干赌自己跑完全程，然后雄赳赳气昂昂上了起跑线。发令枪一响，他抢先所有人半个身位往前冲了出去，稳稳势压全场。

　　然而五圈过后，他体力明显耗尽，开始了一步重似一步的煎熬。

　　十圈过后，他已经气喘如牛蠕动前行。

　　十五圈过后，慢跑变成了慢走。

　　二十圈过后，慢走又变成了慢跑。

　　二十五圈过后，捂着腰侧似乎岔了气，呼哧呼哧得摇摇欲坠。

　　三十圈过后，目光呆滞神色涣散，深一脚浅一脚像是直立行走的丧尸。

　　三十五圈、三十六圈、三十七圈……

　　我攥着矿泉水和巧克力站在终点，眼睁睁看着他丧失神智似的在踏过终点白线的瞬间倒向内侧草坪，翻了个身，四仰八叉躺在地上就一动不动了，吓得我以为他昏厥休克了，扑过去跪在地上啪啪啪拍他脸，不断地喊他名字想唤醒他。

　　我拍了他半天，他才终于有了反应。

　　只见他艰难地把脑袋歪向另一边，胸腔急速起伏着像是肺部漏了个大洞："我他妈……差点、差点累死！你竟然还、还打我？"

　　"快快快，喝点水！"我拧开矿泉水，喂到他嘴边。

　　唐宋无动于衷，仍然濒死般赖在地上不起来。

　　我拽着他胳膊试图把他拖起来，忽然听见操场斜对角方向传来极为嘈杂混乱的声音，虽然看不真切那边究竟发生了什么，却依稀能感觉到似乎闹出了不得了的事故。

　　唐宋终于挣扎着坐起来："那边怎么了？"

"不知道。"我搭了把手拽他起来，架着他的胳膊扶他一瘸一拐撤离场地。

等我们回到观众席上，才听说那边出事的是谢楠。

当时谢楠参加的女子组一万五千米长跑已经进行到最后半圈冠亚军争夺白热化的状态，十班选手仗着自己人高马大，企图趁过弯挤入内道并把谢楠顶出去，结果谢楠死不相让，两个人你推我撞，到最后还是谢楠吃了亏，被彻底撞飞出去，连滚了两圈才停下来，又被后面追上来的选手踩了几脚，还险些引发一连串多米诺骨牌跌倒效应。

"所以呢？谢楠现在怎么样了！"我急得要往那边跑。

但却被唐悦拦下："你过去也没用，这会儿人估计早就送医院了。而且老徐和张娜都跟着呢，你放心好了，出不了什么大事。"

……就是因为有张娜那个平地都能起波澜的主儿在，我才更加不放心！

于是我直接给谢楠打电话，准备听她有一个不对就带上唐宋杀过去！

好在电话里谢楠的声音很淡定，情绪似乎还有点亢奋，一个劲给我讲她啥事没有，就是膝盖和胳膊肘磕碰剐蹭掉了点皮，要不是老徐坚持要她去医院，她都想直接去医务室涂点碘酒、贴片创可贴就完事了。

可等她第二天来上学的时候，我才发现她受的伤远远不像电话里说的那样轻！

不仅胳膊腿全都裹满了纱布，连嘴角眼角都青青紫紫破了相，看起来根本不像摔了一跤，倒更像是出门结结实实被人套上麻袋痛殴了一顿……

谢楠挥舞着她的木乃伊手，拼命跟我们解释："我千真万确只是擦破点皮，谁知道护士包扎得这么夸张，纱布胶带用起来跟不要钱似的！不信我拆开给你们看看……"

说着她竟真要动手拆纱布，我们赶忙七手八脚将其按下，众口一词表示相信她所说的每一个字。然后她这才消停了，转而打听起十班那个肇事金刚后来被怎么处理了，在得知其被扣上恶意冲撞的犯规罪名后被取消比赛资格，才特别解气地骂了句活该。

后来谢楠陆续请了好几次假，我们问起来她就说是去换药。最夸张的是，她竟然连期中考试都要请假缺席，理由仍然是同样的两个字——换药。

这回别说是我，连唐宋都觉得奇怪了："你不说是小伤吗，怎么要换那么多次药？"

"因为我妈属放大镜的，屁大点事到她那儿都能顶破大天去。"谢楠边往书包里塞课本边说，"我这点小擦伤在她眼里大概跟截肢差不多严重吧。"

"哪有那么夸张！"

"真的，不骗你们。"

那天放学后我们全班做了扫除，把桌斗里杂七杂八的课本笔记通通搬去楼道储物柜锁好，然后把课桌倒转过来桌斗朝前，又把并排的桌椅拆开码放整齐。

布置完考场，我拽上书包准备蹭唐宋的单车回家。

走到门口忽然听到谢楠叫我，我匆匆回头只来得及瞥见她脸上一闪而逝的欲言又止，可当我问起她什么事，她却又满眼含笑地说没事。

后来我才知道，谢楠才是天生的演技派，她可以坦荡荡地看着我的眼睛撒谎说没有骗我，她可以明明心里怕得要死却咧着嘴巴笑得比谁都灿烂开怀。

期中考试之后，谢楠的病假越请越多，而且每逢体育课，不是生理期就是肚子痛，总是做做准备活动就一个人百无聊赖坐在旁边见习。最奇怪的是老徐和小彭老师之间似乎达成了某种默契，但凡谢楠请假，每请必批。

我们无数次问过谢楠，无一例外都被她用感冒咳嗽肚子痛之类的借口搪塞过去了。直到那天中午我陪她去美术教室赶文化衫进度，她不小心打翻调色盘弄了满手的油彩颜料，情急之下让我帮她接听了一通电话，才暴露了被她小心翼翼隐藏至今的秘密。

那通电话是从医院打来的，要核实谢楠是否预约了下周一的核磁共振，并提醒她别忘了按时赴诊。挂掉电话我整个人都是懵的，谢楠一连叫了我好几次，我才堪堪回过神来，问她："医院提醒你别忘了下周预约的核磁共振……"

谢楠特淡定地笑了声："别说现在医院还真贴心哈，竟然还有电话提醒预约服务。"

"你怎么了，哪里病了？为什么要做核磁共振？"

"我没事，真的。"

"没事你去做核磁共振？你当我傻吗！"

谢楠低着头不吭气，一个劲搓洗手上的颜料。

尽管不太明白核磁共振究竟意味着什么，但在我的潜意识里这总是跟重症、危病之类的名词脱不开干系，所以当听到谢楠要去做核磁共振的瞬间，我心里咯噔一下想到的就是绝症。

　　偏偏她还故意瞒着我们一个字不提，我心里更是怕得厉害，揪着她的袖子真是快要急哭了："谢楠你倒是说话啊！你到底怎么了？你想急死我吗？"

　　"那你必须发誓不告诉任何人，连唐宋也不行。"

　　"我向毛主席保证！"我连忙竖起三根手指发誓。

　　谢楠这才告诉我实情。

　　原来上次运动会她摔伤被送到医院，化验血项时发现血项指标严重异常，所以她妈带她又跑了好几家医院复查，化验出的血项指标都不正常，可医生又排查不出是什么毛病，只是怀疑肾功能不好。后来她妈托人挂上了协和医院的专家号，这才确诊她是得了肌病。

　　"什么疾病？"我没听太懂。

　　"肌病，肌肉的肌。"谢楠耐心地在我手上写了这个字，"也就是大家平时说的肌无力，这是一种自身免疫系统的病，没办法的。"

　　她说到没办法这三个字的时候，几不可闻地叹了口气，似是无奈，又像是认命。紧接着又说她已经在协和做完了全部检查，结论就是全身都已经出现浮肿迹象，是很倒霉的全身性肌无力，现在只能先从浮肿最厉害的下半身开始做核磁共振，尽量延缓病情发展。

　　"所以你体育课不断请假，也是因为这个？"

　　谢楠点点头："医生不让我做任何运动，说过度运动会加速病情发展，所以给我开了免体证明。其实他本来是建议我休学治疗的，可我舍不得你们……哎你别哭啊，有什么好哭的。"

　　直到她用手背碰了碰我的脸，我才惊觉自己已经满脸都是泪了。

　　"别哭了，你看我都没哭。"谢楠笑了笑。

　　"你怎么……怎么能这么淡定？"想想让病患反过来安慰自己确

实不太好，我赶紧抬手擦掉眼泪，"你都不害怕的吗？"

"我当然怕呀，可是怕有什么用。说实话我也偷偷哭过好几次，甚至每天睡觉前都暗暗祈祷第二天醒来发现这是一场噩梦，可现实就是现实，不会因为我难以接受就把这个病收回去。所以现在我也想通了，既然事已至此，我就照单全收，顾影自怜还不如尽量多多享受人生。

"之前我没告诉你们，就是怕你们跟着瞎着急。而且我这个人最受不了别人同情的目光，也不想被当做处处需要受照顾的玻璃人，所以这件事情你必须完全替我保密，绝对不要让班上任何人知道我得病的事情。"

我不知道谢楠是以什么心情说出这番话的，我只知道如果这场厄运发生在我身上，我恐怕早就从骨子里灰暗绝望到坍塌一片，可是谢楠却依然在笑着，我也是头一次知道，原来世界上竟有那么好看的笑容，坚强到让人心疼，却又脆弱到让人不忍拒绝。

为了解肌无力这种病，我特意回家翻遍整个搜索引擎，收集了各种日常生活中有助于缓解病情的饮食和注意事项，保存打印下来拿给谢楠看。可是后来我才发现，似乎所有的忧虑所有的着急上火都只是我的一厢情愿，谢楠非但没有一丁点身为病患的自觉性，还根本不把医嘱当回事，怎么糟蹋自己身体怎么来！比如这次秋游。

这学期的秋游地点又很没新意地被安排在了香山，唯一有所不同的是年级组额外增添了游戏彩头，率先爬上鬼见愁顶峰的前一百名壮士可以获得年级组长亲自选定的神秘礼物一份。当然，体育组将会特别派人驻守缆车口，提前切断妄想利用这种手段作弊的可行性。

当时体育课上小彭老师向我们传达这个消息的时候，谢楠所表现出的兴奋劲就已经让我隐隐有了不祥的预感，到了秋游那天她果然脱缰野马似的活蹦乱跳要往山顶冲。

"不行！你不能去！"我想也不想就拉住她。

"为什么？"谢楠歪头问我。

——为什么？当然是因为你有病啊我的姑奶奶！

如果不是周围人多耳杂，我当真就想这么直接给她怼回去。可理智终究还是压倒了冲动，我特意把她拽到旁边小声提醒她："爬山绝对算得上是剧烈运动了，别忘了你的医嘱。"

谢楠遥遥望了眼山顶，又冲我笑了笑："有些事情如果现在不去做，等到了将来我真的没力气只能躺在床上的时候，就再也没有机会去做了。"

"快点呸呸呸，不许说这么晦气的话！"

"这不是晦气不晦气的问题，而是我不得不面对的未来。所以我都想好了，趁着现在还有力气去跑去跳去疯去闹，就尽情地去跑去跳去疯去闹，总好过将来躺在病床上埋怨自己最后一次秋游都没能尽兴，我不想让自己后悔。"

我匆匆别开脸，不忍再面对她故作坚强的笑颜。

我只觉得她所说的每一个字都如同锋利尖锐的小石子，一颗又一颗从特别高的地方啪嗒啪嗒砸进我心里最不坚硬的地方，砸出一道又一道密密麻麻的钝痛。

我还没想出什么话来安慰谢楠，冷不丁被唐宋拍了下肩膀："你俩跟这儿磨蹭什么呢，连老徐都往山上冲了，你俩该不会要尿吧？"

"呵，姐这辈子还真不知道尿字怎么写。"谢楠当即越过我，撸胳膊迎了上去，"兄弟们走着，咱先追上老徐再赶超小彭老师，山顶上还有大奖等着咱们呢！"

大何他们立刻积极响应，一群人浩浩荡荡杀往鬼见愁了。

唯独唐宋没跟他们走掉，还站在原地看着我。

"你怎么不跟他们一起去？"我问他。

"废柴如你，没人拽着怎么可能爬得上去。"唐宋说着朝我伸出手，特别臭屁地摆了个自以为很帅的 pose，"所以我就勉为其难发扬发扬风格，留下来一帮一跟你组个队呗。"

"谁稀罕……"

"当真不稀罕？那我可就走了啊。"

"哎你等等我！"

"刚才你跟谢楠吵架了？"

"没有啊。"

"还骗人，你看你眼圈还是红的呢。"

我下意识摸了摸眼角，还好还好，这次没掉金豆豆……

这时走在前面的谢楠回过头来，边招手边冲我们喊："嘿！你们两个！别磨磨蹭蹭赖在后面说悄悄话，快点跑几步跟上队形！"

漫山遍野的火红枫叶衬得她的笑容愈发明亮而好看，那双黑漉漉的眼睛更是亮晶晶的，像是吸纳了全部的星光，熠熠夺目又神采飞扬。

这一刻我终于明白，不去瞻前顾后，痛痛快快享受此刻所拥有的青春，这是她今朝有酒今朝醉，莫使金樽空对月的选择。而我没有任何立场和权利去抹灭她绽放的青春和开怀的笑意，所以去他妈该死的肌病！去他妈见鬼的医嘱！

这样想着，我拉起唐宋朝他们所在的前方跑去。

我们就人生得意一响贪欢了，怎么地吧！

谢楠，生日快乐

谢楠生病的事情最终还是被全班都知道了。

她妈妈特意跑到学校，千叮咛万嘱托地拜托老徐多照看谢楠。好巧不巧的是，他们聊谢楠病情的时候张娜正好去办公室送作业，然后张娜跟几个亲密好友一说，亲密好友再跟几个亲密好友一传，不到一天工夫就闹得人尽皆知了。

为此谢楠都快郁闷疯了，当天晚上就回家跟她妈大吵了一架，怪她闲得无聊跑到学校多事，闹得全班都把她当重病垂危的玻璃人，害她每天都被各种怜悯同情的目光包围着，不管是谁跟她说话都格外小心翼翼，像是怕稍微大声一点点就会把她震碎掉。

尽管谢楠特别努力想证明自己与健康人无异，让大家不必这样小心翼翼对她，可结果仍然收效甚微，据我所知班长甚至瞒着她在暗搓搓筹划一场全校爱心捐款。

班长的本意是给谢楠一份感动和惊喜，可易拉宝和捐款箱还没来得及摆到校门口，就被多嘴多舌的大何无意中说漏了，结果谢楠一听就炸了，不管不顾直接在教室发了飙："你们还想怎么样？到底有完没完！"

这一嗓子吼得全班鸦雀无声，所有目光齐刷刷聚焦到挨骂的班长身上。

班长一脸无辜和震惊，压根没明白自己做错了啥。

"我知道你们是好心，可是拜托也稍微顾虑下我的感受好不好？"谢楠噼里啪啦机关枪似的，像是憋了很久的情绪终于找到了发泄的突破口，"你们就非得把我的病昭告天下，让全世界都知道我得了一种治不好也死不了的病，让所有人都用怜悯同情的语气在我背后议论纷纷吗？"

"不是，我们没有那个意思……"班长急急辩解。

可他话说到一半就顿住了，因为谢楠毫无征兆地哭了。

那样坚强乐观、骨子里不肯低头、骄傲的谢楠，就这样站在教室中央，当着全班三十多人的面掉下一串又一串的眼泪。这下子不光班长，我们所有人都慌了，这样敏感而脆弱的谢楠，我们谁都不曾见过。

在任何人反应过来之前，谢楠已经匆匆说了句抱歉夺门而出。我急忙起来追出去，跟着她一路跑到阅览室二层平台上，才见她抱膝蜷坐在楼梯上，肩膀一抽一抽哭得无声无息。

"谢楠……"我走过去坐在她旁边，伸手揽住她的肩膀却不知该安慰些什么，只好默默陪她坐着，轻轻拍抚她因为抽泣不断颤动的后背。

我没有看表，不知道我们究竟在初冬的瑟瑟寒风中坐了多久，只知道教学楼里已经打过两次预备铃，而我们缺席了老徐的化学课。谢楠始终把脸埋在膝盖上，我难以想象她究竟压抑了多久才能积攒出这么多的眼泪，我真有些担心她会哭到脱水。

后来谢楠终于哭够了，一言不发地站起来拍拍屁股扭脸回了教学楼。

等她跑进女厕洗干净脸上乱七八糟的鼻涕眼泪，又对着镜子把自己拾掇得能见人了，才扭脸问我："刚才在教室，我是不是特别丢人？"

"算不上丢人，把我们都吓死了倒是真的。"我小心看了看她脸色，见她神态如常才继续试探着表达关切之心，"你怎么样，没事了吧？"

"没事，哭完心里舒服多了。"谢楠语气淡淡的，听不出悲喜。

我松了口气正打算再宽慰她几句，忽然又听她说："小静儿，我可能要休学了。"

"……休学？"

这两个字如同一道平地惊雷，瞬间将我炸得七零八碎——谢楠她不是一直抗拒休学治疗的吗？之前还说舍不得我们，想要努力跟我们一起毕业，怎么一眨眼就说要休学了？

"是不是因为大何他们……"

"医生说如果我再不想方设法把病情发展速度控制下来，恐怕就真的没办法跟你们一起毕业了。所以我可能要先休学半学期住院治疗，然后再回来跟你们一起上高三。"

谢楠低头藏起她泛红的眼眶，不愿让我看到她眼底的恐慌和害怕，一直以来她所坚持的所有坚强乐观，终于在病魔变本加厉的恐吓下溃不成军……

那张签署过医师名字的住院单，恐怕就是压垮她精神防线的最后一根稻草，让她不得不收起伪装的若无其事，再一次低头屈服于不得不面对的残忍现实，以至于再也无法承受哪怕一分一毫的精神压力，所以才会整个人崩溃到当着全班的面哭得稀里哗啦。

教学楼里很静，静到几乎可以听到我们心脏跳动的声音。

谢楠的声音很轻很轻，她说小静儿，我是不是特别倒霉？

她说小静儿，为什么我会突然得这种病，为什么偏偏是我……

她还说小静儿，我好害怕。

我也只能红着眼圈抱住她，自欺欺人说着连我自己也不相信的鬼话，安慰她别怕，一切都会好起来。这是我头一回这样近距离感受人类生命的脆弱和面对不治之症的无能为力，这是隔着影视屏幕永远也无法感同身受的颤抖，是只要想一想，就忍不住泪流满面的伤痛。

有了医院的诊断意见书，谢楠的休学手续办得特别顺利。

她临走的那天，我和唐悦帮她把桌斗里各种乱七八糟的课本、杂志、零食还有卷子摆成两摞，准备搬出去塞进她的储物柜。

"哎——等等！"谢楠突然喊住我们。

我以为她发现落了东西，没想到她竟抬手抽走了我抱着的那摞最上面的一本书，然后特别四平八稳地把它重新摆回桌斗里，敲着桌面警告我们："这是我的桌子，里面还有我的东西，你们谁也不许趁我不在偷偷把它搬走，否则别怪我回来对你们不客气！"

"放心，全班三十五张桌子，保证一张也不能少！"班长拍着胸脯保证。

谢楠这才满意了，却也还是极为留恋地在教室里转了又转。最后我们全班把她送到楼下，目送着她一步步走向学校门口，大何最先喊了声："谢楠！"

谢楠回头，看着我们笑："还有什么事？"

"我们等你回来。"班长代表了我们所有人的心声。

谢楠倏然一愣，随即笑得更加灿烂了，如同一株绽放于寒风旭日下的向日葵。

她笑着挥手对我们告别，一步步倒退着离开朝夕相处的校园。

谢楠休学后，我前面的座位就正式空了下来。

老徐好几次提议我们把那张空下来的课桌搬到教室最后，说是一张空课桌摆在教室中间不好看，上着课老觉得今天有谁缺勤似的。每次他话都没说完就被我们怼了回去，我们答应过谢楠不动她的桌子，我们怕她哪天回来跟我们翻脸。

不过说实话，没有谢楠的日子真的特别无聊。

没人陪我聊天八卦，没人陪我去食堂吃饭，没人陪我去图书馆还书，没人陪我趴在阅览室的大长桌上晒太阳睡觉……甚至连上厕所都没人陪我一起去，身边空荡荡的像是突然陷进了很大一片空白，使得本来就按部就班的学校生活变得更加无趣了。

如此郁郁寡欢了一个星期，唐宋终于看不下去了，一下课就用笔敲我的桌子："我说肖静静，你能不能振作一点？别整天跟丢了魂似的，如果下次再因为上课走神被老师拎起来提问，别指望我再偷偷给你传答案了！"

"不给就不给，谁稀罕。"我绕开他，去后面饮水机接热水冲咖啡。

唐宋转过来继续追着我聊天："怎么回事，谁又招你了？"

"没人招我。"我冲好咖啡坐回座位，懒洋洋趴在桌上抱着杯子暖手，"我就是觉得谢楠一走，我心里老跟缺了点什么似的，特别不踏实，觉得干什么都特没劲。"

"听你描绘这症状，不知道的还以为是失恋。"唐宋开起玩笑就没个正形。

我呸了他一声，继续感慨："你说时间这个东西，真是一眨眼就天翻地覆。去年这个时候，咱们四人组还有说有笑，每天过得多开心，结果一眨眼就只剩下我们两个人了……舒琳去了文科班，谢楠也休学不在了，真是花开花落年年有，物是人非难回首啊。"

唐宋伸手摸摸我的额头，喃喃自语："没发烧啊……"

我使劲拍开他，让他滚一边去，别碍着我继续缅怀伤感。

"行啦，科学研究表明冬天确实容易情绪低落，不过你也差不多就得了，当心忧郁玩久了变成真抑郁了。"他边说边一手乱揉我的脑袋，"文科班就在楼下，谢楠治疗结束又不是不回来了，哪个都不是远隔千山万水横跨太平洋，你至于伤感成这样吗。"

"反正我就是讨厌这种感觉……"我继续闷闷不乐。

唐宋失笑："天下无不散之筵席，那等一年半以后咱们毕业的时候你可怎么办？到时候咱们所有人都得各奔东西，还不得愁死你。"

我怏怏扭过头去，不想跟他说话了。

我没办法跟他解释清楚，在我心里他和谢楠还有舒琳是和别人不一样的。就像我永远也没办法跟他解释清楚，为什么我总是没办法如他所愿，跟唐悦亲近起来，尽管在他看来，她跟谢楠性格差不多，理论上我有多喜欢谢楠就该有多喜欢她。

可是人与人之间的亲疏远近，又哪里是如此简单的？

等到下午物理实验课，我才忽然意识到一个更为严峻的问题——之前所有实验课我都是跟谢楠固定搭档，那现在我要跟谁一起做实验？

我记得之前我们班是三十五个人，那么另一个独桌实验的人是……

看着独自占据最后一张实验台填写实验报告的唐悦，我的内心满是大写的拒绝。所以我把脖子扭回来，决定假装什么也没看到，继续捣鼓电流表和电压表的串联电路。

可惜最后物理老师大手一指，唐悦还是从最后一排搬过来跟我并桌，成了我的实验课新搭档。我如芒在背地别扭抗拒，唐悦用几倍于我的速度轻车熟路串联好电路，然后特别熟稔地碰了碰我胳膊："发什么呆，快点记数据啊。"

"哦、哦好……"我手忙脚乱抓过实验报告，记录下她报给我的第一组实验数据。

本以为接下来的流程都是她做实验我记数据，没想到她欻欻几下拆了所有电线，然后把一堆电路零件推给我："下一组你来连电路，我填实验报告。"

每次实验课都有满满好几页的实验报告要填要算，本来就时间紧任务急，她把拼装好的电路说拆就拆，拆完再让我重新装……这不纯属吃饱了撑的有毛病吗！

尽管难以理解她的奇葩行为，可滴滴嗒嗒不断流逝的时间根本容不得我浪费时间跟她掰扯道理，于是我只好拿过那堆零件，开始挑战电流表，改装电压表，顺便再测电阻率的浩大工程。

以前我跟谢楠经常都搞不清实验过程对不对，往往以连蒙带猜填满实验报告为标准，凑活弄个数据随便就敢往上填，完完全全不求甚解。

可这个套路放到唐悦身上就完全行不通，她对数据的真实性特别谨慎认真，一丁点错都容不得我犯，翻来覆去纠正了我好几次电路连接和读取数据问题，弄得本来就没什么自信的我越发觉得自己是块废物点心，整堂实验课下来，压抑得我分分钟想甩手走人。

好不容易熬到下课，唐悦刚刚好算出了实验报告上最后一组结果，特别满意地把她的实验报告塞给我："原始数据你拿去抄一下，不过计算过程我建议你还是再重算下，以免我有算错的地方。"

"一个实验而已，哪有必要这么认真……"我嘀嘀咕咕地收拾实验器材，别的组早就收拾好东西走了，只剩下我们还在实验室里磨蹭。

"为什么不用认真？"唐悦停下来反问我，"实验机会只有一次，可是实验题却次次考试都会碰到，如果不抓紧利用实验课，翻来覆去把所有过程步骤都弄懂，考试的时候怎么办？"

"呃……"我瞬间卡壳，只觉无言以对。

……她说得还真是该死的有道理！

见我不说话，唐悦继续反问："不信你现在重头到尾回忆下电流表改电压表的电路图，是不是闭着眼睛都能画出来？还有金属电阻率的测定，各种读数是不是一下子就能辨认出来？"

我趁眨眼工夫想了一下，好像还真是这么回事……

拜她不厌其烦让我一遍遍连表读数所赐，现在我满脑子都是电流表改电压表的实物连线图，我敢保证下次在卷子上看到这种实验题，用不了半秒钟就能把图画好！

"所以你才每次都能做到实验题一分不丢的？"我抬头问她。

"对呀，不管物理还是化学都是一样的，反正每次实验课都是我自己一桌，手脚麻利点就能多做几次加深印象，反正实验材料都算学校账上，咱们不用白不用。"唐悦狡黠地眨眨眼，勾过我肩膀以利诱之，"不如你考虑考虑今后都跟我一组上实验课，我保证你从今往后再也不在实验题上丢分，如何？"

"我……"我以为我会当机立断狠狠拒绝这项提议，谁要跟这个讨厌的家伙一起同组实验啊！谁要继续忍受她那副吹毛求疵的实验态度啊！简直堪称双重折磨啊！

可是意外地，拒绝的话却卡在嗓子里始终说不出口……仔细想想，不管物理还是化学，考卷中的实验题分值占比都不算低，有时候甚至能达到二十多分呢！如果能妥妥拿下这些分值，下次的成绩单一定又会好看很多，家长会也能变得稍稍没那么恐怖……

这样一权衡，我果断忍辱投敌："好，我跟你一组。"

唐悦弯起眼睛笑笑，挽起我胳膊往实验室外走。

碍于刚刚才跟她定约为盟，我也不好意思过河拆桥，把嫌弃的意思表现得太明显，只好浑身僵硬地任由她挽着，佯装关系亲密地一道走回教室。

后来我把这段"人生在世，全靠演技"的经历讲给了谢楠听，那货听完笑得狼心狗肺、直捶病床，末了还意犹未尽地问我然后呢。

"没有然后！"隔着电话，我回答得特别理直气壮。

而实际上就如同当初 Chiara 所说，唐悦身上有一种特别魔性的磁场，能够牢牢吸附住任何她愿意亲近示好的人，不管是当初那个刁蛮跋扈的 Angelica，还是如今对她深存偏见的我。

不管我愿不愿意承认，每跟唐悦深入接触一分，我对她先入为主的偏见就淡化半分。她有太多太多让人意想不到的古怪想法，有时候像一张薄纸一看就透，有时候却又神秘得像世上最难解的谜题，百般捉摸不透，当真是有一种独特的人格魅力。

我这么夸她，并不全是因为她是全班唯一一个记得谢楠生日，并提议全班去医院帮她庆生的人。不过不可否认的是，这个提议绝对在很大程度上造成了加分因素。

唐悦的提议毫无意外地获得了全班通过，我们兴致勃勃地凑钱订蛋糕买礼物，准备到时候好好给谢楠送去一个超级大惊喜！结果等到计划实施当天，老徐却带来一个超级大噩耗——学校临时组织我们下午参观中俄友好交流演出，让我们顶风冒雪去中央音乐学院礼堂参观俄罗斯聋哑儿童的舞剧演出，演出时间将从三点持续到六点半。

老徐还特别贴心地表示，他已经通过班级微信群向全体家长转达了这项临时活动，让我们不必愁眉苦脸，担心放学晚归让家长着急。

"徐老师，这项活动我们班可以不参加吗？"唐悦不经允许就举手站起来了。

老徐连眼皮都懒得抬："不可以，集体活动必须参加。"

"可是我们今天放学已经有了别的安排。"唐悦继续不按常理出牌地讨价还价，"而且我认为我们完全没理由因为学校一个临时起意的决定，就放弃提前一个星期计划好的事情。"

老徐终于挑起眼皮："我先听听，你们原本有什么打算？"

几个月的相处让我们早就摸清了老徐的脾气秉性，知道他虽然看起来特别不苟言笑、教条刻板，骨子里却是个比谁都讲道理、有原则能扛事的家伙，任何事情但凡他肯问明原因，就意味着只要我们能有理有据说服他，就有可能获得他的点头首肯。

听他这么问，我们立刻燃起希望，像当初支援唐悦说服他同意我们坐回同桌那样，支援她说服他同意我们缺席集体活动，继续医院庆生的原计划。

听我们论述完原本的计划，老徐想了片刻，竖起三根手指告诉我们："第一，医院是病人休养的场所，需要相对的安静，是禁止喧哗的。第二，据我所知谢楠住的是普通病房，病房里还有其他病人，你们一大帮人挤进去又折腾又闹的，绝对会给他人造成困扰。"

"可是我们想去看谢楠。"我忍不住站起来。

老徐瞥了我一眼，继续不容辩驳地说出最后一条："第三，作为你们的班主任，我必须为你们的安全负责，无论是在校期间，还是参加校外活动期间。所以我是绝对不会允许你们在集体活动期间私自外出，万一发生事故，咱们谁都担待不起。"

"可是……"我还想继续争辩。

但却被老徐打断："没有可是。按惯例你们只有一次说服我的机会，现在已经被你们用掉了，所以这件事情没得商量，下午第一节课结束后全体自行前往中央音乐学院礼堂，两点四十集合点名，然后入内参观演出，演出结束后直接散场回家。"

唐悦歪头皱了皱眉，随即一副若有所思的样子坐回了座位。

唐宋拽着我胳膊，也硬把我拉坐下去了。

好不容易熬到化学课结束，老徐前脚出门，唐悦后脚就转身趴过来，神秘兮兮问我俩："刚才老徐话里话外的弦外之音，你们听出来没？"

我跟唐宋对视一眼，皆从对方脸上看到一片茫然。

"我觉得老徐刚才暗搓搓给咱们指了条明路。"唐悦压低声音说，"他特别强调演出结束后可以直接散场，等于间接强调他只打算在集合时候点一次名，中途和散场都不会再点名。这就意味着咱们可以等他点完名进场后再尿遁开溜，到时候他睁只眼闭只眼不会管的。"

唐宋摸着下巴琢磨了一会儿："你确定？我怎么没听出他是这个意思？"

"反正赌一把试试呗，除此之外也没别的办法了。"

"我同意唐悦。"

唐宋惊讶地看着我俩，好半天才憋出一句："你俩啥时候狼狈为奸到一块去了？"

我立刻瞪他："你才狼狈为奸！"

这时一颗脑袋突然凑过来："啥狼狈为奸？也加我一个呗。"

"大何你神出鬼没吓死人了！"

最后是我们四个人狼狈为奸，假模假样通过点名进到礼堂厅里坐好，然后等演出开始后，又一个个借口尿遁溜出来，在礼堂外碰头后便急匆匆赶往医院。当然，为了以防万一，我们还把班长拉下水了，让他留在礼堂里看情况随机应变，给我们打掩护。

换乘两趟车赶到医院，我们见到谢楠的时候她正穿着病号服躺在床上啃苹果，短短几个星期不见，她已经浑身肿得不像样子，原本削瘦的脸颊现在因为注射激素的关系变得丰腴圆润，笑一笑便能陷出两个特别明显的酒窝。

看到我们出现在病房门口，谢楠明显精神一振，立马一骨碌坐起来招呼我们："哎，你们怎么来了？小静儿快过来让我抱抱，我想死你们了！"

等唐悦魔术般亮出藏在背后的黑天鹅蛋糕，大何献宝似的捧出我们精心准备的扎了缎带的礼物盒，谢楠更是感动到满眼都笑出了亮晶晶的眼泪。

用她妈妈的话说，自打她住进医院就一直恹恹的打不起精神，这还是头一回见她脸上恢复出以前的光彩神韵，所以她妈妈一直唠唠叨叨地劝我们抽空多来陪陪她，让她更开心一点。

"妈你快饶了人家吧！"谢楠不让她妈乱说，伸手把我们拽回来，"你们别听我妈瞎说，我平时也精神好着呢，整天除了打游戏就是刷剧，小日子过得可比你们滋润多啦！"

"来来来，吹蜡烛！"大何把插好蜡烛的蛋糕端过来，放到谢楠床尾的小搭板上。

谢楠调了调姿势坐正，特别郑重其事地双手合十，闭眼许了个愿，然后才睁开眼睛一口气吹灭十七根蜡烛，抄起旁边的塑料刀要切蛋糕给我们吃。

"你刚才许的什么愿？"唐悦大咧咧往床沿一坐。

"不告诉你，愿望说出来就不灵验了。"谢楠说着递了块蛋糕给她。

大何嘴里塞满蛋糕，口齿不清还偏要插嘴："你四不四傻？缩了姆们帮你四现啊那才嗒灵验呢！"

"闭嘴吧你，蛋糕都堵不上你的嘴！"唐宋满手奶油往他脸上一糊，当即引发混战一场。

大何报复性地绕屋追着唐宋抹奶油，不小心蹭到了唐悦身上，唐悦立刻张牙舞爪加入混战去帮她哥，三个人闹成一团，看得谢楠拍手大笑。

这时我忽然看到病房门口人影一闪，身高身型都有种莫名的熟悉感，于是下意识追了出去想看看是谁，结果竟看到靠在外面墙壁上的……舒琳？

"你怎么会在这里？"我惊讶地问。

"我姥姥在五楼病房，刚才我在楼下电梯间看到你们，就跟上来瞧瞧。"舒琳说着又往病房里探了一眼，满是担忧地问我，"谢楠怎么了？"

"你没听说？"

"听说什么？"

于是我跟她坐在病房外走廊的椅子上，把谢楠的事情从头到尾完完整整讲了一遍，听得她当即捂嘴难掩满脸震惊，不断喃喃自语怎么会这样。

"我还以为你早就知道了呢，毕竟整个年级都传遍了。"

"我真的完全不知道，不然我早就来找你们了……"

用舒琳的话说，文科班被单独安置在教学楼一层的复印室旁边，跟二层以上的教学楼完全不相连通，就连进出教学楼都得从旁边的小侧门走，与世隔绝得像是大隐于市的世外桃源。再加上她们班大多是喜静好逸的性格，所以更是两耳不闻校内风吹草动，一心只安然窝在自己的一小方空间里看书做题，背诵大段大段的史政要点。

"那你跟洛一扬怎么样了？"我的关注点忍不住开始跑偏，"还在一起呢？"

舒琳涩然一笑，算是默认。

"小心别再被曲主任发现，上次好不容易才逃过去。"

"他忙着高考复习，我们平时在学校都不见面。只有周末他不上补习班的时候，我才陪他去图书馆上自习，他做他的理科卷子，我背我的文科考点。"

我点点头放了心，又指了指谢楠的病房问她："你要不要进去看看？"

"不去了。"她摇摇头，"她今天挺高兴的，看到我又该不开心了。"

我心里难过，不知道该说些什么。

舒琳依旧温温柔柔的："你快进去吧，我先去看我姥姥了，回头去教室找你。"

说着她起身要走，却因身后忽然而至的声音生生顿住脚步——

"来都来了，不吃块蛋糕再走？"

我们双双回头，这才发现不知何时，谢楠已经抱臂靠在了病房门口。见舒琳愣在原地没动，她又重复了一次："小静儿她们带来了蛋糕，黑巧克力还挺纯的，你不尝尝？"

尽管谢楠的脸色绷得有些僵硬，但这却是她们闹翻以来她第一次主动跟舒琳说话。

舒琳抿着嘴唇，眼底的震惊溢于言表。

直到我在背后推了她一把，她才恍然回神，哽咽着说了声好。

后来等我又一次去看望谢楠，陪她靠在病床上一起抱着笔记本看电影的时候，她才又忽然聊起舒琳的事情，问我上次离开病房后，舒琳有没有说过些什么。

"你希望她说什么？"我歪头问她。

"我也不知道……"谢楠摇摇头，"我就是觉得，我们吵架翻脸、冷战绝交了那么久，突然这么简单就都化解和好了，有点不太真实。"

"人家可从来没跟你吵过，无论冷战还是绝交，都是你单方面发起的。"

"你的意思都是我不对？"

"我可不敢那么说，万一谢大小姐一个怪罪下来，我可吃罪不起。"

"好啊小静儿，你竟敢取笑我！"

谢楠佯怒着扑过来呵我痒，我也毫不客气反击回去，跟她在窄窄的病床上笑闹着滚成一团。谢楠身上力气不足，没一会儿工夫就累得要躺在床上休息，她耷拉着眼皮看起来像是要睡着了，嘴角划过一抹自嘲的笑意："你看我现在，连大声说话大声笑都会觉得疲惫，再也没力气像以前那样暴脾气了。"

不需要我去回应，谢楠只是想找个人倾诉："没力气发脾气，也没力气再计较以前的事情。实际上刚住院的那段时间，我无聊得发慌就翻手机里的照片，发现咱仨以前还真没少一块犯傻，比如你还记不记得那次——"

谢楠趴在床上讲我们春游去植物园，为了拍几张文艺小清新范儿的照片，三个人轮流躺进草坪花丛摆出自以为明媚忧伤的姿势，结果被爬了满身满头发的大黑蚂蚁，吓得我们鬼哭狼嚎恨不得分分钟投湖淹死蚂蚁！

她还讲到去年冬天那场大雪，体育课上小彭老师让我们自由活动，大家就疯了似的攒雪球打雪仗，舒琳嫌冷又不愿参与这么粗鲁的游戏，所以我们打算陪她溜回教室，结果半道好死不死撞上了曲主任，当时多亏舒琳急中生智捂着腹部说胃疼，好不容易才骗过曲主任蒙混过关。

她不厌其烦地讲了一件又一件，我也凑在床边笑眯眯听了一件又一件，讲到有趣的地方我们就脑袋挨着脑袋噗噗噗笑得浑身打颤，就这样度过漫漫黄昏，直到月升日落护士来查房赶人。

我系围脖穿大衣的时候，谢楠盘腿坐在床尾告诉我："后来我做了一个梦，梦见我病情恶化到连眼皮都睁不开的地步，只能整天活死人似的躺在床上。"

"你别总胡思乱想，到不了这一步的。"

"那个梦真的特别恐怖，吓得我出了一身的汗。半夜惊醒的瞬间我就忽然意识到，如果这趟我真的就这么交代在医院了，最后悔的一件事恐怕就是当初倔着脾气没能跟舒琳好好和解。咱们三个人开开心心相识，原本就该开开心心走到最后，那样才好。"

"所以那天你才跑出去，臭着脸请人家吃蛋糕？"

"那天吹蜡烛之前我许了两个愿望，一个是希望有机会跟舒琳和好，另一个是……"

"闭嘴！"我急忙去捂她的嘴巴，"不许说，愿望说出来就不灵了！"

谢楠弯了弯眼睛，笑出一双亮晶晶的期许。

我知道她想跟我们一起毕业，她想去美国或者法国过几年畅快淋漓的留学生活，她想游遍光怪陆离的大千世界，她想成为红遍大江南北的漫画家……

她有很多很多的愿望，而她所有的愿望，都值得一一去被实现。

寒假之前老徐就严肃告诫过我们，让我们好好珍惜高中阶段最后一个真正意义上的假期，因为从下学期开始直到高考结束，我们恐怕再没有能够如此毫无心理负担玩乐的机会了。

当时我们只当他是开玩笑吓唬我们，毕竟下个学期距离高三还有整整一个学期呢，哪有可能像他说的那么邪乎！所以当时我们哈哈一笑过后谁都没往心里去，以至于现在回想起他那番善意提醒，也只能满含热泪怪自己太年轻。

自从高二下学期开学以来，所有任课老师都像是上足发条的陀螺，一个个马不停蹄旋转燃烧在那小小的三尺讲台上，你方唱罢我登场，像是恨不得撬开我们的天灵盖，直接把教案上的每一条公式、每一道例题通通掰开揉碎一股脑塞进去，完全不在意我们是否消化不良。

不但课上的节奏快进到匪夷所思的地步，课后的作业量也大有成几何级数递增的趋势，各科课代表为了争夺布置作业专用小白板的一席之地，甚至到了不惜大打出手的地步——当然，比起更加变态而频繁的阶段考试来说，这些都是不值一提的小儿科！

从学期的第二周开始，每周一下午班会课过后的整整四个小时都是阶段考试时间，单周考语文和数学，双周考英语和理综，而且所有考卷都不是我们平时熟悉的百分制，也不是中考时的一百二十分制，而是直接一步到位升级到高考标准一百五十分制，美名其曰让我们提前适应高考题量，顺便摸索熟悉考试时间分配。

如此日煎夜熬过了不到两个月，除了在应付考试方面武力值爆表的唐家兄妹，全班所有人几乎有一个算一个，全都被折腾得面色憔悴、苦不堪言，哀泣泣瞅着老徐诉苦，求他帮忙跟其他老师说，别再不断给作业加码了，宝宝们真的是倾尽洪荒之力都要写不完了！

老徐站在讲台上，依旧那副西装革履的做派，犀利眼神往我们脸上一扫，问："作业真有那么多，能让你们赶作业赶到睡眠不足？"

我们忙不迭点头，七嘴八舌纷纷上报自己昨天上床睡觉的时间，除了个别拖到凌晨一点后的，大多数集中在十一点半到十二点半这段区域。

等我们叽喳完，老徐突然点名提问："唐宋，你昨天几点写完作业的？"

我立刻伸手过去掐了下他的大腿，生怕他随口秃噜出个陷我们于不利的时间。

或许别人不清楚，可我心里明镜儿似的，这货向来是语文课写物理作业、数学课做英语卷子的主儿，当天作业基本在课堂上就能被他处理个七七八八，回家吃完饭花不了多少时间就能搞定剩下的部分，然后忙里抽闲打会游戏，再额外刷点拔高题，最多到十点半便早早上床就寝了。

所以他的作息时间根本没有任何参考价值！

唐宋疼得嘴角一抽，却当即心领神会了我的意思，面不改色谎报军情："大概十点半左右。"

"唐悦，你呢？"老徐继续问。

唐宋不动声色踢了踢她的椅子，唐悦显然没领悟到来自后方的暗示，坦荡荡地如实以告："不到十二点。不过我回家要先照顾我妈，基本等她十点多睡了才开始写。"

换句话说，她不到两个小时就能处理完所有学科的作业。

可问题是……人家是常年稳稳称霸年级排行榜 TOP10 的尖子生啊！人家轻轻松松解一道题的时间跟我们费劲研究一道题的时间能等价考量吗！

我们眼巴巴望着老徐，生怕他一时糊涂被唐悦那种不科学的作业速度带沟里去……

所幸老徐不负重望，坚挺着没被唐悦带沟里去，不过他又扭头问了张娜。

张娜挺胸抬头，特真诚地回答："徐老师，我认为我们的作业量真的不多，我每天只要花两三个小时就可以做完。而且毕竟我们现在是准高三生，从现在开始适当加大题量，让我们多见识见识各种题型，对将来高考只有好处、没有坏处，所以我不赞成削减作业量。"

一番话下来听得全班目瞪口呆。

……早知道她狗腿没下限，没想到竟能这么狗腿没下限！

听了张娜的回答，老徐果然甚为满意，特别一本正经地教导我们要在学业上积极进取，在思想觉悟上向张娜同学靠拢，所谓"身为准高三生就要有高三学生的自觉性，既然你们还有时间刷微博和朋友圈，就别说自己已经拿出全力以赴的觉悟了"。

等等……微博朋友圈？

……老徐他盯上了谁的微博朋友圈！

我们面面相觑背生恶寒，微博大家都在用，朋友圈大家也在照常发，拍美食拍合影的状态更新少不了，随手转的热门微博少不了，随时随地的吐槽抱怨更是不可能少哇！谁还没说过几句不宜被老徐围观的坏话……万一被瞅见那还怎么在人手底下继续混？

一时间人人心虚自危，自然没人敢再揭竿起义，抗议作业量的问题。

对于我们的识时务，老徐也相当满意："很好，既然你们对现阶段作业量的问题不再存有异议，接下来我们正式开始上课。"

说完他挽起袖子，拾起粉笔转身写板书，继续上节课的内容，让我们计算 1mol 苯甲醛最多能和几 mol 氢气发生反应，以及这个反应属于加成反应还是取代反应。

半个多学期的相处让我们早就熟知老徐绝不打折的课堂纪律，一旦他宣布开启上课模式，我们所能做的只有闭嘴听课，整堂课下来除非他提问，否则绝不会有人发出半点声音，毕竟早有诸如大何之类的先驱挑战者为我们蹚出血泪教训……比起小叶老师的迟到抄书惩罚，冒犯老徐课堂纪律的后果绝对要严重得多！

用大何的话说，人之初性本贱，最开始给我们一捧土我们就哭着喊着要死要活，后来再追加两块砖我们又叫苦连天觉得再也承受不了了，然后一块又一块的砖头被强行塞给我们，现在我们背着一筐砖头也整天活蹦乱跳活得挺美。

经大何一总结，我们觉得自己确实够贱——作业多，我们忍了；考试多，我们也忍了；每天下午增加一课时，我们又忍了；副科全停给主科让路，我们继续忍了……

可就算是再能忍的忍者神龟，也总有叔可忍婶不可忍的时候。

当我们连续三周第五次听到"小彭老师生病，体育课改成XX课"这套鬼话时，终于叔可忍婶不可忍地爆发了，决定哪里有压迫就从哪里奋起反抗，以实际行动抗议理科组掠夺性征用体育课这种无耻行径！

撞日不如择日，我们选择在四月一日上午十一点零五分发起抗议，大无畏地无视了物理老师发布的"体育课改成物理课"这一临时通知，全班整队到操场上体育课。

可想而知，乐滋滋窝在办公室玩消消乐却突然被体委拉到操场上课的小彭老师有多懵逼，揣着教案风风火火闯进教室却发现里面空无一人的物理老师就有多恼火。至于气急败坏的物理老师是如何冲到老徐办公室添油加醋给我们告状的，我们自然无从得知；可老徐把我们拎回教室时的脸色有多黑，我们却是感受得再真切不过了……

老徐生气了，后果很严重。

可我们是在为自己的正当权益抗争，所以即便面对他的滔天怒火也无所畏惧！

"班长，起立。"老徐站在讲台上，面沉如水。

班长咽了咽吐沫，略有紧张。

"给我解释下，这是怎么回事。"

"课表上第四节是体育课，所以我们全班……去操场上体育课。"

"物理课代表，起立。"老徐又开始点名。

唐宋清了清嗓子，迎着他风雨欲来的目光站了起来。

"物理老师有没有通知过，这节体育课改成物理课！"

"通知过。"

"那你们还去操场上什么体育课？"

"今儿愚人节，我们以为她诓我们玩呢，没想到真是要改课。"

唐宋才刚说出我们提前商量好的说辞，教室门口就传来曲主任足以惊动整个年级的大声痛斥："放肆！有胆子你把刚才那句话再给我重复一遍！"

曲主任指着唐宋吹胡子瞪眼，八字眉气得都快要竖起来了。

唐宋张了张嘴，哑了。

跟老徐叫板和跟曲主任叫板完全不是一个概念，不管任何事情，折腾到老徐那里顶多算是班级内部矛盾，可一旦被捅到曲主任那里，惊动他老人家亲自出马……那可就彻底变了性质，起码得升华三个层面，到达校风校纪级高度。

我们都能意识到这一点，老徐显然更加意识到了。

他当即快步走下讲台，试图拦住曲主任，不让他直接冲进来对我们嚷嚷发火。我们谁都没听清他压低声音在跟曲主任解释什么，只知道曲主任特别愤怒地连他都迁怒了："就是因为你一而再再而三地宠惯纵容，他们才敢无法无天做出今天这样的事情！"

纵使被无辜迁怒，老徐依然冷静异常："既然您认为过错在我，那我们更应该到办公室去谈论这个问题，没必要站在这里吵得人尽皆知。"

　　老徐虽然在我们班执行说一不二的霸君统治，但就有一点好，特别护犊子。任何事情关起门来他怎么骂我们都成，可但凡别人一插手，他肯定立刻母鸡似的炸起尾巴，坚决挡在前面不准任何人动我们一下。

　　而这一次，老徐一如既往的护犊子行为彻底惹恼了曲主任，远远隔着大半个教室，我都能清清楚楚看到从他嘴里狂喷出的唾沫星子："我告诉你！这次你们班全班逃课性质恶劣，必须严肃处理绝不姑息！小小年纪就学会阳奉阴违耍手段，将来走向社会还怎么得了！"

　　毫不夸张地说，曲主任中气十足的大嗓门贯穿力极强，有次我路过教导处，不小心从半掩的门缝里听到他在训斥别人，我都觉得自己从身体到灵魂下意识抖了三抖，所以更别提对面承接他的滔天怒火了……有过军训那一次经历，这辈子我都没勇气再去承受第二次。

　　可老徐却没事人似的，扭头跟我们说了句"你们待在教室，上自习"，然后抬手按在曲主任肩上半推半攘把他弄到走廊上，再反手从背后关上门。

　　霎时全班静悄悄的，全都支棱着耳朵听门外老徐和曲主任的声音越来越远，直到唐宋缓缓吐气说了句："我觉得这次咱们可能有点玩大了……"

　　"老徐把曲主任弄去办公室了？"我拍拍胸口，只觉惊魂未定。

　　唐悦隔着教室喊："开门，放大何！"

　　大何蹿起来二话不说，拧开门悄无声息跟过去了。

不到十分钟，被派出去打探消息听墙角的大何就溜回来了，满脸都是显而易见的愧色："老徐在办公室挨训呢，曲主任训他跟训孙子似的，说得特别难听……"

"那老徐说什么了？"我们追问。

大何挠挠脑袋，艰难总结道："老徐他从头到尾只有一句话，大概意思是自己的学生自己教，咱们这边的问题他会自己处理，让曲主任别插手多管闲事。然后又说如果曲主任硬要追究下来，所有的责任他来扛。"

我敢肯定如果谢楠在场，百分之百又要迷妹附体，实际上下意识脑补完老徐西装革履满脸坚毅表情淡漠说出这番话的霸道总裁范儿，连我都忍不住倒吸口气，心跳跃得像被小鹿轻轻撞了下腰。

老徐这句话说得……实在是太他妈帅了！

也太他妈……让人觉得对不起他了……

明明是我们肆意妄为闹出了界，老徐却明知青红皂白，也要一意孤行替我们承担过错……替我们挨骂，替我们受罚，替我们扛下来自教导主任的所有雷霆之怒。

而这所有的一切，若不是大何溜去办公室门口偷听到了，说不定老徐回来后一个字都不会对我们透露，就像上次他纵许我们坐同桌，说不定也是因为替我们承担了什么，才换来了曲主任不再过问的默许。

"道歉吧。"唐宋忽然说。

在全班齐刷刷目光的注视下，唐宋站起来继续说："咱们去找物理老师和曲主任道歉，自己惹出来的麻烦自己扛，让老徐替咱们扛着算怎么回事。"

"对，我也觉得……"

　　班长刚要附和，就听张娜啪啪两声扣上水杯盖子，慢条斯理甩了两句风凉话："你们爱谁扛谁扛，反正这事跟我没关系，别连累到我就成。"

　　"哎我就暴脾气了！这事怎么就跟你没关系了？全体投票的时候没见你跳出来投反对票啊，刚才下楼集合等小彭老师也没见少了你，怎么一出事就跟你没关系了？"大何立马急了，跳起来一句接一句啪啪啪打她脸，就差指着她鼻子骂不要脸了。

　　张娜才懒得理他，插上耳机权当啥都没听见。

　　大何越过桌子要揪她理论，却被唐宋拦了下来，"行了，主意本来就是我出的，所以这事我一个人担着，你们都别管。"

　　说着他就要去自首，班里立刻呼啦站起一大片要跟他一起去。

　　敢作敢当、有难同当——这，才是我大二班的班风班貌！

　　然而我们还没来得及踏出教室去践行敢作敢当的班风傲骨，就被推门而入的老徐堵在了原地。老徐扫视我们一圈，板起脸问："我记得临走之前说过，让你们在教室上自习。谁来告诉我，你们全都站在这里上的是哪一科的自习？"

　　"徐老师，我们正准备去找曲主任认错。"唐宋向前一步说。

　　老徐斜他一眼："你们打算怎么认错？"

　　"认骂认罚。"唐宋答得干脆利落，"主意是我出的，祸是我们集体闯出来的，所以不管什么后果我们一力承担就是，反正不能让曲主任迁怒到您身上。"

　　"胡闹！"老徐脸色又是一板，"都回座位。"

　　于是我们一个个灰溜溜回去座位坐好，低着头准备迎接来自老徐的狂风暴雨。然而出乎预料的是，老徐压根没发火，说出的话比平时上课的声音还要四平八稳，连半点火星都没带。

他只是问我们，为什么要这样做。

大家面面相觑半天，最后还是唐宋站起来："我们想抗议。"

"抗议什么？"老徐看着他，问。

"抗议各科老师随意剥夺我们上体育课的权力。"唐宋没有丝毫拐弯抹角地据实以告，"一天八节课，一个星期五天四十节课，我们不是流水线上的铁打机器，受不了各科连轴转的强密度填鸭式教学。这学期少了音乐美术地理历史，唯一能让我们换换脑子活动活动筋骨的就只有体育课，所以我们特别珍惜每周两次体育课的机会，不想让体育课也成为高考路上的牺牲品。"

老徐慢慢从门口踱步到讲台上，停顿片刻才抬眼问我们："在你们决定采取这种方式抗议之前，有没有一个人从物理老师的角度出发，考虑过她为什么要占用这节体育课，为什么想额外给你们多上一节物理课？如果有的话，请举手示意我。"

全班寂静无声，只有张娜臭不要脸地把手举得老高。

老徐却像没看见似的，目光顺着唐宋落到我身上："肖静静，你考虑过吗？"

被点到名字，我只好站起来摇摇头。

"我给你时间现在想，然后告诉我答案。"老徐仍然没放过我。

物理老师为什么要占用这节体育课？

她为什么想额外给我们多上一节物理课？

为什么……

我脑子里轰隆隆交替闪过这两个为什么，拼命想飞快找出个理由好应付老徐的提问，却偏偏越急越想不出，只能跟唐宋并肩罚站似的尴尬愣在原地。

"因为……"我反复嗫嚅,迟迟说不出下半句话。

"你们比其他班落下了半节课的进度。"老徐把话接了过去,"所以她想找机会给你们补上课时赶上进度,生怕你们比别的班吃亏。我不清楚你们是否知道物理老师每周有多少节课,可你们应该知道她怀孕了,不管妊娠反应多厉害她都坚持着没请过一天假、没缺过一堂课,可是你们呢,是怎么回报她的?"

说到这里,他抬手示意我跟唐宋坐下,然后又继续说:"你们肯定都听说过医者父母心,有谁想过师者之心?我并不是想在这里跟你们抱怨带班讲课备课有多辛苦,我只是想让你们知道,师者之心胜似父母,现在老师追在你们屁股后面督促你们学习,你们嫌烦嫌累,等日后你们离开高中上了大学,再想要这种待遇是不可能的。"

老徐心平气和没有责骂我们半句,却让我们发自内心愧疚自责起来。物理老师怀孕是大家都知道的事情,前几天还亲眼见她课上到一半,突然冲出教室去呕,回来后脸色蜡黄蜡黄的,我们劝她坐下休息会儿她都坚决不干,硬是站着把剩下半节课给上完了。

的确就如老徐所说的,我们只看到她侵占了我们的体育课,却从没设身处地考虑过她为多给我们上这一堂课所需要付出的辛苦。明明没有排课,可以坐在办公室里喘口气,她却宁愿放弃休息选择给我们补上缺失的半节课,结果我们不但没有半句感谢,还自作聪明以集体失踪来抗议她的辛勤付出,难怪惹得她气郁难当。

此时我们迫切想要认错道歉的心情,已经全然没有了刚才的意气用事,而是打心眼里觉得自己做错事了,想要道歉,想要弥补,想要悔改。

然而老徐似乎没打算给我们道歉弥补的机会，因为他踩着下课铃盖棺定论地话锋一转，又绕回到先前我们对体育课被占用的抗议上："不过你们对于体育课的期待，以及对体育课屡屡被无故占用的不满倒也不无道理，作为你们的班主任，我也不希望看到你们变成死气沉沉的书呆子，适当的体育运动还是必要的，起码能提神醒脑，让你们别在下午我的课上犯困。所以待会儿下课后我会跟其他老师打声招呼，让他们今后除非必要情况，不再占用你们的体育课。"

　　"行了，下课。"老徐说完就走，走到门口才突然又想起来似的回头补充了句，"今天的事情每人写一份检讨。老规矩，不得少于两千字，用英文。"

　　没有任何哀嚎和讨价还价，我们默不作声接受了惩罚。

　　直到老徐离开教室很久，直到楼层走廊又从喧闹趋于安静，直到唐宋一踹桌子突然骂出一句："操！这事怎么让人觉得这么窝囊！"所有人才如梦初醒，堪堪回过神来。

　　按照老徐的原则，不管我们闯了多大祸、犯了多大事，只要他公平公开论处了，那么一律既往不咎一笔勾销，绝不会当雷埋着指不定啥时候挖出来再算旧账，所以我们两千字英文检讨往上一交，这事搁老徐那儿就算彻底翻篇了。

　　可是不知道为什么，听到老徐承诺不再挪占我们体育课的刹那，我们没有一个人笑得出来，甚至没有一个人能够感受到半点胜利的喜悦。

　　就好像我们一开始哭着喊着想要橱窗里摆放的玩具，然而却在千方百计拿到手的那一刻，发现这个玩具根本没有想象中的那么好，自己也并没有喜欢到非它不可的地步，所以又开始后悔为了得到它所付出的代价和所失去的重要东西。

尽管老徐一个字都没有说，我们却看懂了他眼底的失望。

他，或许还有其他任课老师，都对我们失望了。

这一刻，我们都后悔了。

盛夏的别离

谢楠回来办销假复课手续的时候我们正绞尽脑汁奋战期中考试，所以她办完手续在楼道里晃来晃去溜达了快半个小时，才终于等来年级组长摇铃宣告考试结束。

监考老师收齐考卷前脚才踏出教室，她后脚就蹿了进来，一嗓子从教室这头喊到教室那头："同志们！我胡汉三又杀回来啦！我不在的时候，你们有没有想我——"

"想想想！特别想！"我立马扑上去搂着她又笑又跳。

我们考场是按学号顺序排座位的，大何正好坐第二组第一排，就在谢楠跟前儿。他仰头瞅着谢楠，满眼也是止不住的笑意："我还以为你得下学期才回来呢。"

谢楠大咧咧往他桌上一坐，说："原计划本来是这样，可最近我突然从老徐的关怀电话里听出一丝言外之意，似乎如果这学期我不能跟你们一起通过四门会考，明年他就打算踢我去跟新高二那帮小崽子们回炉重炼了。"

"他想让你留级？"我惊讶道。

"对呀！"谢楠特别义愤填膺地点头，"所以我这不赶快积极配合医生治疗，昨天刚刑满释放，今天就马不停蹄赶来跟你们团聚了吗！"

唐宋背包路过喊大何去打球，听见这句话还是忍不住嘴欠："说得跟你参加会考就能通过似的……你可别忘了，再怎么说前前后后加起来你也落下了大半个学期的课，所以好多会考必考考点你连听都没听说过，更别提去考试做题了。"

可惜谢楠根本不吃他的危言耸听这一套："你吓唬谁呀，姐又不是没会考过。高一那会儿提前半个月背背地理历史会考说明，最后七十多分过得特别稳！你知道啥叫会考不？就是只考会的，不会的不考。"

唐宋耸肩笑笑不置可否，等大何收拾好书包就朝教室外走。

尽管不忍心打击谢楠，我还是不得不痛心疾首告诉了她真相："物化生政的会考可不像地理历史那样简单，先不说政治要背的东西有多少，物化生三科真的有好多这学期的内容，如果你不抓紧这俩月把所有课程补起来，会考恐怕真是凶多吉少有点悬……"

谢楠依旧满脸不在乎，根本不把我们的提醒当回事，只催着我赶快收拾东西走人。

由于这是期中最后一场考试，所以我们值日组必须留下来将所有桌椅恢复原样。于是我让谢楠着急就先走，她却执意留下来等我一起走，甚至撸胳膊挽袖子要上阵帮我们摆桌椅，吓得我们赶紧把她请到讲台上，让她乖乖坐好，不敢让她操半分劳受半点累。

谢楠被按在椅子上哭笑不得："我又不是玻璃人一碰就碎，你们至于这样吗……"

"至于！"我们特别坚定。

可谢楠终归耐不住无聊寂寞，才老实了没一会儿就又跑下来跟我屁股后面乱转，时不时帮我扶桌子拽椅子，然后一如既往嘚啵着跟我分享她小半年来积攒下来的八卦。

"等等……你刚才说什么？"我忽然打断她，不确定刚刚是不是自己听错了。

谢楠眨了下眼："老徐刚交了个比他小六七岁的小女朋友，人长得可好看了。"

"不是这个，前一个。"我满脸黑线，为什么连这种事情她都知道……

"前一个？"她愣了愣，半天才想起自己刚才说了啥，"哦，刚才我说夏天泽跳级去了高三，准备今年六月跟高三一起参加高考了。怎么，这事你不知道？"

我老实地摇了摇头，心下一片震惊。

大概两个多星期前，夏天泽有天放学特别高兴地跑来找我，说要拽我去西单好好打游戏庆贺一下，当时他弯起的眉毛眼睛里满是笑意，兴奋得像只抢到肉棒骨的大金毛。

偏巧那天是今年校级篮球联赛的首场比赛，也是唐宋接任洛一扬成为校篮球队队长后第一次率领全队打客场比赛，下午最后一节生物实验课又被唐悦吹毛求疵的态度所连累，我们回到教室的时候距离篮球赛开场已经只剩十几分钟时间了，所以当时我根本顾不上任何事，只担心来不及赶到实验中学看比赛。

唐悦跟唐宋一样骑车上学，她答应把我载到实验中学门口再回家，所以匆匆回教室收拾好书包后，我就不断催促她赶快出发，结果刚出教室就迎面碰上了夏天泽。

我记不起当时是如何拒绝他的，却依然能轻易回忆起那双倏然黯淡下来的眸子，像是冬日晨明时分忽然熄灭的路灯，霎时只余淡薄晨光中雾茫茫的青灰一片。最终他淡去眼底笑意，又换上那副淡漠疏离脸，双手插兜扬起下巴说了句，那没事了，你走吧。

当时我满心惦记着的都是唐宋的比赛，想也不想就拉着唐悦飞快往楼下奔，转过楼梯拐角时下意识回头看了眼，只见教室方向投射出的光线和楼道走廊蔓延过去的阴影在他背后交织成一片晦暗不明的落寞，而他依然站在原地，像被遗弃的幼犬般目送我迫不及待地离开。

现在想想，那天好像还真是我最后一次在年级走廊里看到他。说不定当时他来找我想一起庆贺的事情，想跟我分享的喜悦，就是他即将跳级高考这个消息……而我却连问都没有问上半句，一盆没心没肺的冷水泼过去，浇透了这个孤僻敏感的小孩好不容易愿意向我敞开的心扉。

懊恼地敲了敲脑袋，我抬头问谢楠："高三现在考完没有？"

"应该还没吧？"谢楠说着看了眼表，"他们考试的时间应该比你们长，不然哪用得着年级组长摇铃，直接打铃不就完了。"

我点点头，觉得她分析得甚有道理。

然后我用最快的速度摆完桌椅，跟组长打了声招呼就拉起谢楠往四楼跑。路过楼道口时碰巧听到两个五班女生在对题，饶是只有寥寥几句话飘进耳朵里，也堵得我瞬间满满都是心塞。

"怎么了？"谢楠捏了捏我的手心。

"有道十二分的大题做错了，这下搞不好又要不及格了……"

她回头瞄了眼那俩女生，毫无原则选择宽慰我："别听她们瞎对题，说不定是你对她们错呢，要对自己有信心。"

"2/3mol 和 8/167mol，你觉得哪个更像标准答案？"我满面忧伤地问。

"放心吧，最后一步计算错误扣不了几分的。"

"可这道题总共三问，我第一小问就做错了……"

"……没事，只要公式写对了，起码能得一分半分的同情分。"

"……"不知道为什么，听完她的宽慰我觉得更加忧伤了。

我和谢楠上到四楼的时候，高三的最后一门考试还没结束，整个楼道此起彼伏的只有笔尖落于纸面的沙沙书写声和间或出现翻动卷子的轻微声响。各个考场的门是敞开的，我们猫腰躲在楼道口的位置，刚好可以偷瞄到第二考场的右半扇座位。

我正想问谢楠知不知道夏天泽究竟转到了高三几班，忽然听她没头没脑冒出一句："咱们以后该不会也变成这个样子吧？"

"哪个样子？"我完全不明所以。

"你看他们——"谢楠指了指对面教室里的人，"目光空洞、面色憔悴、表情麻木……坐在那里跟只会处理试卷的机器似的，这跟行尸走肉有什么区别？我可绝对不要变成他们那副鬼样子。"

顺着她的目光看过去，只见考场里那些正接受高三一模洗礼的学长学姐们，果然个个形容枯槁，他们正襟危坐在宽敞明亮的教室里，埋头专注于他们手下奋笔疾书的那套试卷。从他们的脸上，我甚至看不出半分愁喜，也看不出半分与希翼有关的模样。

预示考试结束的摇铃声从楼道那头响到楼道这头，试卷很快从最后一排被逐一传回到讲台上，监考老师收拢好试卷便大步离开考场，紧接着各考场的考生们鱼贯而出，刚刚还寂静无声的楼道霎时变得乱糟糟一片。

"你知不知道夏天泽在哪个班？"我扭头问谢楠。

谢楠摊手表示："我又不是度娘，你真以为我啥都知道？"

她话音未落，一个有点耳熟的磁性男低音忽然从我身后冒出来："嗨，竟然是你们两个？没事跑我们这层来晃荡，是来找人的？"

用不着回头，我也知道身后这人毫无疑问是洛一扬，因为谢楠那双不自在的小眼神已经左右飘忽得都不知道该往哪里放好了！

因为舒琳和唐宋的关系，我俩和洛一扬之间虽不甚相熟，但也绝对算不上生疏，起码是迎面碰上会打招呼的那种。大概也正是基于此，他才会主动走过来问一问。

于是我转过身，笑盈盈问他："我们想找夏天泽，就是从我们年级跳级上来的那个，你知道他在哪个班吗？"

"四班，直走右手最后一个教室。"

"哦哦哦，知道啦，多谢学长！"

我道了声谢，拉起谢楠就往洛一扬所指的方向走。

不是我没眼力价不给她跟男神面对面说话的机会，而是我心里清楚得很，谢楠那张嘴也就平时厉害，一碰到洛一扬就哑火，半天吭叽不出一声屁来。所以这种紧要关头，只能我挺身而出应付几句场面话，否则我们仨大概得杵在原地大眼瞪小眼瞪到天荒地老！

我拉着谢楠跑到高三四班门口，一眼就瞧见正被好几个人围在中间、坐在桌子上连说带比划跟人对题的夏天泽。我敲敲门板试图引起他们的注意，结果根本连半个眼神都没换回来，反倒是离门口不远的一个学姐看到我们，走过来问我们找谁。

学姐扭头帮我们喊了声夏天泽，小屁孩看到我们眼神明显一亮，嗖地跳下桌子几步就跑了过来。不过他的热情明显不是冲着我，因为他没看见我似的把我晾在一边，直截了当奔谢楠去了。

看他围着谢楠嘘寒问暖，自始至终就是不拿眼睛瞟我一下，我心下了然又无奈，死小孩这是还跟我记仇呢！于是我故意蹭过去，清清嗓子倒打一耙："跳级高考这么大的事，你怎么也不告诉我一声？要不是谢楠今天告诉我，你是不是打算瞒着我直到毕业人间蒸发？"

小孩果然立刻炸了毛："谁说我没打算告诉你！老曲刚批准我申请那天我就兴冲冲跑去找你了，可你根本连理都不理我！"

"好啦好啦，是我错了，给你赔不是了还不成吗？"我拽住他胳膊献媚讨好，却突然发觉有点不对劲……这小孩什么时候变得这么高了？明明去年还是矮我半头的样子，怎么一眨眼就跟打了催化剂似的，蹿得比我还要高上好大一截！

我仰头比划了一下，忍不住问他："你多高了？"

夏天泽愣了愣，如实回答："不知道，寒假后就再没量过身高。"

"起码有一米七五了。"谢楠目测打量。

"真是长得好快，去年才到我眼睛这里。"

"男孩子嘛，十四五岁正是拔个头儿的年纪。"

"喂——！"夏天泽忍无可忍打断我们，又忙不迭把我俩推到远离教室的两排储物柜间，长臂一挡就把我俩堵在了里面，"你们两个还有完没完！"

不得不承认，尽管心知肚明他就是这么一种脸黑心软的性格，可被这么说风就是雨的沉下脸一吓唬，我这小心脏还是不受控制跳得扑通扑通的。

"生气了？"我小声问他。

夏天泽低头盯了我几秒，忽然触电似的向后弹开，特别僵硬地扭脸看向旁边："我没生气。只是我希望你们以后不要再把我当小孩对待了，特别是当着他们……起码给我留点面子。"

他耷拉着眉毛，满脸都是不痛快却又不能发火的憋屈，就连说话声调都比刚才低了八度，看起来像是遭受了莫大的委屈，不知道的人指不定以为我跟谢楠怎么欺负他了呢。

后来我们仨跑去新街口一家十年老店里吃正宗红油麻辣烫，三大碗裹着红辣辣热油的麻辣烫往小木桌上一摆，再来三瓶冒着寒气的冰镇汽水。甭管多能吃辣的人，只要进来往小板凳上一坐，随便夹几筷子海带血豆腐往嘴里一放，保证两片嘴唇立马哆嗦得连说话都不利索了！

仰脖咕咚咕咚灌下去半瓶汽水，谢楠喊了一声爽，然后扭头就去嘲笑那个被辣到满脸通红、一直张大嘴巴拼命往里扇风的夏天泽："竟然怕辣怕烫到这地步，你是猫舌头吗？"

夏天泽瞪她一眼，却满眼都是水汽，根本毫无震慑力。

谢楠去找老板要了瓶冰酸奶，回来塞给他："不能吃辣还非得瞎逞强，刚才就劝你要份酸甜凉面你非不听，这下知道不听老人言吃亏在眼前了吧？"

"你算哪门子老人言……"夏天泽嘟囔。

"三岁一代沟，咱们刚好隔着一条沟。"谢楠嬉皮笑脸跟他开玩笑。

夏天泽不服申辩："那又怎样？别忘了等你们明年踏进大学校门的时候，还得恭恭敬敬叫我一声学长呢！"

"说起这个，你怎么就突然想到要跳级高考了？"我插嘴问。

"因为我不想再继续浪费时间。"夏天泽答得飞快，显然这是他深思熟虑、久藏于心的答案，"这个学校已经没有任何可以教授给我的东西了，而我的同学都已经先我一步抵达了更广阔的下一站，我也不能继续在这里磨磨蹭蹭落下太久。"

"你就是拿这个理由忽悠老曲批准跳级申请的？"

"哪有那么简单。"夏天泽斜了谢楠一眼，"老曲那人有多难搞定你们又不是不知道，我从去年军训回来就开始不断给他递申请，递了几百次被他退回几百次。"

"那他这次怎么就肯批了？"

"还不是多亏我死缠烂打百折不挠，终于把老曲所有的忍耐力彻底磨干耗尽，迫不及待想赶快把我打发走，省得整天在他眼皮子底下给他添堵。"

尽管夏天泽是这样说的，我却总觉得根本不是这么一回事。

那可是曲主任啊，整个八中出了名偏拗固执、油盐不进，而且脾气又臭又硬的老顽固，他认准的事情别说九头牛拉不回来，就算马副校长亲自出马都不好使。

听说当年马副校长也亲自带班教学，没少为学生的事建议曲主任就事论事、人性化处理，结果曲主任照样拍着桌子把他给怼回去了，硬是依照校规把当时马副校长班上那名公认前途无量的优等生给记了处分，生生剥夺了其几乎唾手可得的保送资格。

所以这样一个有原则有立场的铁板主任，怎么可能因为想把夏天泽打发毕业，就随随便便批准了他的跳级申请？别忘了当初就是他力排众议，死活要把这棵注定足以给少儿班传奇史添砖加瓦的准清华苗子从少儿班踢到高一的好吗！

"都说老曲的心，是那海底的针，猜不透摸不清的疑问——"谢楠唱了几句发现根本不在调上，干脆直接端起汽水瓶碰了碰夏天泽的酸奶瓶，"反正不管怎样，所有能实现的梦想，都拼尽全力去争取就对了！总之你好好冲刺高考，不拿下北京高考状元别回来见我们！"

我也笑嘻嘻拿起汽水瓶碰过去："听说水木清华，钟灵毓秀，等以后秋天叶落满地，夏天雨后荷开的时候，你可千万记得带我们进去参观参观，让我们也感受感受全国最高学府的灵秀气儿。"

"我没打算考清华。"夏天泽忽然说。

"不考清华你考哪儿？"我跟谢楠异口同声问。在我们心里，夏天泽脑门上早就贴好了"清华大学"四个闪闪发光的金色大字，这家伙板上钉钉就是清华的料儿啊，妥妥的没跑啊！

"我想考北医，全国最好的医学院。"夏天泽特别认真地看向谢楠，"很多医学课题现在对人类来说是无解的难题，可我相信终究有一天我们是可以攻克它们的。等我去了医学院，不去临床也不去药理，就专门搞科研，肯定能研究出逆转肌肉功能性病变的办法，让你以后想蹦就蹦、想跳就跳、想怎么撒野就怎么撒野。"

谢楠眼圈倏地就红了，却还是哽咽着一巴掌呼过去："死小孩你说谁撒野呢！"

"你这还不叫撒野？！"小孩瞪圆了眼睛。

看着他俩伶牙俐齿斗来斗去互不相让，我忽然发自内心地觉得——夏天泽，那个我们初见时犹如孤狼困兽般的任性小鬼，真真切切地长大了。

谁也没有想到，那扇孤傲封闭的心扉一旦敞开，释放的竟是如此潺潺脉脉的温纯心性。此时此刻坐在我们对面的少年，如同历经了一场展翼高飞的蜕变，在不知不觉中被时光打磨出了愈发温柔而耀眼的轮廓，也更是比我们所有人都先一步拿到了通往未来的通行证。

对于高三考生而言，一模过后意味着鼓点越来越密的二模、三模以及无数模，也意味着步履越来越快的高考大魔王已经兵临城下，不论你是否准备就绪，都将被推入战场，殊死一搏，若不能夺分成功，便只能落榜成仁。

我不知道夏天泽他们那些真正面临高考的考生是怎样的感受，但我们这些坐在高二教室里，还在发愁四门会考的小菜鸟们已经快被各科老师灌输渲染的黑色高三给吓尿了，杞人忧天到仿佛十几天后即将走上考场的不是他们，而是我们。

"照这样下去，恐怕等不到高三我就要疯了……"谢楠四仰八叉躺在阅览室平台的台阶上，有气无力冲着被凹字型连体教学楼围起来的一小方天空叹气。

"放心，疯不了。"我摸摸她的脑袋，"你看我们，被折磨折磨着，也就习惯了。"

她捉住我的手一骨碌坐起来，特别紧张地问："你说如果我这次会考真没过，老徐不会真的把我踹到下面那级吧？我可不想成为八中史上第一个蹲班生……太丢人了！"

"这个倒真有可能，毕竟老徐不打诳语。"

"嘤嘤嘤……"

"有空装哭还不如起来再背一遍质壁分离实验和有丝分裂过程。"

"嘤嘤嘤，小静儿是恶魔！"

例行公事完成每天四十分钟的晒太阳补钙疗法，我拽起谢楠陪她回教室，途经楼梯过道时，竟意外听到半层那里传来道熟悉的声音——

"求你跟我去看一眼好不好……哪怕就一分钟，你露个面就走行不行？"

"我跟你说过无数次了，我是不会去的。"

"可是……"

"没有可是，这事没得商量。"

尽管唐宋刻意压低了声音，可我还是能轻易分辨出他语气里夹杂的决绝与恼火。而真正让我几乎惊掉下巴的是，他如此不留余地冷言拒绝的……竟然是那个被他百依百顺宠在心尖尖上的宝贝妹妹！

谢楠碰了碰我，满眼燃烧起熊熊八卦之魂。抢在她开口惊扰到他们之前，我眼疾手快捂住她的嘴巴把她拽走，直接推进教室把她按在了座位上。

屁股才刚粘到椅子，谢楠立马蹿过来往我桌上一扑："怎么回事？唐宋那个死妹控啥时候转性了？看刚才那架势，他跟唐悦吵架啦？"

面对这通连珠炮似的提问，我也只能两手一摊，表示自己知道的东西绝对没比她多上一丝一毫。实际上，我也好奇得要命，特别想知道唐悦究竟是求了唐宋什么事，竟能惹得他脸色难看到那种程度？要知道，从唐悦空降到唐家那天起，这恐怕是唐宋第一次对她说不，简直算得上是历史性的突破了！

可好奇归好奇，毕竟是牵扯到唐悦的事情，别说像平时那样去死缠烂打逼问唐宋，就连装作无心随口问上半句，我都有贼心没贼胆、瞻前顾后掂量着不敢开口。

虽说我和唐悦的关系已经缓和不少，再也没有最初那番剑拔弩张的敌意，可潜意识里我依然把她划为雷区，我和唐宋的雷区，轻易不敢逾越。所以唐宋他们一前一后回来的时候，我没理会谢楠期待的殷切目光，选择鸵鸟似的往桌上一趴，埋头假寐，假装没看见唐悦泛红的眼角以及他们之间微妙而僵硬的气氛。

可是我很快发现，要想假装发现不了他们在闹矛盾，还真是一项相当考验演技的挑战……基本要装瞎才行。因为从那之后，唐悦看向唐宋的每一个眼神都是哀求的，对他说的每一句话都是欲言又止的；而唐宋就像那些故事里冷漠又负心的男主角，浑身散发着坚决而不知悔改的强硬拒绝气场，基本对唐悦实行不正视、不理会、不妥协的三不政策。

我想唐悦大抵是真心有事想求唐宋，因为类似的场景后来我又撞上了好几回。一次是在篮球馆外，一次是在校门口，还有一次是在图书馆的隔排书架后，无一例外都是唐悦压低声音百般恳求，唐宋一言不发大步走开。

而最后一次，唐悦竟然追到了我家——呃，也就是唐宋家楼下！光天化日之下，他俩就堂而皇之站在单元楼唯一的出入口前面来回拉扯，我只好迅速闪身躲到报箱柜后面，打算等他俩拉扯完再进去。果然没过几分钟，唐悦就满脸失落地从我藏身的报箱柜旁边跑开了，而我一回头，正撞上了抱臂站在身后的唐宋——

"你躲在这儿又偷听什么呢？"

我张了张嘴，连解释都不知道该怎么解释。

就凭我鬼鬼祟祟躲在这里的姿势，说没想偷听连我自己都不相信。可要我认下偷听的罪……真是千真万确的冤啊！除了他们翻来覆去那两句"求求你跟我去吧"、"不去不去我死也不去"，我根本啥都没听着啊！

好在唐宋并没有责怪我的意思，反倒自然而然背靠在报箱柜上问我："既然你都听到了，那你觉得我该怎么办？"

"我……"我根本啥都没听到，鬼知道你该怎么办啊！

"唐悦硬要拽我去医院，说她妈妈已经快不行了，临终最大的愿望就是再看我一眼，可是那个女人……"

我震惊地抬头，万万没想到竟然是这么回事……

察觉到我的异样，唐宋明显愣了下："你不知道？"

见我老实摇头，他立刻一脸蒙受欺骗、被套话的吃瘪样，一句话不说扭头就走。

"哎！等等等等！既然你说都说了就全都告诉我嘛，不带话说一半吊人胃口的啊！"我死乞白赖跟在他屁股后面挤进电梯，亲眼看他按下9和11两个按钮。

电梯逐渐上升，很快"叮"一声停在了九层。

唐宋按着开门键，回头催我下电梯："你到了。"

"你刚才说你妈……"我瞄着他的脸色小声问。

"她不是我妈。"唐宋飞快打断我。

"好吧好吧，不是你妈。"我从善如流地换了个说法，"那你刚才说唐悦她妈已经快不行了，这是怎么个意思？她妈是病了还是出了什么意外，你爸知道这件事吗？"

"我说肖静静，你什么时候跟谢楠学得这么八卦了？"

"如果不是因为跟你有关，你以为我乐意打听那么多？"

"我说过了她不是……"

"我知道她不是你妈。"我迅速接过他的话，"可她是唐悦的妈妈，是她这么多年来相依为命的唯一亲人。如果她有什么意外，唐悦会非常难过，唐悦难过你就会跟着难过，所以就算你不肯认她，你和她之间也有着千丝万缕的纽带关联，所以别告诉我这不关你的事。"

这回唐宋不说话了，垂着眼睛不知道在想些什么。

电梯门因长时间开启发出滴滴滴的警报声，我顺势拉下他按住开门键的手，电梯门在我们旁侧缓缓关闭，我拉住他沁满冷汗的手轻声劝慰："唐宋，你小时候尿裤子……咳，我的意思是你再尿的样子我都见过，所以你用不着在我面前逞强装无所谓，哪怕你哭鼻子我都不会笑话你，也保证不会告诉任何人的。"

"滚蛋……只有你们小姑娘才会为这种破事哭鼻子呢。"唐宋抬眼骂了我一句，却没再坚持把我往电梯下赶，等电梯停稳十一层就大步迈出去进了家门，还故意手慢留了条缝好让我这只小尾巴得空钻进去。

所以说呀，男生这种生物口是心非起来也是相当厉害呢！

唐宋住的房子跟我家一样是两室一厅，户型却比我家大得多，不但客厅有一个特别大的开放式阳台，两间卧室还都各带一个阳台小飘窗，铺上软软的毛毯，再放两个小靠垫，捧本书往上一坐别提多惬意了，所以我每次来都必须霸占这一小块地方。

今天也不例外，我捧着小阿姨给我沏的冰奶茶，赤脚爬到小飘窗上盘腿坐好，开启知心姐姐模式听唐宋给我讲述那场横生在两个星期前的变故——

据唐宋说，唐悦是在两个多星期前那个雷雨交加的傍晚突然闯进他家的，当时她浑身淋得透透的，抽抽噎噎哭得满脸都是眼泪，吓得他第一个反应就是完蛋了她肯定被流氓给欺负了！

"你忘了上次她给夏天泽的那记过肩摔？就算她碰上流氓，她跟流氓俩人指不定最后报警送医的是谁呢。"

"闭嘴，你到底还想不想听了？"

"听听听！我保证不插嘴了，您继续。"

后来小阿姨想带唐悦去洗个热水澡，却被她疯了似的使劲推开，她像受了伤的孤狼，容不得任何人靠近。最后唐宋给了她一条大浴巾，让她擦干自己然后裹在身上保暖。

那天晚上唐悦就睡在他房间的单人床上，拿浴巾裹着自己，蜷起腿把自己缩成一个不甚安稳的圆团。而唐宋挤在客厅小沙发上凑合了一宿，第二天天没亮翻了个身摔下沙发，迷迷糊糊一睁眼就瞧见唐悦白着一张脸站在自己面前，披头散发犹如夜半鬼魅。

他惊得浑身一哆嗦，才听唐悦哑着嗓子喊了一声哥，声音含着泪意，含着太多太多无法掩饰的悲伤。唐宋也是这时才知道，唐悦她妈一个多月前便查出乳腺癌转移多发性肝癌晚期，她已经在医院陪护陪住照顾妈妈一个多月了。

"所以这段时间她每天放学就耗在医院？"难怪最近她经常上课都能趴着睡着……见唐宋点头，我又问："那她为什么不请个护工？"

"一是钱不够用，二是没有哪个护工受得了她妈那个精神状态。"唐宋大概是说渴了，探身拿过我的奶茶咕咚咕咚灌下去了半杯，然后才一抹嘴巴继续说下去。

他说唐悦是在要补交住院费的时候才发现家里的钱不见了，自从她们从美国回来中国，由于她妈妈的精神时好时坏，所以一直以来都是她管着拿继父命换来的赔偿金，吃穿用度精打细算，母女两个是要靠那笔钱支撑到她念完大学的。

可是这一次，唐悦取钱时却发现家里的存单不翼而飞了。她慌了又慌，想了又想，最后折返回医院逼问妈妈，才知道原来存单都被她妈妈藏起来了，说那些钱都要给儿子唐宋留着，一分钱都不给她这个死丫头花。

当时唐悦就哭了，她不明白为什么明明自己才是跟她相依为命十七年的人，可她心心念念的永远是那个被她抛弃在襁褓中的儿子！无论唐悦再怎么拼命护她躲过那个人渣继父的拳打脚踢，再怎么想尽办法讨她欢心，再怎么竭尽全力让自己成长得比唐宋更优秀……都始终没办法取代唐宋，没办法得到哪怕多一刻的正视、多一句的夸赞。

而唐悦那天冒着大雨来找唐宋，并非只为了向他吐尽这些辛酸苦楚，而是因为那天她妈妈再一次被下了病危通知书，医生告诉她这次可能真的缓不过来了，让她做好心理准备。所以她飞奔来找唐宋，想拽他去医院守在病床前，算是了却妈妈此生最后一桩心愿。

可惜唐宋拒绝得干脆，无论她如何百般哀求，他都无动于衷。

唐宋讲到这里就停了，抬眼看着我问："如果是你，你去不去？"

"这种假设根本不成立。"

"你就设想一下，假如是你亲爸危在旦夕，想让你飞去澳洲见他最后一面，你会不会去？"

唐宋锲而不舍的追问让我实在没法避而不答，只好认认真真低头进行脑内场景模拟，如果是老董奄奄一息躺在病床上等我去医院见他……

"喂，你发什么呆呢？"唐宋不耐烦地催我，"都过去好几分钟了。"

"我在考虑一个问题，来回的机票钱谁出？"我特别认真地具体问题具体分析，"如果是老董全包，我倒是可以考虑去玩一趟。如果是我自己出，那就要取决于我老妈小爸的态度了，不过我估计小爸是没问题的，至于我妈……我实在是有点拿不准。"

"……你能不能走点心？"

"我已经够走心的了，不然你还指望我怎么回答？"我抱着小靠垫，居高临下开导教育伸长两腿坐在木地板上的唐宋，"老董对我来说就是有着血缘关系的陌生人，他的生老病死跟唐悦妈妈的生老病死在我看来没什么两样，可能会让我唏嘘惋惜一下，但别指望我能像死了亲人那样对他如何如何。毕竟他生了我之后就抛弃了我，我的生命和记忆里都没有留存过他的影子，所以别指望我那么圣母，凭那丁点的血缘就拿他当父亲看待。"

唐宋若有所思地皱眉："所以你的意思是……"

"我的意思是，我和你，老董和唐悦妈妈之间根本没有可比性。"我打断他，继续说，"老董从来没有后悔过他的所作所为，他是个彻头彻尾的渣人，所以我有足够的理由对他无情无义。可是唐悦妈妈不一样，她后悔过，心里也一直想着你，虽说是自作自受，但毕竟受过那么多苦……而且最重要的是，你们之间多了个唐悦。"

唐宋的眼神闪了闪，看得出来他之前的动摇挣扎也全是因为唐悦。

"唐悦那么爱她妈妈，如果她妈妈夙愿未了，肯定会是她一辈子的遗憾。而你又那么心疼唐悦，你能舍得让她愧疚难过多久？"

"……可我还是不能原谅那个女人。"

"没人需要你原谅她。"

唐宋拧着眉头，始终转不过来这个弯。他固执地认为只要自己去医院看了那个女人，就意味着自己已经宽恕原谅了她曾犯下的所有过错，意味着自己重新承认两人之间的母子关系，甚至意味着对唐家叔叔的背叛……简而概之一句话，就是想太多。

于是我又掰开揉碎给他剖析了半天，试图让他明白这种探视只是走个过场，进去出来收工回家，甚至连逢场作戏都不需要。更何况也不是什么难事，就当是为了唐悦。

听到最后一句，唐宋抬眼斜了我一眼："你今儿吃错药啦，怎么处处帮唐悦说话？我还以为你巴不得我跟她关系破裂呢。"

我狠狠瞪他，都陈芝麻烂谷子的事了，现在再提起来有意思吗？

唐宋又笑了笑："我懂你的意思了，不过我还是得再想想。"

可惜现实并没有仁慈到给他太多的思考时间，仅仅两天之后，他和唐悦的妈妈就在大量吐血过后失去了一切生命体征，骤然离逝在了医院肿瘤科的病床上。

唐悦一连请了三天病假，我再一次看到她，是在她妈妈的葬礼上。她一袭黑裙，脸色苍白而憔悴，双手捧着骨灰盒把它放入四方墓地，然后守在旁边看着匠人填土落墓。

今天这场葬礼是唐家叔叔出面办的，不过他终归没有出席前妻的葬礼，只是让唐宋过来照看点唐悦，怕她悲恸过度发生什么意外。唐宋来是来了，却始终站在距离墓碑几步远的两棵松柏之间，既不过去填捧土，也没过去上柱香，摆出一副无动于衷的漠然态度，脸上却隐隐浮现着说不清道不明的悲凉。

我站在唐宋身侧小声问他："你不过去吗？"

"不去。"唐宋依旧拒绝。

"你让我陪你过来，就是让我陪你站这儿发呆的？"

"不然你以为呢？"

"我以为你是怕自己在葬礼上哭得稀里哗啦，所以想借我的肩膀拿去靠一靠。"

"我又不是唐悦。"

我抬头看向那个正趴在墓碑前描金字的女孩，只见她苍白的脸上满是悲伤，眼角却干涩得没有一点湿润的痕迹。

就这样，唐悦仿佛历经岁月洗礼，一夜之间褪去了所有神采奕奕，蜕变成了我们不认识的陌生模样。这时的我们，年少且历浅，谁都不曾有过这样的经历，谁都无法想象当一个人悲伤到连哭都哭不出来的时候，该是体会过怎样痛彻心扉的绝望，才能麻木到无泪可流。

葬礼过后，唐悦退掉了之前租住的小房子，被唐家叔叔亲自接进了唐家大宅。然后唐家叔叔又说自己事业忙抽不出空来陪唐悦，担心她一个人待在空荡荡的大房子里容易想不开，做傻事，想让唐宋也搬回去，好跟唐悦两人相互做伴，有个照应。

唐宋一开始是以独自住惯了为由拒绝的，后来唐家叔叔直接找了个搬家公司，把他那些成箱成箱的电影游戏音乐碟片通通拉回了唐家大宅，他也就放弃矜持，屁颠屁颠回去了。就连一直照顾唐宋的小阿姨都被请回唐家大宅，继续煮饭烧菜伺候兄妹俩。

就这样，毫无防备却又顺理成章的，唐家叔叔如愿收集齐了散落天涯的一双儿女，而我却再也不能跟老妈大吵一架后离家出走到唐宋家打游戏，直到小爸做好饭打电话叫我回去；也再没机会耍赖蹭上唐宋的后车座，哄他顺道载我一起回家；更没可能动不动就把他从楼上拖下来，陪我蹲路边大排档里撸串吃麻辣烫……

可是不管我适应不适应，不管我乐意不乐意，都木已成舟、往事难回首。所幸会考临近，留给我悲秋伤春哀怨唐宋负心的时间并不多，翻烂的会考说明和几乎背下答案的会考题型最能够代表我们紧张忐忑的心情，全班都弥散着一种如临大敌的压迫气氛。

为此，老徐曾不止一次地严重鄙视我们，指着我们的鼻子恨铁不成钢："区区一个会考，瞧把你们吓成了什么样子，至于吗？"

生物老师更是敲着黑板骂我们人头猪脑："这么简单的会考题你们竟然还好意思错？我跟你们说，你们这次会考要是拿不到优秀，以后出去就别说自己是八中的，八中丢不起这寒碜！"

就连小彭老师课上给我们自由活动，看到我们捧着政治会考说明躲犄角旮旯愁眉苦脸背要点，都忍不住过来开导我们放宽心别紧张，说会考特别简单，基本是些幼儿园级别的难度，让我们尽管闭着眼睛去考，啥都不用怕。

"要是万一没过呢？"谢楠特别忧心。

"没过？"小彭老师一愣，显然从没考虑过这种可能性，"不可能连及格分数都达不到吧？据我所知咱们学校还真没出现过会考不及格的情况。"

谢楠瞬间哭丧起脸："看来我要成为开创八中历史先河的第一人了……小静儿，你说如果我真的不小心打破这种记录，老曲会不会一怒之下也真的让我永垂不朽啊？"

这……我也不确定啊！

不过可以确定的是，堂堂市属重点中学的学生如果连区区会考都搞不定，传出去的确够让别人笑掉大牙。所以如果谢楠当真挂了会考，别说曲主任会如何如何，说不定老徐第一个就操刀剁了她……有辱师门啊简直！

所幸，我们的担忧在看到考题的刹那便已烟消云散，甚至用不着我们亲自动笔去算，好多考题仅需大致扫一眼题干，精准答案便自动从脑子里跳跃而出——我发誓这是我高中以来经历过最畅快的一场考试，这种胸有成竹刷刷答题的成就感……实在太爽了！

全市高中会考时间是统一安排的，我们这次考的四门被分散到了三天进行。由于非考试时间考场都是要封闭的，所以学校专门开放了阅览室给我们当备考休息室，以班级为单位划分好座位区域，考完一场就回来温书复习，等待下一场考试开始。

大概因为第一场物理考试太过简单，考完回来大家的紧张劲儿一下子全没了，整个阅览室里的气氛都轻松不少。就连谢楠也早就忘了忐忑为何物，干脆把书一丢趴桌上聚众聊天，跟旁边大何他们侃起大山。

所谓乐极则生悲，等到第四场化学考完，我们所有人又都傻眼了。

化学最后两道大题绝对超了会考的纲！别说我跟谢楠懵逼抓瞎无计可施，就连唐悦唐宋那种学霸级别的都费了好大劲才把题给解出来，还不确定到底做对了没有。

所以说世上无绝对，连这种原本该板上钉钉的会考都能横生变故，让我们还有什么底气去面对即将到来的高三……光是那些道听途说来的题山卷海，便足以吓退我们全部的勇气。

然而不管我们有没有做好准备，这场会考的结束都意味着距离我们正式摘掉"准高三生"头衔上的这个"准"字，只剩下短短一个暑假的距离，如果非要用暑假作业来衡量，大概也就是三十九张卷子连起来那么长。

我们高三了

　　传说中如狼似虎的高三开始于悲催的暑假，老徐在班级微信群通知学校提前两周开放教室，有意愿的同学可到学校上自习，于是家长们便忙不迭地把我们打包塞回学校，指望老师们能以自习之名，行补课之实，有事没事多给我们开开小灶。

　　其实原本暑假期间就是要给我们开班补课的，结果不知被哪位英雄匿名举报捅给了教育局，教育局当即下发通知，严禁各学校假期开班授课，直截了当把年级组的同步班计划扼杀在了萌芽状态。所以尽管他们憋到最后还是想了个辙把我们都弄回学校，却终归是不敢顶风作案，说让我们上自习就真让我们上自习，每天除了班主任偶尔来巡场，其他任课老师都不带露面的。

　　谢楠最不耐烦这种毫无意义的自习课，除了偶尔在老徐跟前儿装装样子，其余时间一概往桌上一趴闷头大睡。相比谢楠的恹恹抗拒态度，我倒万分享受每天短短八小时的在校自习时光，待在安静如斯的教室里大胆假设小心求证各种有机推断题，总好过一天又一天待在家里忍受小崽子嚎啕大哭的魔音穿耳。

就在上个月，老妈剖腹产给小爸生了个八斤七两的大胖小子，给小爸乐得晕头转向，基本找不着北了，奶爸本质淋漓尽现，煲汤煮饭冲奶粉换尿片样样不假他人之手，鞍前马后把他们母子俩伺候得无微不至，整个一二十四孝贤夫良父。

再说那个八斤七两的小崽子，当初老妈还没出手术室的时候，他就被护士抱出来了，小爸凑过去看了一眼，立刻笑得眉毛不见眉毛、眼睛不见眼睛，直夸小崽子可爱又漂亮。我跟在旁边也瞅了一眼，只觉得小爸大概是眼睛瞎了，那个五官皱巴巴挤成一团的小崽子到底哪里可爱……因为长得像红猴子？

然后自从老妈出院把小崽子带回家，家里基本就告别了整洁干净这四个字，不仅随处可见小崽子专用的湿纸巾和尿不湿，整个房间还弥漫着一股混杂着淡淡酸臭气息的奶粉味，我前一秒才打开窗户想透透气，姥姥后一秒就奔过来赶紧关上，说我妈产后坐月子最受不得风，而且更怕小崽子着凉生病。

他们三个大人围着一个小崽子忙着提溜乱转，不管再怎么折腾，我把门一关躲在卧室里不出来也就眼不见心不烦了，可偏偏那个小崽子特别能哭！白天哭晚上嚎，睡觉的时候任何人不能发出一丁点儿动静，否则他睁开眼睛就哇哇大哭，哄都哄不住。

就算脾气再好的人，也禁不住连续一个月被昼夜不停的哭声吵得睡不好觉，更何况我本来就不是那种舍得委屈自己的性格，既然没办法跟小崽子讲道理，我也只好惹不起躲得起，趁课间休息找老徐要了一张住宿申请表，准备向学校申请一间宿舍。

"你真打算住校？"见我抽出住宿申请表在填，唐宋忍不住问。

我字字力透纸背，以示自己的决心。

"要不你搬去楼上我家住吧？"唐宋忽然提议。

前排谢楠立马回过头来，满目震惊地指了指我俩："同居？"

"同你妹啊！"我一巴掌拍过去。

唐宋愣了一下，才对谢楠解释说："我已经不住在那儿了，那儿现在是个空房子，没人住。"

尽管他的语气平淡无奇，却还是悄悄红了耳根。

我只当啥都没看见，低头继续填表。

一如我所预想的那样，执笔填写住宿申请表不过分分钟的事，可把它带回家让老妈小爸同意签字，并明确表明我的态度却不是那么容易的事情。

老妈正抱着小崽子喂奶，皱眉听我委婉地表达完高三住宿的意愿后，连想都不带想就拍板否决："家里又不是没你住的地方，你瞎折腾什么！"

"我没瞎折腾，这是我深思熟虑过后的决定。"我早有准备，不慌不忙一条条列举出提前想好的理由，"首先高三我们有晚自习，晚自习上到九点，且不说这么晚我独自回家是否安全，早晚路上浪费的时间也会更加缩短我的睡眠时间，睡眠不足会严重影响第二天的听课质量。"

老妈明显想开口打断我，却被我抢先制止："你先听我说完，其次是现在家里多出一个小……小孩，你跟我小爸的精力有限，不可能妥帖照顾他的同时再像以前那样照顾我，所以现在换我自己照顾自己，不再增加你们的额外负担。哦对了，学校食堂对住宿生提供早餐，还挺丰盛的。"

老妈又想打断我，这次是被小爸拦下的。

"其三，也是最重要的一点，高三是最重要的备考时间段，我需要一个舒适安静的复习环境。家里现在这个样子，小孩又哭又闹，家里鸡飞狗跳，我即使塞上耳塞也能听到你们起夜折腾的动静，根本没办法静心学习。"

停顿片刻，我继续说出最后一条理由："最重要的一点是，学校有更浓郁的学习氛围。白天上课，晚上晚自习后，住校生还可以去阅览室自习到十一点，全无外界干扰，很适合禁不住大千世界百般诱惑的我。所以我想申请住校，为了高三冲刺，也为了替你们减轻负担。"

当然，这些冠冕堂皇的理由只不过为换得住宿申请表上的一个签字。

后来老妈和小爸关起门来商量了半天，我也不知道他俩究竟是谁说服了谁，总之最后小爸拿着老妈签好字的申请表过来敲我的门，说尊重我的决定。

小爸放下申请表并不想走，像往常一样往床沿一坐，欲语还休地抬头瞅着我，眼巴巴释放出谈心的信号。可惜他绕来绕去还没来得及将话题引入正题，隔壁便又传来一声堪比一声高的啼哭，小崽子一哭他就分心，眼睛往外一瞟就卡顿忘词，接不上刚才的话了，于是我格外善解人意地搬了把梯子递了个台阶："小宇又哭了，我妈一个人弄不过来，你快去帮她一把吧。"

小宇就是小崽子，小爸给他取名郭新宇。

尽管被我递话到了心坎里，小爸还是表现出了几分犹豫："可是你……"

"我什么我，现在天大地大我妈和小宇最大，你再不赶快过去，待会儿我妈又该喊你了。"说着我把小爸拽起来，半推半哄把他赶了出去。

好不容易哄得小爸去照看小崽子了，我麻溜儿搬了个凳子摆到衣柜前，踩着凳子从柜顶抬下行李箱，开始满屋子拾掇需要带去宿舍的日常必需品。

学校宿舍楼只有半幢，剩下半幢分别被食堂、篮球馆、游泳池等教学娱乐设施占领，所以有限的宿舍主要提供给家住远郊区县的学生，以及单身教职工。我家住西城，原则上来说是不符合申请住宿条件的，可学校总是会对高三年级积极要求上进的学生网开一面，再加上宿舍空床位很多，所以在我提交申请表后不到半天工夫就把一切手续都办妥了。

开学第一天，我就拉着行李箱义无反顾搬去了学校宿舍。然而让我万万没想到的是，张娜竟然也在这学期申请住宿，我俩好死不死还被安排进了同一间六人宿舍！而且更加变态的是，学校竟然专门为住校生聘请了教官，宿管阿姨每天早上六点半准时轰我们下楼跑操锻炼！

因此，我感到格外郁闷。

以至于周五放学我被小爸接回家，吃着他亲手做的浇满西柠芡汁的锅包肉，又听他唠唠叨叨问我在学校吃得好不好、睡得好不好的时候，我几乎噙着筷子掉下眼泪，差一点就服软说自己后悔了、还是家里住得最舒服……

所幸在我临吐口前，又一声啼哭把我拉回到现实。

我以为自己早就做好了迎接家庭新成员的心理准备，哪怕是护士从产房把小崽子抱出来的那一刹那，我都以为自己是打心眼里接纳这个小生命的。

直到后来我亲眼看到小爸是如何视若珍宝地把他托抱起来，看到老妈眉眼弯弯地哼着儿歌哄他睡觉，看到家里各个角落都摆满了他的婴儿用品，看到原本只属于我的宠爱迁就被他一点点地掠夺侵占……我才忽然意识到自己心底的抗拒，以及疯狂滋生的嫉妒。

我讨厌那个小崽子，打心眼里讨厌他。

讨厌到我宁愿主动搬出来，也不愿跟他共处一个屋檐下。

高三的生活倒也不像传言中的那样可怕，无非是每天按部就班地上课，课后按部就班地埋头苦做看似永无止境的练习卷子。

被当成作业布置下来的卷子都是年级组针对当前阶段复习内容，亲自出的题，用老徐的话说，现在我们经手的每张卷子都是他们烧空大脑的智慧结晶，亦是外校师生虎视垂涎的制胜法宝，但凡我们能认认真真分析透这些卷子上的每一道题目，闭着眼都能平蹚过高考。

老徐从来不开玩笑，他说的话我们都信。

所以我们再也不埋怨雪花般飞来做都做不完的卷子，也逐渐习惯拿到卷子提笔就做，懒得再问为什么上次的卷子还没做完就又发了新卷子。

唯一不受繁多作业困扰的只有谢楠，实际上自从开学她就甚少出现在教室，每天不是去参加这个素描集训，就是去参加那个色彩特训，背着画板东奔西跑，满北京城乱蹿。

早在开学之初，她就跟我说过她要走美术生路线，参加艺考。

当时我整个人都震惊了，严重怀疑她的脑袋是不是被猪撞过，美术生艺考啊！成千上万的考生去争取一个名额，淘汰率比普通高考要高好几十个百分点好吗！更何况人家有把握参加这种美术生艺考的，起码得有着从小打下的基本功，哪有像谢楠这种半路出家，从笔法到画技全靠自己琢磨，没经过半点正统学习的主儿！

可谢楠执意如此，放着能容纳千军万马的独木桥不走，偏要去走摇摇欲坠的凌空钢索。我拉着她苦口婆心权衡利弊了半天，她才彻底跟我交了个底，说凭她的分数，别说这辈子，下辈子也考不进清华，所以只好从清华美院下手搏一把。

我拧着眉毛想不通她为啥非要盯死清华，直到听唐宋无意中说起洛队考上了清华建筑系，我才恍然大悟明白了其中关键——能让谢楠如此剑走偏锋的，大抵也只有洛一扬了。

谢楠那厢焦头烂额恶补素描和色彩，我们这边继续身不由己，落实贯彻马副校长在年级大会上提出的"清心寡欲，百折不挠"八字箴言，指望半年猛提百八十分的神迹能降临在自己身上。

可惜现实总比理想骨感得多，轮番几次模拟考的冷水泼下来，任我们再高昂的斗志都给浇得面如死灰，奄奄一息。辗转挣扎于越堆越多的卷子中间。马副校长讲坚持就是胜利，曲主任说活着干死了算，老徐更是硬邦邦扔出一句话：这时候你们都不拼，是打算等复读的时候再拼？

唯有新上任的数学老师靠在黑板上骂了声娘。

"全体起立。"他丢下粉笔，要求我们去操场集合。

两节连堂的数学课被排在周二上午的第一、二节，如此金贵的时段是没有班级在上体育课的，所以偌大的操场上只有满脸懵逼的我们，稀稀拉拉杵在跑道上瞅着数学老师。

"所有人手拉手围成一个圈，动作快快快！"

"从唐宋开始，一二一二挨个报数。"

"数2的同学站到数1的同学身后，咱们来玩一个简单的游戏。唐宋你出来，你跑我追，如果我抓到你你就反过来抓我；如果你贴到肖静静前面，就换她身后的唐悦跑，或者贴到唐悦后面，换前面的肖静静跑，都听明白规则了吗？"

直到这时我们才意识到，他上课上到半截把我们从教室轰到操场上，竟打的是让我们围圈玩贴人的主意。而更加难以置信的是，我们竟然真的陪他在操场上疯跑疯玩了大半节课！

下课铃响的时候，他让我们彼此看看对方的表情。

我们不明所以，只得面面相觑，谁也搞不懂他葫芦里究竟卖的什么药。

似是看穿了我们的疑惑，数学老师笑了笑解释道："看你们现在笑得多开心，刚才在教室一个个面无表情，瞪着眼睛只知道抄笔记，害我差点以为自己教了一帮机器人。"

不知是谁小声嘟囔了句："要真是机器人就好了，噼里啪啦程序往里一输，到时候见着啥题不会做？哪儿用得着费那么大力气玩命复习……"

"机器人有什么好？不能吃肘子只能喝机油。"数学老师半真半假地辩驳了句，随后便话锋一转跑偏了十万八千里，"对了，你们谁知道机油的主要化学成分？"

大家你看我我看你，从甲烷到环烯烃猜了一溜够，最后还是将目光投向了出题人，指望他的标准答案来验证我们是否瞎蒙到了点子上。

谁料他两手一摊，无辜表示："我又不教化学，要不咱们打个电话问问徐老师？不打啊？也行，那换个我会的东西考考你们。"

在之后的第二节课里，我们就席地坐在操场上，被问了很多诸如"刚才玩贴人的时候，唐宋贴到大何，大何又贴到唐悦，唐悦最后被班长抓住的概率是多少"之类的问题，直到我们换着花样用遍了所有概率公式，随便抽起一人都能对他信口拈来的概率计算对答如流。

临近下课，数学老师特真诚地告诫我们："老曲他们那套危言耸听的说辞每年都拿来吓唬高三生，你们根本用不着当真，该吃吃该睡睡，千万别跟自己过不去，不然迟早会为此时此刻傻了吧唧的衰样羞愤欲死的。"

"可徐老师也说……"班长犹犹豫豫似要分辩。

"别人课上我不管，"年轻的数学老师似笑非笑打断他，"总之从今以后在我课上，别让我再看到你们麻木空洞的机械化表情，否则别怪我让你们全体下楼跑圈。"

"……"这又算哪门子的奇葩规定！

不过，如此不按常理出牌的套路却让我觉得似曾相识……皱着眉苦思冥想半天，忽然福至心灵，拽住旁边唐宋小声问："咱数学老师姓什么来着？"

唐宋白了我一眼："蓝。"

姓蓝，蓝老师……我心里登时一顿，再次抬眼将他细细打量了好几个来回，越发觉得他跟我先前想象中的形象逐渐贴重融合，难道当真那么巧……此蓝老师就是那个整天被夏天泽挂在嘴边传说中的彼蓝老师？

有疑当解惑也，我悄悄摸出手机拍下他的高清侧颜，指尖一动就发给了夏天泽。几乎是下一秒，夏天泽就回复过来三个大叹号，两个小时之后更是直接闯进教室冲到我面前，气喘吁吁张口就问："他回来了？蓝老师回来了？"

　　幸好是午休，教室里只剩下三三两两几个人，夏天泽的突然出现倒是没引起太多人的注意，只是莫名吓了我一大跳："你怎么来了？"

　　夏天泽根本不理我说什么，只是红着眼睛问："他在哪儿！"

　　"办公室……数学组。"

　　他抹了把眼睛掉头就跑，我生怕他再惹出什么事，赶紧站起来跟了过去。只见他连门都不敲就径自闯进了办公室，很快里面传出一声训斥，骂他都考上大学了还这么不长进，半点不懂尊师重道，连门都不知道敲。

　　若是曲主任这般斥他，恐怕他早横眉竖目拍桌炸毛了。可到了蓝老师这儿，他愣是一丁点脾气没有，像极了温顺乖巧的绵羊宝宝，低头走到他办公桌前垂手而立，哽咽着蹦出一句对不起。

　　那天下午夏天泽一直待在蓝老师的办公室里，我不知道他们都说了些什么，只知道晚自习前他再来找我的时候，情绪都明显比中午要平稳多了。

　　"教室里太闷，陪我出去溜达溜达吧？"他站在教室门口问我。

　　扭头看了眼挂在后墙上的时钟，我点点头跟他下了楼。

　　楼下有好多刚刚吃过晚饭的同学在绕着教学楼散步，我们没有加入他们的行列，而是偷偷溜上了操场看台。彼时暮色深垂，猎猎风声绕过我们，驰骋在空荡荡的看台上，墙外的车水马龙很响，耳畔夏天泽的倾诉声很低。

　　这时我才知道，原来当年夏天泽那届少儿班闹出过一场意外事故，为了平息舆论影响和家长众怒，学校不得不对当时作为事故第一责任人的蓝老师予以重大教学事故处分，直接把他调离校本部，发配去了远郊分校。

而实际上，那场意外纯粹是夏天泽恶作剧过当引发的人为事故。这是埋在他心底的秘密，亦是日日啃噬他良知，使他徒生愧疚的心病，他无数次后悔当初，没能鼓起勇气说出真相，无数次埋怨自己逃避责任，害得蓝老师实习期未满就被发配边疆……所以他心病似的念着蓝老师不放，不仅出于对他的喜爱敬崇，更多的是源自那份自认无法弥补的愧疚亏欠。

他欠蓝老师的，他没有一天不在自责。

"那现在呢？"我问他。如果我没猜错，现在他跟我说的这些，下午应该在办公室里都跟蓝老师说过了，他所有的愧疚与忏悔，蓝老师应该都已经通通知道了。

"他说早就知道是我干的。"夏天泽双手枕在脑后，片刻便又恢复成了那副肆意散漫的调调，"你说他是不是有病，当初明明什么都知道，还是一个人把责任全扛下来了。"

他的眼睛浅含笑意，煞为明亮。

我想他肯定是知道的，当初蓝老师选择袒护而非揭露，宁愿自己承担重大教学事故，也不让学生的档案里出现抹不去的污点，不仅仅是为人师表的担当，更是担心那薄薄的一纸处分来不及撤去，会影响他来年的高考和前程似锦的未来。

——我一直怕他不会原谅我，谁知道他从来都没怪过我。

最好的释然，亦不过如此。

"我刚才告诉你的秘密，你不许再告诉别人。"

"保证不说。"

"拉钩上吊一百年不许变——"

"——谁变谁是小癞皮狗！"

所有倾诉给操场的秘密，宣诸于暮色的心结，通通被留在原地。

风一吹，也就散了。

"阿嚏——"

我低头捂嘴尽量小声打了个喷嚏，唐宋立刻习惯成自然地拿起卷纸扯下几格递了过来。我毫不客气擤了擤鼻涕，又揉了揉擤到发疼的鼻头，才重新病恹恹地趴回桌子上。

临近秋冬交替，骤升骤降的气温每天翻跟斗似的上下折腾十几度，班里一个接着一个多米诺骨牌似的被流感病毒伏击，短短几天时间哗啦啦病倒请假了一大片，今天依然坚挺着坐在教室里上课的只剩下寥寥几个人。由于缺课人数太多，任课老师大多不再串讲复习，每到上课就往讲台上一坐，让我们自主复习，碰到不懂的问题可以过去答疑。

于是从开学到现在，我们一直持续着的那种快到让人来不及反应的节奏生活，竟然难以置信地因为一场病毒踩了急刹车。当一切得以喘息，那些迟钝而麻木的神经开始运作，后知后觉翻涌上来的劳累感终于逮到机会，一股脑压在身上让人觉得翻身都累得慌。

可即便这样，我也不想请假。

一下课，大何就颠颠跑我跟前来叽歪："肖静静，我求求你回家成不成？你这么大一病原体搁教室里，我整天都觉得脖子后面凉飕飕的，感觉每天都被万千病毒击穿靶心。"

我翻出一袋板蓝根扔给他："半杯温开水兑服，喝下去压压惊。"

大何立刻一副受了天大委屈的样子，揪着唐宋袖子哭嚎什么是药三分毒，最毒妇人心，仿佛我给他的不是板蓝根，而是鹤顶红，要拿校医给的这包感冒冲剂活生生毒死他。

唐宋连眼皮都懒得抬："怕苦就别喝。"

"谁、谁怕苦了！"大何被戳了痛脚，硬是找来一次性纸杯，非要证明自己男子汉大丈夫，根本不怕吃药。结果等他脸红脖子粗地把感冒冲剂灌下去，不到一秒就飞奔向厕所吐去了。

我抱着保温杯，笑得乐不可支。

"就为了那个小屁孩，你真打算从今以后再也不回家了？"唐宋又把目光转向我，摆出一副心理医生的架势，再次旧事重提，"回家休息几天，总比你在学校继续交叉感染的好。"

我偏过头去，假装没听见他的话。

实际上自从国庆放假后，我已经快一个月没有回家了。

每到周五我就发短信告诉小爸说周末要在宿舍复习，让他不用来接我。开始小爸还总不死心试图把我劝回去，又或者隔三差五炖点好吃好喝的专程送学校来给我解馋，到后来也就慢慢习惯了我不在家的日子，我不回去他们也不再变着法地跑来给我送东西了。

而我不想回家的原因，就如唐宋所说的，归根结底还是在于那个小崽子。

小崽子在基因方面几乎继承了老妈小爸的所有优点，三个多月大就已经出落得白净可人，每天睁着那双圆溜溜的眼睛傻笑，哪怕抱下楼去被那帮大爷大妈左掐右捏揉鼓一通，也依然不急不恼咯咯笑出一双酒窝，所以几乎人人都夸他长得俊、脾气好，将来肯定大有出息。

虽然我也不太懂长得俊脾气好是怎么跟有出息挂上钩的，不过这个小崽子绝对是看碟下菜告黑状的一把好手，而且不冤别人，专门逮着我冤！

　　比如他在老妈小爸甚至那帮大爷大妈手里都是怎么抱怎么是，唯独到了我这里就变了个样，往往我还没伸手他就哇哇大哭，哭得那叫一个委屈可怜，好像我私底下偷偷虐待过他似的。

　　又比如他不肯让我抱，却一有机会就爬过来揪我衣角拽我裤腿，硬要把他的小黄鸭往我手里塞，然后等老妈他们过来的时候，又指着我和小黄鸭咿咿呀呀叫唤，那表情那语气，活像在控诉我横行霸道抢他的玩具，要不是家里时时开着宝宝监护器，我真是有理也说不清！

　　高三已经如此艰辛，我又何必再给自己找不痛快？所以干脆打着清心寡欲拒绝花花世界干扰的旗号，躲在宿舍来个眼不见为净，省得给自己郁闷出个好歹来，那可就大大的不划算了。

　　可有的时候，事态的发展往往是不以我的意志为转移的，总有那么些个热心肠的室友和图省事的宿管老师，发现我半夜烧到缩在被子里打摆子，不管三七二十一，一个电话就打到了小爸手机上，然后极为齐心合力地把我从床上拽起来打包塞进了小爸的后车座。

　　当时情况混乱，也不知道谁掐拽了我的手腕，等到医院急诊开了输液单，才发现那帮死丫头片子下手没轻没重的，竟然手劲大到在我手腕上留下了好几个淤青泛紫的印！

　　我默默掏出手机拍了张照片，准备留案存档，等回去再根据指印大小排查疑犯去。等小护士蹲着帮我扎完针，我一抬眼才发现小爸眼圈竟然红了，而且看起来不像要哭酸红的，更像是被惹怒的狮子般憋红的。

　　我顿时愣了愣，这……这又是唱的哪一出？

　　没等我琢磨出个所以然，小爸已经一步迈过来占据了我旁边的椅子，抓起我没输液的那只手，特别语重心长地说：“静静，你跟小爸说实话，在学校是不是有人欺负你？"

"啥？"我忽然觉得有点跟不上他的脑回路。

小爸低头瞄了眼我手腕上的指印，又用指腹轻轻摩挲了几下，然后郑重地对我说："以后不管在学校遇到任何事，都必须及时告诉我们，知道吗？特别是像这种校园暴力事件，你必须在事情发生的第一时间就去找老师，绝对不能忍气吞声不敢……"

"停停停停停！"我不得不打断他不着边际的滔滔不绝，不然我怀疑不等天亮，他就得冲去学校把假想中的那些暴力分子揪出来痛揍一顿，"小爸，根本没那回事，你想多了。"

小爸看着我，满脸写着"不相信"三个大字。

"真的。"我诚恳地解释，"我手腕上这些印子是今天刚弄上去的，估计是宿舍那几个妹子看我发烧烧得太吓人，又慌又害怕才出手上没轻没重，不小心把我给掐青了。其实也就看着厉害，一点都不疼的。"

小爸依然持怀疑态度："真的？"

"千真万确。"我指天誓日地保证，"再说我们学校有老曲坐镇，谁有胆子去做那种事？而且你闺女也不是会吃亏的主儿，更何况还有唐宋在呢，谁敢欺负我，我一准儿让他打回去。"

提到唐宋，小爸的表情明显松动了很多，看样子像是终于信了。

紧接着他话锋一转，又问起了另一件事："那你老实告诉我，你为什么住在学校那么长时间都不回家？"

"……"

"你不说话是什么意思？"

见小爸一副打破砂锅问到底的架势，我只好装作精神靡顿的样子，抬手支住额头靠在输液椅上装蒜："小爸，我头疼，想睡一会儿……"

　　原谅我除了逃避以外，真的想不到更好的回答，难道要我坦诚地说我不愿回家是因为讨厌人家儿子吗？反正像诸如静心学习之类的鬼话，我也就敢微信里当借口说说，如果当真要我面对面撒这种谎，别说会不会被他一眼戳穿，首先我自己就张不开这个嘴。

　　尽管早就料到小爸不会就此善罢甘休，我却怎么也没想到他竟会语不惊人死不休地冒出这么一句话："静静，你是不是……有了关系很好的男同学？所以周末不回家，两人一起偷偷摸摸躲在学校里……那个什么？"

　　"那个什么是什么？"我立马惊了。

　　"约、约会啊！"小爸被我的反应吓了一跳，但又很快了然似的使了个眼色过来，"没事，这种事情小爸在你这个年龄都经历过，小爸都懂。"

　　我哭笑不得地听他一副过来人的样子小声安抚我："别担心，我一直替你在你妈那儿打着掩护呢，她什么都没怀疑，不过今天你也必须得给我交个底儿，好让我心里有个数。对了，你交小男朋友这事唐宋知道吗？"

　　"他知道个屁！"我下意识脱口而出，然后才反应过来自己说错话了，"不是，我的意思是根本就没这事，你少瞎猜胡乱冤枉我！"

　　唐宋不表态，就算我想早恋也没机会呀！

　　"那你为什么不回家？"

　　"我……"

　　还好我反应得快及时咬了舌头，不然经他这么一诈，非把实底交代出来不可……小爸这个人看起来老实巴交实心眼，没想到声东击西套路玩得这么溜！

后来不管小爸再怎么套话，我都咬死不搭腔，不知不觉也就真的迷迷糊糊睡过去了，半梦半醒间我依稀听到他在跟谁打电话，特别小声像怕吵醒谁似的告诉对方我发烧了，正在医院输液，还说我们输完就回家，让她别担心。

应该是老妈吧？我用我仅存的意识想。

等我真正睡醒的时候已经天光大亮了。睁眼看到熟悉的天花板，我就知道自己已经到家了，正睡在我那比宿舍硬板床舒服一万倍的记忆棉床垫上。

我翻了个身抱着被子蜷起来，只觉得胃里饿得恶心，心里冷得打颤，身上却烫得厉害，甚至喘个气都能感觉到自己呼出的灼热温度。我知道自己还在发烧，想叫老妈帮忙倒杯水来润润疼得快冒烟的嗓子，结果近乎失声的哑嗓声把我自己都吓了一大跳。

好在老妈还是听到动静了，帮我拿了水和退烧药过来。

据说昨晚小爸把我抱回来的时候，我还是迷迷糊糊有意识的，可脑袋一粘枕头就彻底昏睡过去了，甚至连凌晨又烧起来，他们帮我塞冰袋物理降温都不知道。

"你说说你，好端端的非要住校，结果又不懂得照顾自己，把自己折腾成了这样子。"老妈唠唠叨叨数落个不停，却一点不嫌麻烦地左进来一趟右进来一趟，看着我喝完菜粥，又盯着我吃药，刚让我试过体温表，又逼我吃光她切成小块的水果。

"学习又不是一蹴而就的事，你以为拼命熬几天夜、抱几天佛脚赶明就能考上清华北大？"老妈还是絮絮叨叨的，"把自己身体整垮，又落课又打针吃药，最后遭罪的还不是你自己！"

不知道小爸是怎么跟她说的，听起来像是说了我不少好话，把我塑造成了奋不顾身、天天向上的三好学生，好像我这次感冒发烧不是运气不好被传染了流感病毒，而是活生生积劳成疾累出来的。我小口喝着温蜂蜜水润嗓子，也懒得去纠正她这个美好的错觉。

都说一孕傻三年，这话搁在老妈身上真是一种淋漓尽致的体现。

对了！说到一孕傻三年，我才突然回过味来——从我醒来到现在这么久，老妈几乎寸步不离守着我，不用管那个小崽子吗？就算睡觉他也不可能睡这么久呀，怎么一点动静都没听见？

想了想，我干脆直接问："老妈，小宇呢？"

"早上你小爸把他送去姥姥家了，先让你姥姥帮着带几天。"

老妈说得顺口，我却大为惊讶："为什么要送去姥姥家？"

"你病着，我要照顾你，哪儿还有精力顾得上他。"老妈答得极为理所当然，好像我问了一个特别弱智的问题，"再说小孩子抵抗力差，万一被你传染了怎么办。"

前半句话着实让我大大感动了一把，可后半句话又……

大概是脑袋昏昏沉沉的并不十分清醒，等我回过神来的时候，才发现那句憋在心里很久的疑问已经被我问出口了："老妈，在你和我小爸心里，我和小宇谁更重要？"

老妈瞪着眼睛愣了愣，像是没听懂我在问什么。

我趁机赶紧打岔过去："妈，咱中午吃啥？我想吃炸酱面。"

老妈当时什么都没说，起身就去厨房叮叮咣咣忙活了。我躺在被窝里懊恼得要死，从枕头底下摸出手机分别骚扰唐宋和谢楠聊了一会儿，炸酱的香气便逐渐飘满了整个屋子。

直到中午吃炸酱面的时候，坐在餐桌对面的老妈才放下碗筷，没头没脑地说了一句："甜面酱，肉丁，黄瓜丝还有黄豆芽，连炒带拌混在一起才是地地道道的炸酱面，少了哪个都不是那个味。"

说完她意味深长地看了我一眼，又给我夹了一筷子菜码。

我低下头吃面，眼泪吧嗒一下掉进了碗里。

她的意思我听得明白，是说在她心里并不存在我和小崽子谁比谁更重要的问题，而是我们两个加上她和小爸，我们四个必须凑在一起才算一个家，少了谁都不行。

后来我又在家住了三四天，等终于不再反反复复低烧后，小爸才又去姥姥家把小崽子接了回来。小崽子一回来就像蒙受了天大的委屈般，哭唧唧地搂住老妈的脖子不撒手，结果老妈一转身就把他丢到了我怀里："我跟你小爸周末有事不在家，你来照看小宇。"

小爸刚要说话，结果被老妈一个眼神就给瞪回去了。于是迫于老妈淫威，周六一大早他不得不一步三回头地开车带她去了龙脉温泉，留下我跟小崽子在家大眼瞪小眼、相看两生厌。

想想小崽子毕竟是炸酱面里的黄豆芽，我也不能趁老妈小爸不在家就痛下黑手饿死他，所以到了饭点，我还是任劳任怨学着小爸的手法给他冲了奶粉。开始小崽子不乐意喝，后来大概终于意识到他的三大靠山全都指望不上，才委委屈屈噙起奶嘴把奶喝了。

有了这一瓶奶的收买，小崽子对我的态度明显亲热了起来，证据就是我哄他睡觉的时候，他竟然翻身摇摇晃晃爬过来，把头拱进我的肩窝，然后又抱着我的胳膊咯咯笑得见牙不见眼。

连我都不得不承认，小崽子这一笑的确又甜又好看，等以后长大了肯定比唐宋还要招女孩子喜欢。而且仔细看起来，小崽子长得可真像小爸，只是嘴巴和下巴长得像老妈，不过老妈小爸的睫毛都没有这么长这么密，他还挺会自我改良、基因突变的……

　　盯着他嘟嘴巴打呼的睡颜看得久了，连我也困得歪头想睡了。

　　在我迷迷糊糊睡过去之前，忽然觉得这个碍眼的小白团子似乎也没有那么讨厌了，想想将来有个乖巧漂亮的男孩子追在我的屁股后面喊姐姐，其实也蛮不错的。

第 13 章

十八岁成人礼

不过一个星期没去学校，课桌又已经被卷子淹没。

我仅仅犹豫了半秒，就决定把所有卷子通通塞进桌斗，权当什么都没看见。过期的卷子无需再做，就像过期的面包没人会吃，更何况现在任何事情都没有我刚才路过办公室时听到的消息更重要！

我听见年级组长他们在议论高考取消奥赛获奖保送的事情，说教委新改的规定，参加奥赛获奖已经被移出保送条件了，除非要进入什么国家集训队才行。换句话说，唐宋千辛万苦准备了快半年的竞赛根本没有任何意义，哪怕真被他瞎猫碰死耗子拿了奖，也是没法换到保送名额的。

如果唐宋知道了这件事情，搞不好当真会原地爆炸！

所以我前思后想再三犹豫，才小心又委婉地把这个小道消息透露给了唐宋，结果他的反应竟是大大出乎我的预料，既没精神失常，也没原地爆炸，只是极为漫不经心地应了一声，然后又随手切了两首 iPod 歌单。

　　我以为他没听清，又推推他的胳膊重复了一次："喂，你听到没有？今年取消奥赛保送了。"

　　"听见了。"唐宋依旧连眼皮都没抬。

　　我心里顿时咯噔一下，直觉告诉我这是要坏菜了！

　　作为自认唐宋一撅屁股我就知道他要拉什么屎的小青梅，我自然知道他从高一入学就一门心思惦记着被保送。所以他重视每次考试，不论大考小考，都不让自己跌出年级前三十，又加入篮球队玩了命地打比赛争风头，就为了混个德智体美劳样样拔尖，好拿下每年高三的推优保送名额。

　　结果事到临头才发现，推优保送早就是几百年前的老黄历了，现在要是没个把奥赛金奖傍身，根本连保送的门都摸不着！而唐宋的成绩虽然好，却远远够不上清华的分数线，所以如果他想挤进梦寐已久的清华建筑系，唯一的捷径就只剩下参加奥赛。

　　那个时候从年级组长到老徐都不赞成他把精力浪费在奥赛上，一是已经临近高三，没必要舍本求末再去折腾这种事；二是他们认为以唐宋的实力，去了也是炮灰，百分百没戏。可唐宋偏不信邪，任谁劝也不听，执意要报名九月的物理初赛。

　　后来唐家叔叔专门给他请了个相当有分量的奥赛家教，关起门来在家恶补了一个暑假，然后还真就特别争气地通过初赛杀进了复赛。嘚瑟得唐家叔叔又专门设了个谢师宴，把年级组长和老徐全给请了过去，名义上是感谢他们为自家孩子的辛劳付出，实际上就是啪啪打他们脸呢。

　　从初赛到复赛间隔两个月，唐宋又玩命学了两个月，每天用掉的草稿纸比词典都厚，没日没夜把自己折腾得不成样子。结果临到肯节儿上又出了问题，教委直接咔嚓一刀，谁都别想再急功近利打奥赛保送的主意了。

耗费了那么久的心力，结果竹篮打水一场空，任谁都得端上几脚骂上几句发泄发泄吧？可唐宋偏偏就没事人似的，好像他真的拿得起放得下，一瞬就释然了心血白费、保送落空的现实。

事出反常必有妖，他这副淡然如初的样子反倒让我更加心神不宁。

"你呀，就是吃饱了撑的没事瞎操心。"美术教室里，谢楠边数落我，边从角落里搬起个石膏像端端正正摆在凳子上，然后支起画架一笔一笔勾勒轮廓。

自从她外出集训归来，每天晚自习都到美术教室练习素描，所以我经常在老徐查岗巡视过后，偷偷溜上来陪她，拿本英语书背背单词语法，跟她有一搭没一搭闲聊几句，也算是这漫漫苦海中难得的安逸小憩了。

满篇英文蝌蚪似的在我眼前游成一团乱麻，背了半天我才发现自己半个单词也没记住，于是干脆杵着下巴发呆，满脑子想的都是唐宋这几天的反常举动。

我知道他一定是有事瞒着我，可我却分析不出他究竟瞒了我什么事。

这猫爪挠心的，难受死我了。

谢楠忙里偷闲瞄了我一眼："小静儿，你又瞎琢磨什么呢？"

"唐宋这几天看我的表情都不对，你说他到底瞒了我什么呢……"

我本是随口一问，却忽然发现谢楠持笔的手腕顿了一瞬。尽管她很快匆匆填补了几笔，我还是没有错过她眼底一闪而逝的端倪，我看得出来，她肯定是知道了什么！

丢下英语书，我笑盈盈地走向她。

经过长达三分钟软硬兼施的逼供，天生做不了保密工作的谢楠就什么都招了，她说她回来找老徐销假的那天，看到唐悦正在办公室填表盖章，办理学籍转出的出国手续。

"她要去哪儿？"我眼皮徒然一跳。

"据说是去美国。"

尽管谢楠的语气里带了三分不确定，可她言下之意所暗示的猜测已经足够让我方寸大乱。唐家叔叔要送唐悦出国，那他能放心只让她一个人出去吗？

唐宋连眼睛都不眨就放弃了辛苦准备了那么久的奥赛决赛，如果不是因为教委取消奥赛获奖保送资格，而是他根本已经不再需要争夺保送资格呢？

一连串的逻辑串联下来，在我面前缓缓铺开一个我难以接受的猜测……唐宋，他也要跟唐悦出国，不再继续陪我一起念大学了吗？

等我回过神来的时候，人已经飞奔回了教室。

站在教室门口，我一眼就看到唐宋坐在最后一排靠窗，耳朵里塞着耳机，双手交握竖起的食指贴在嘴上，嘴唇翕动念念有词地默诵着什么。

我知道他是在听 VOA，将下载好的美国之音电台节目存到 iPod 里每天翻来覆去地听，偶尔还会一句一句边听边默写。之前我还建议过他与其这样练听力，不如多花些精力在他的薄弱环节完形填空和阅读理解上，这样才更容易抓分。现在想想我的建议多好笑，人家听 VOA 根本不是为了区区高考英语，而是为了提前适应将来的生活环境……

"静儿，今儿回来得挺早啊。"大何守着门口坐，楼道里一丁点风吹草动他都听得见，所以每次我溜出去找谢楠前，都事先跟他打好招呼，让他瞅见老徐过来就紧急给我发微信，我收到消息就会佯装从厕所姗姗归来。

绕到教室后面坐回座位，唐宋依然专心致志沉浸在美国之音里。

大概是我的目光太过露骨，唐宋抬头瞥了我一眼。

我立马屁颠颠地收回目光，随手抓套卷子摊开捋平，翻出铅笔装作要订正错题。而实际上那些密密麻麻的勾叉在我眼前乱晃，看了半天我根本连题干都没看进去。

我一直在想，要怎么开口问唐宋？

是开门见山直接告诉他我都知道了，还是委婉迂回搭桥铺路让他自己招？万一我急冲冲问了结果人家根本没这打算，是我自己误会想多了那得多丢人……可如果这事是真的，我不问他不说，说不定等他登机那天我还被蒙在鼓里睡大觉呢！

瞻前顾后犹豫了半天，直到旁边伸出一只手抽走了我的卷子。

"哪道题不会，我给你讲。"唐宋随口说。

我眼窝酸了酸，随手指了道题。

唐宋抓过草稿纸，开始给我分析错题。他讲得耐心仔细，我却频频走神，直到晚自习结束，我才忽然发现不知不觉中他已经给我讲完了整套卷子。

合上卷子，他问我："都听懂了没？"

我敷衍点头，赶紧把卷子收了，生怕他再抽问我什么。

眼见他拿过两本书，塞进书包就要走人，我下意识抓住他的袖子，盘旋在嘴边多时的话终于脱口而出："你要走了？"

唐宋回头瞅了我一眼，满脸莫名其妙。

我攥着他不放，仿佛我一撒手，他一转身，从此便是千山万水。

唐宋挑了挑眉："你不放我回家，是打算请我吃夜宵？"

"不是，我是问你是不是要出国了？"

唐宋笑容僵了僵，看起来有些尴尬："……看来你都知道了。"

"如果我今天没来问你，你准备瞒我到什么时候？"

"我没想瞒你。"

"可你也没告诉我！"

唐宋动动嘴唇似乎想要解释什么，可他终究还是什么都没有说。周围尽是嘈嘈杂杂收拾东西相约回家的声音，我们就这样一坐一立相对沉默了许久，直到教室里人都走光了只剩下我们两个，他才换了换姿势，尝试打破弥漫在我们之间的尴尬沉默。

"静静，其实我……"

他话没说完就被一阵粗鲁的捶门声打断，拿长串钥匙负责静校锁楼道门的老大爷不耐烦地杵门口轰人："大晚上不回家干啥呐，再过几分钟校门一关你们出都出不去哩！"

"抱歉抱歉，我们这就走。"唐宋顺势拉起我，一溜烟就往外跑。结果没跑几步又被老大爷喊了回来："毛毛躁躁跑啥！不关灯锁门啊！"

唐宋只得灰溜溜小跑回去，在老大爷吹胡子瞪眼的严厉监督下关灯锁门。

应付完更年期的老大爷，唐宋又回来想拉我下楼，我下意识往后躲了躲，他伸到一半的手顿时僵在半空，被老大爷搅和了的尴尬气氛霎时又凝聚了回来，甚至比刚刚更加严重了。

"你快回家吧，待会儿要锁门了，有什么事明天再说。"我盯着自己的脚尖，不敢抬头去看他的眼睛。我几乎可以想象到他此刻的表情，那副眉头微皱、薄唇轻抿、眼底溢满三分委屈七分愧疚的隐忍模样，是他从小到大惯用来让我心软的一招。

而我每每……偏就很吃他这一套。

唐宋什么都没说，也什么都没做，只是跟在我身后一阶一阶走下楼梯。

三十八阶台阶说长不长，说短也不短，足够唐宋耗尽耐心，一把扯住我胳膊把我拽回去，咯咚一声把我挤入拐角，居高临下让我避无可避，只有老老实实听他解释："我的确没有想过要瞒你，只是一直想找个最合适的时机告诉你。"

"那你觉得什么时机最合适，你退学登机的那天？"我抬眼瞪他。

唐宋被怼得噎了半晌，良久才自暴自弃地垂下视线，放软了姿态承认："其实永远没有最合适的时机，我只是不断找借口拖延，不敢告诉你罢了。"

据唐宋说，唐家叔叔并非临时起意要送他出国读书，在他们爷俩早就商定好的人生规划里，唐宋应该是在国内选择自己喜欢的专业，顺顺当当上完大学，然后出国深造，镀一层工商管理硕士的金，再回来子承父业接手唐家家业。

而唐悦的出现就如同用过氧化氢制取氧气过程中添加的那一小撮二氧化锰，不过是作为催化剂提前了唐宋出国的时间，并没有无中生有，强行改变他出国的可能性。就像二氧化锰不过是加快了过氧化氢生成氧气的速度，而不是没有二氧化锰，过氧化氢就无法分解产生氧气。

　　对于唐家叔叔来说，他要的只是一个能够玩转商界的继任者，"子承父业"的这个"子"，无所谓是唐宋还是唐悦。尽管他更乐于将小女儿宠在手心里，可若唐悦志在鸿鹄，他也不会硬将她当金丝家雀来养，所以当唐悦表示想去美国读金融，他毫不犹豫替她铺好了那条路。

　　"所以因为唐悦去美国，你就也去美国？"

　　唐宋轻轻"嗯"了一声，然后说："她在那边毕竟吃过太多亏，现在如果让她一个人回去，我跟我爸都放不下心。更何况我爸把生意做那么大，将来只靠唐悦一个人哪里撑得下来，我必须得帮她一把才行。"

　　跟他并排坐在黑漆漆的楼梯上，我想了又想，还是没把"如果她一开始就好端端待在美国没回来"这种假设说出口。尽管看不清他的表情，亦无从猜测他的真心，我却谨而慎之地拿捏着分寸不敢多问分毫，再拿不出年少亲密时打破砂锅问到底的无畏架势。

　　后来唐宋想起要回家的时候，学校大门早就落锁为安了，怕惊动老徐，不敢找保安开门，他只好带我溜到学校北侧临小街的那排围栏前，摘下书包甩给我，然后瞅着四周无人，三下两下爬上围栏翻了过去，再接过我从上面抛扔过去的书包。

　　隔着栏杆，唐宋忽然问我："你还生气吗？"

　　"生气。"

　　"别生气了，以后我每个假期回来都给你带礼物。"

　　"谁稀罕。"

　　"行了，你快回宿舍吧，差不多也该熄灯查寝了。"

　　唐宋站在路灯下冲我挥手，直到我掉头往宿舍跑，他才转身沿街向西往二环路去打车。

他不知道的是，其实我没跑几步就停下来了，然后一直站在教学楼背身的巨大阴影里目送他离开，见晚风卷起他脚边的枯叶，看路灯一步步拉长他斜长的影子。

我想他大概从头到尾都没弄明白，他只以为我生气他即将抛下我出国留学，却不知我更气的是他明明早就有了出国意向，竟然还可以一声不吭把事情憋肚子里这么久，任我每天东打听西打听地替他操心保送的事情，都惜字如金不跟我透露半个字！

别说青梅竹马，哪怕普通的同桌也不至于这样守口如瓶……

不过不管怎样，我的竹马，我的唐宋，都将如同这无际夜色中渐行渐远的背影一般，双手插兜一步步离我越来越远，最终抵达我永远也无法抵达的远方。

那将是我穷极一生也无法追上的距离。

尽管唐宋出国已经是板上钉钉的事实，我还是没想到离别的时刻会来得如此令人措手不及。

周四下午语文课后，唐宋一反常态没抄起篮球跟大何出去活动筋骨，反倒欲言又止地扭过头来看着我，满脸写着"我有句话不知当说不当说"这几个大字。

我正撕开速溶咖啡往水杯里倒，顺便余光瞥了瞥他："有话直说。"

"我们的机票已经定了，这个月底就走。"

我手一抖，小半袋咖啡全撒桌面上了，浓郁的咖啡香气扑鼻而来。

不过唐宋的这句话比咖啡还要提神醒脑有冲击力，刚才还困得七荤八素恨不得趴桌上睡到与世长辞的我，现在精神百倍，只觉血脉逆流奔回头顶炸开满脑子懵逼。

　　愣了好半天，我才勉强找回自己的声音："为什么现在就走，不是要等高考结束后，才能去那边上大学吗？"

　　"我爸打算让我们先转去美帝高中，然后再从那边申请大学。这几个月他一直在托人联系学校，现在相关手续全都办齐了，所以我们也该过去了。"

　　听他说到这，我忽然想起一件事："你说的月底到底是指哪天？"

　　"12月31日。"

　　我心里又是咯噔一下："那咱们的十八岁成人仪式……"

　　唐宋摇摇头："赶不上了，那天上午十点五十五的飞机。"

　　"……那就算了。"我低头找纸巾擦桌上的咖啡粉，只觉心里空落落的，难受得厉害。

　　十八岁成人仪式是每年高三的保留节目，新年前的最后一天，全体高三学生都要西装礼裙地前往附近礼堂，参加一场盛大的成人典礼。我一直很期待唐宋穿西装的模样，他长得瘦高挺拔，穿起西装衬衫一定丰神俊朗，帅气非凡。

　　我想跟我帅气的小竹马手挽手，一起迈入青春正好的十八岁。

　　而现在，就连这点微不足道的小愿望也泡汤了……

　　像是为了弥补我的失落，唐宋积极地叫了一大帮人，打算圣诞节的时候出去好好刷夜狂欢一下，当做分道扬镳前最后的疯狂。很不凑巧的是，这一年的平安夜并非周五也非周末，对我这种天天被查寝的住宿生来说，想从宿管老师眼皮子底下逃一次寝，其难度丝毫不亚于在曲主任眼皮子底下犯上作乱又安然逃脱。

　　根据住宿规定，住宿生必须周日晚九点前回校报到，然后直到周五放学才可以回家，平时除非特殊情况，否则不允许临时回家。每天晚上熄灯前半个小时，宿管老师都要挨个宿舍查看，确保所有住校生一个不多一个不少，稍有状况一个电话就接通到家长那里了。

所以如何在平安夜那天瞒过宿管老师的眼睛夜不归宿，就成了当前让我最为发愁的头等大事。想要人不知鬼不觉肯定是没戏，我只能把主意打到室友身上，指望她们怎么里应外合帮我打下掩护，好让我顺利通过查寝后再想办法溜出来。

可唯一的问题是……张娜那个小贱人还睡在我的上铺！

哪怕我跟宿舍其他四人串通得再天衣无缝，我敢保证只要我前脚踏出宿舍大门，她后脚就能跑去宿管老师那里邀功请赏，指定把我们一宿舍同谋卖个干干净净渣都不剩。

"要不你干脆找你小爸写张条，就说那天请假回家住。"谢楠替我出主意。

我毫不迟疑摇头否决，这招肯定行不通。如果我当真想回家住，小爸百分百乐意帮我在请假条上签字，可如果我明着告诉他是想借此逃寝夜不归宿，他非但不会签字，说不定还会联合老妈给我来场黑脸白脸的迷途少女拯救教育。

大何坐在椅子上，抱着椅背晃啊晃，嘴巴一张就把谢楠的主意变馊了："找人替你写一个不就得了，只要是连笔字就成，难道宿管还能认出你们家长的真迹？"

"哎，这法子靠谱！"谢楠立刻附议。

"我看行。"唐宋附议。

唐悦更是行动派，扯了张纸刷刷写了龙飞凤舞几个字，直接塞进我手里："你拿着这个去找宿管请假，只要你自己别心虚手抖，保准能蒙混过去。"

捧着轻飘飘的伪造请假条，犹如捧着沉甸甸的烫手山芋，我一时间有点犹豫不决，不太确定这样的法子到底能不能行得通……万一被拆穿了，那可是人证物证俱在，我想来个毁尸灭迹抵死不认都来不及了。

瞻前顾后又犹豫了好几天，直到平安夜前一天，我还是没能想出更加稳妥可行的第二方案，于是只好一咬牙一跺脚，把那张假请假条上交了。好在宿管老师并没难为我，反复看了两遍假条，然后做好登记就放我走了。

可惜人算不如天算，平安夜那天晚上我们只顾一路嗨皮着从南锣鼓巷这头吃到那头，吃得满嘴流油还不忘热烈讨论待会儿要不要杀去王府井教堂听敲钟，<u>丝毫没留意到岔路民巷胡同里溜达出来的熟悉身影</u>，直到大何乱挥的胳膊不小心打到旁边路人甲的脑袋，我们才集体惊呆了——那个站在大何右后方、正跟他大眼瞪小眼的路人甲……不是老徐是谁！

"徐、徐老师好。"大何结结巴巴地问好，末了还套近乎似的来了一句，"这么晚了，徐老师也凑圣诞节的热闹，来南锣鼓巷逛街呀？"

他话一说完，我们所有人都按捺不住想给他一巴掌——怎么会有这么蠢的人！

果不其然，大何的话让老徐的脸色更黑了："都十一点了你们还不回家，明天还想不想上课了！"训罢又把矛头指向我和谢楠，"你们两个女孩子家家的，大晚上还在外面乱逛，待会儿回家有多不安全你们知道吗！"

我下意识往唐宋背后挪动，满心祈祷他千万别想起那件事……可惜天不遂人愿，老徐忽然把眼一瞪："肖静静，你不是住校吗？你是怎么跑出来的？"

"徐老师，您听我解释……"我哭丧起脸，自认倒霉。

后来我们才知道，原来老徐就住在南锣鼓巷的民宅里，那天晚上是他怀孕的老婆突然想吃芝士焗番薯，死活把他从被窝里拽起来打发出去买番薯，这才好巧不巧撞上了我们。不过老徐毕竟不是老曲，在我们坦白从宽、深刻认罪、软语哀求之后，竟然就高抬贵手放过了我们，说他权当出来给老婆买夜宵啥都没瞧见，但我们必须答应他离开南锣鼓巷马上回家，还要求唐家兄妹和大何先把我跟谢楠安全送到家。

毫不还价答应老徐的诸多要求，又在他的监督下走到鼓楼西大街打上车，我们总算脱离了圣诞狂欢夜不归宿被班主任当场抓包的尴尬境地。

不过一等计程车驶离老徐视线范围，我们立马一扫厌样满血复活，让司机改道直奔王府井大教堂——快到午夜十二点倒计时了，我们要赶去教堂听敲钟！

直到许许多多年后，我依然记得这个我们即将离别的平安夜。

记得我们晃荡在南锣鼓巷里，肆意大笑的每一个瞬间；记得我们在被戒严的教堂外围等待敲钟时，天空纷纷扬扬落下的细小雪粒；记得周围人群倒计时的呐喊声归零时，唐宋俯过身来在我耳边说的那句圣诞快乐；还记得后来KTV里的纵声高歌，以及困到极倦、横七竖八倒在包厢沙发上睡了一宿，第二天全体迟到被老徐叫去办公室狠骂的凄惨下场。

这个平安夜，是唐宋弥补给我的礼物。

亦是我们高三时代最为熠熠闪光的回忆。

圣诞节过后，唐宋和唐悦就不再来学校上课了，我搬到唐悦的位置跟谢楠一起坐，后排空出来的两张桌子被班长和大何搬去了总务处。

尽管元旦放假回来就要面临语数英三科会考，这节骨眼上却没人再把注意力放到会考上，已经经历两轮复习的我们自负身经百战，这时候全都一心惦记着即将到来的成人仪式和元旦新年，谁还会在意比高考低了好几个段数的区区会考。

用英语老师的话说，十八岁成人仪式是我们告别少年时代，迈入崭新人生的分水岭，从此刷身份证进网厅酒吧再没人敢拦，男生女生拉个小手也不用再偷偷摸摸遮遮掩掩，谁敢叽叽歪歪说早恋就把身份证砸他脸上。

"之前我有一届学生，其中一个女生在成人仪式那天，拿着相机要跟全班每一个男生合照。然后我就跟她说，何必欲盖弥彰费那么大劲，就为了要一张合影，白拍了十好几张照片。"

娘娘腔背靠在黑板上，以过来人的身份殷殷传授经验："所以那天你们都把自己打扮得漂漂亮亮的，想跟谁拍照就大大方方去拍，没什么可害羞的，毕竟十八岁的记忆只有一次，千万别让自己留下遗憾。"

男生们心领神会地发出意味深长的笑声，我看到好几个女生都倏然绯红了面颊，像是已经开始想象偷偷喜欢的男生西装革履款款向自己走来的样子。周围萌动荡漾的荷尔蒙如同缱绻蔓延的藤蔓，细细密密爬进我的心底，勾起我对唐宋愈发深沉的想念。

如果唐宋还在这里就好了，我也想和他拍一张十八岁的纪念照。

谢楠忽然凑过来，用胳膊碰了碰我小声说："到时候姐陪你照，咱俩孤家寡人的，正好凑一对。拍得美美的然后发朋友圈，让小唐同学一下飞机就后悔死！"

我吸吸鼻子，点了点头。

谢楠言出必行，成人仪式那天果真寸步不离跟着我，举着自拍杆不断咔嚓咔嚓炫耀她新换的 OPPO 手机得天独厚的美颜功能，以至于典礼还没开始我的脸已经笑僵了，刚进礼堂就毫不犹豫没收了她的手机。

成人仪式的流程其实很简单，先是马副校长讲话，再是曲主任讲话，最后是优秀学生代表讲话，然后我们啪啪啪一通鼓掌，再跟被邀请到场的家长相互交换提前准备好的"致爸爸/妈妈的一封信"和"致儿子/女儿的一封信"，之后再啪啪啪一鼓掌，仪式部分就结束了。

家长到这个环节基本就可以离场了，小爸还要赶回公司开会，临走前嘱咐我早点回家，别跟谢楠她们疯到太晚。家长和校领导们前脚撤退完毕，隆重庄严的肃穆礼堂后脚就变成了群魔乱舞的盘丝洞，顷刻沸腾起来的喧闹气氛几乎能掀翻屋顶直冲云霄。

就如同娘娘腔所说的，谁也不再矜持，谁也不再扭捏，喊哩喀喳的快门声和此起彼伏的闪光灯将所有十八岁的记忆烙印成像。

直到所有的热闹散场，我独自坐在礼堂前方的舞台边沿上翻看微信群里大家发上去的照片，里面有全班大喊三七的合影，有班长、大何围追截堵老徐的抓拍，有小彭老师耍宝的 pose 和蓝老师温文尔雅的笑颜，还有大何装作无意，挤入谢楠自拍框的司马昭之心，以及我和谢楠一左一右掐着舒琳脸蛋的大头照……

在这所有人当中，却唯独缺了我心心念念的那一个。

"砰——"礼堂的门忽然被人从外推开，耀眼的阳光潮水般铺洒一片。

逆光而行的身影一步步向我走来，直到那熟悉的面容清清楚楚映入我的双眼，我才晃晃回过神来，飞快跳下舞台跑了过去。

"你怎么在这儿？"我心脏砰砰跳得飞快，生怕这是一触即碎的幻觉。

"呼……还好赶上了。"唐宋答非所问地松了口气，然后屈指在我脑门上弹了一下，"就你这小心眼的，我要是今天没来，你还不得怨我一辈子呀。"

我低下头，咬着嘴唇说不出话来。

"我到了机场总觉得心里不踏实，然后等我回过神来的时候已经改签完航班，出航站楼搭上计程车了。"唐宋说着抬手摸了摸我的脑袋，"抱歉，我还是来晚了，路上塞车塞得太厉害了。"

我咬着嘴唇摇头，不晚，一点都不晚。

"行了别哭了，眼睛哭肿了还怎么拍照？"唐宋语气含笑。

精心饲养在心底的小鹿轻轻一撞，我眼泪还没掉完就又面红心跳起来，原来我心心念念着想跟他拍一张十八岁纪念照的那个人，也心心念念着想跟我……

然而还没等我感动完，就听见"咔嚓"一声快门响，唐宋那厮举着手机笑得又贼又贱。

"你拍什么了？"我心里顿时一沉。

唐宋倒是没躲没藏，大大方方把手机转过来让我看。只见他偷拍的那张照片上，我的脸蛋红得像村姑，头发乱得像杂草，领花歪歪斜斜杵进脖子里，一身正装礼裙却两眼泪汪汪的，整个人傻兮兮得像是刚从村里出来的，简直丑出了风格丑破了天际！

我伸手去抢他的手机想要删掉照片，却被他灵活地躲过。

"不用删，挺好的。"唐宋说着把手机揣进兜里。

"不行，必须删了！"我怎么能容许如此糟糕的黑历史留存在他手机里！

见我张牙舞爪不依不饶，唐宋反而扬起唇角笑得特别好看，他伸爪子过来帮我捋了捋刚才被他祸害乱的头发，又用指腹蹭了蹭我脸上未干的泪痕，像哄孩子似的哄着我说："没什么可删的，拍得挺好看的。不管你丑成什么样，我都不嫌弃。"

我瞬间忘了抢手机，忍不住怀疑自己幻听了。

唐宋又笑了笑："走吧，别傻愣着了。我还得赶回机场赶下一班飞机呢，说不定路上又要堵车，咱们得抓紧时间早点走。"

"我什么时候说要去送你了……"

唐宋没有再说话，只是似笑非笑回头瞅了我一眼，然后继续慢悠悠往礼堂外走。

我原地矜持几秒钟，然后小步快跑追上了他。

这天晚上我错过了小爸精心烹饪的新年大餐，只陪着唐宋在机场吃了一桶康师傅牛肉面，然后把他送进安检通道，挥着手目送他真的离开。

坐在从首都机场驶出的机场巴士最后一排，我看着窗外北京直飞芝加哥的波音787划破天际飞往遥远的大洋彼岸，下意识摸了摸自己的左手小指。

拉钩上吊一百年不许变，唐宋答应过我他一毕业就回来。

那我就好好等在这里，等待我们重逢的那一天。

十年后的我们

北京的秋天永远跟北京的春天一样，像极了更年期乱发脾气的神经病，往往昨天还是二十七八度的大晴天，今天小风一刮就翻脸成了十一二度，手机软件里的天气趋势预报永远起起落落得跟心电图有一拼。

周六下着小雨，谢楠约我去拿她上次出国帮我代购的化妆品。我搭地铁到画室的时候，她的私教课还没结束，五六个小孩像模像样地端坐在画架前，专注地在画布上勾描临摹，而她穿梭在他们中间，时不时停下来示范指导几句。

等了大概十几分钟，谢楠那边就下课了，小孩子们立刻毫无留恋地抛下画笔飞奔向等候在画室外的家长们，我走过去帮谢楠摘下画架上那一张张乱七八糟的涂鸦。

学生和家长一走，谢楠立马卸下方才伪装的娴淑温婉，一张嘴就原形毕露："这些小祖宗可真特么的难伺候，教完这批学生我就改行开咖啡馆，再不当孙子伺候这帮爷爷了！"

"你可知足吧，我们这俩月出差帮客户做 IPO，那才真是没日没夜加班，累得跟孙子似的呢。你这才教了几个小孩，一个个还都又听话又好学，你好意思抱怨吗！"

"你看到的都是假象，刚才是那帮熊孩子知道家长快来接他们了，刻意装出来给外面家长看的，前俩小时那帮孩子熊得差点能把我画室给拆了你信不信？"谢楠一脸生无可恋地瘫进会客沙发，一个大拐弯转了话题，"前些天大何说想攒个局大家聚聚，让我问你有没有空？"

"什么时候？"

"下个月初，你们不出差吧？"

"我休假到下个月底，随时有空。"

自几年前大学毕业后，谢楠就在寸土寸金的商业街上租了这间画室，从装修到布置都是她亲自操刀设计的，简约不简单的文艺范儿在整片商业街上显得格外清新脱俗。

然后再打出清华美院高材生和当红漫画大神 JOJO 的双重招牌，哄得人傻钱多的家长们络绎不绝地送小孩上门求学，指望沾沾清华美院的仙气，也把孩子培养出几分文艺细胞。所以谢楠平时拿这里当工作室赶插画稿，周末花几小时教小孩涂鸦画画，可以说是我们当中混得最滋润的一个了。

而大何高考后勉强上了天津的三本，还是补报志愿时后买的车票。结果三流大学有三流大学的好处，日常逃课老师根本睁一眼闭一眼当没看见，所以他大学四年攒了厚厚一沓动车车票，全是他有事没事跑来死缠烂打谢楠的如山铁证。用他的话说，当初一没留神已经被洛一扬抢先注册成白月光了，他必须严防死守绝不再给其他朱砂痣可乘之机，反正谢楠再快马加鞭也追不上人家白月光，迟早会被他这只癞蛤蟆啃上天鹅肉的。

我大学是在武汉上的，当时整天忙着兼职和跟唐宋视频，根本没太留意他俩朋友圈显露出来的细枝末节的端倪。直到大三回北京找实习，才像个傻不愣登活在上个世纪的土鳖，忽然发现谢楠的字典里早就没洛一扬什么事了，所有关键字竟然通通替换成了大何。

后来我才听说，大何追谢楠的事情当年闹得很是轰动，堪称一部忍辱负重卧薪尝胆，最终兵行险着扬眉吐气抱得美人归的年度励志大戏。而这场大戏里还包括洛一扬中途辍学、舒琳跟他分手出国这些唏嘘桥段，直听得我一愣一愣跟不上趟。

再后来我们终于都毕业了，谢楠拿着家里给的创业资金租了间画室，靠手艺过上了轻松不累、不愁温饱的安稳日子。大何结果连续三年司法考试都没过，拿不到执业证，又不甘心继续窝在小律师事务所跑腿打杂混日子，干脆辞职改报班学编程，现在已经是一名合格的苦逼程序猿了。

而我毕业后就留在了当初实习的会计师事务所，几年时间按部就班，从钱最少活最多的食物链最底层的 junior，混到了手下有一堆实习生可派遣的 senior，现在正指望着再熬几个项目能晋升成 manager，真正升职加薪成为配得起唐宋的白富美。

说起唐宋，这厮当初答应我大学毕业就回国，结果大学毕业又进修了硕士，硕士毕业又跟两个美国佬合伙鼓捣起了个倒买倒卖的小公司，整天以事业刚起步为由，赖在那边不履行诺言。

如果不是隔三差五跟他视频，我几乎怀疑他被什么黑衣人组织逼喂了 APTX4869，整天拿柯南糊弄小兰那套糊弄我呢。如果这世上有一种"云恋爱"游戏，我和唐宋肯定是屹立世界之巅的顶级玩家。

论放假在家的唯一弊端，无非是远香近臭、父母生厌。

还记得当年我上大学那会儿，几乎每个寒暑假都是被老妈心肝宝贝地盼回家，然后没过几天就开始数落我晚上不睡早上不起、吃饭挑挑拣拣各种毛病，最后满脸不耐烦地再把被小爸中华好厨艺，孜孜不倦喂肥三圈的我打包塞进高铁送回学校。

所以等实习期一过，我毫不犹豫拿出工资的三分之二租了公司附近的小一居，从此自立门户过上了随心所欲、不被念叨的美好日子。为此小爸还特意忧心忡忡跟我促膝恳谈了一次，生怕我又像当初嫉妒小崽子似的跟他们生出了什么嫌隙，直到我指天发誓没那回事，又百般证实了我能独立生活的能力，他才勉强同意放任我租房独住。

所以这次休假一开始，我就打定主意哪儿都不去，赖在家里夺回前段时间连轴加班损失的睡眠。谁想第一天就接到小爸的电话，报了一堆菜名试图诱骗我晚上回家吃饭。

小爸的厨艺永远吃不腻，我欣然拎上小包千里迢迢去蹭饭。

可我万万没想到的是，他们竟然半点风声都没透地直接给我来了桌相亲宴。

饭桌上除了我们一家四口，还坐着小爸同事、小爸同事的老婆以及小爸同事老婆的同事，开始我以为他们不过顺便请同事吃顿便饭，根本没当回事。后来越听越不对劲，他们先是王婆卖瓜把我跟那个闷葫芦眼镜男各夸一通，然后又拼命在我俩之间找话题，试图让我俩加个微信，有空多出去玩，都到这份上了我要是再听不明白，就真活该我被卖了还帮人数钱。

耐心假笑到客人一走，我立马跟他俩拍桌翻脸：

"你们刚才那是干吗呢？"

　　小爸瞄了老妈一眼，挪过来坐我边上循循开导："静静啊，你也不小了，该找个男朋友了。你要是再不动手，那好男人都该被别人挑走了。"

　　"所以你们就自作主张给我安排相亲？"我挑眉反问，"别说我有男朋友了，就算我真没有，你们也不能这样一声不吭，都不问过我意见就擅自……"

　　老妈出声打断我："你有男朋友了？"

　　"对啊，就是以前住咱家楼上的唐宋，你不记得了？"

　　他俩又来来回回交换了好几个眼神，最后还是小爸斟酌着边组织语言边委婉地开口："静静，这个借口就不要再用了……别每次一说到这个问题你就拿唐宋当挡箭牌。"

　　"他怎么成……谁说他是挡箭牌了！"我顿时急了。

　　"唐家那小子还没毕业就出去了，然后就再也没回来，摆明了是准备扎根在那边了，你跟他隔着那么远怎么谈恋爱？"老妈跟我杠上了，"所以你少拿他糊弄我们，前两年你年纪小不愿找对象我们也没说叨你，今年你都二十八了，再不找真要成老姑娘了。"

　　不管我好说歹说怎么说，他俩就是不肯相信，坚持认为唐宋是我拿来诓他们的不婚借口，甚至怀疑我是想唐宋想得发了疯，捏造出一堆臆想幻觉，让我自己觉得是在跟唐宋进行帕拉图似的精神恋爱。

　　气得我最后摔门而出，站在楼道里扑簌扑簌掉眼泪。

　　实在心里憋屈得厉害，我拿起手机就给唐宋打电话。越洋电话很快被接通，唐宋近在咫尺的声音穿过耳膜传达至心底，唤起更强烈的委屈和愤愤意难平。

　　"唐宋你给我听着……你要是再不回来，我妈就要弄一个加强连给我相亲，然后我挑一个最好的就嫁了，你就等着收我请柬喝喜酒吧！"

"……你现在在哪儿？"

"你管得着吗！唐宋我跟你说，你要是再不回来……你要是再不回来我就不喜欢你了……你爱找谁找谁去，我已经等你等到再也没力气装作无所谓地继续等下去了……有句话我一直憋在心里不敢问你，你是不是不准备履行你的诺言了，你是不是不打算要我了啊唐宋……"

忽然，身后传来极轻的脚步声，我捏着电话蹲在地上不敢回头。

直到通话被咔一声掐断，唐宋的声音宛若平地惊雷般炸响在身后："谁说我不要你了？你哭得那么丑，除了我不嫌弃，还有谁敢要你啊。"

我难以置信地回头，完全不敢相信他会凭空出现在这里……难道老妈说的没错，我脑袋真的坏到出现臆想幻觉了？

可是下一秒，眼前的唐宋就把我拉了起来，然后抱住了我。

"抱歉。"他的呼吸喷在我的耳畔，"其实我今天早上就回来了，到家困得要死一直昏睡到现在。原本是想倒时差养足精神再来见你的，要早知道会出这种事，我一下飞机就该给你打电话的。"

被他揽在怀里，我顿时被他的气息安抚了，好半天才趴在他胸前问出一句："你回来怎么不提前告诉我一声……"

"本来是想给你个惊喜，没想到弄巧成拙了。"

十年不见，唐宋已经褪去了所有的青涩稚嫩，举手投足间充满着成熟男人特有的稳重魅力，甚至远远比我视频里所见到的还要让人错不开目光。

我从没想过我们的重逢竟会是这个样子的，没有接机的鲜花和久别重逢的寒暄拥抱，只有我哭花的妆容和大发脾气后优雅尽失的狼狈。

这一瞬间，我忽然觉得时光潮水般从眼前慢慢褪去，我们一晃又回到了十年前的那个礼堂里。

当时我也是这样哭着，然后抬头就见到了原本不该出现在我面前的唐宋。

两段记忆慢慢重合在一起，逐渐放大为眼前那双愈靠愈近的笑眼……

以及落在额头上的那个轻若羽毛的亲吻。

后来我才知道，唐宋的预谋并非只有隐瞒归期这一点点。

大何攒局的聚会定在国庆假期里，因为学校放假不上课，又有人提议想回去看看母校，于是便临时决定把聚会地点改到了八中。

也不知道大何用什么花言巧语蒙骗了向来忠于职守，一夫当关万夫莫开的传达室老大爷，竟能让他老人家网开一面，同意我们进到学校里面看看。

"等会儿，唐宋还没来呢。"我焦急看表，怕他待会儿来晚了进不去，"半个小时前他发微信说路上堵车，这会儿也不知道到哪儿了，我再打个电话问问。"

电话拨过去，始终忙音状态无人接听。

大何见状，凑过来提议说："要不咱们先进去，我再跟大爷打声招呼，待会儿他来了让他进去找咱们。"

"你们先去吧，我等会儿他，待会儿进去找你们。"

大何欲言又止，却被谢楠抢先说："成，那你跟这儿等他吧。"

然后他俩手挽手进了学校，我留在门口等唐宋。

十几分钟后我又给他打电话，这回电话倒很快接通了，唐宋的声音透着说不清的古怪："静静，我已经到了，你在哪儿呢？"

"我就在校门口，你在哪儿？"我东张西望看了看，完全没看到他的踪迹。

"大何不是说你们到教室了吗？我都从南门进来了，马上就进楼了。"

南门南门……我这才意识到自己等岔了。

唐宋是从南门那边过来的，我却等在了北门。想到他从那边离教学楼更近，我急忙转身跑进学校，一路往教学楼方向赶去跟他们汇合。

而一进校园，那些封存已久的记忆又重新变得鲜活明快起来。

我记起我们第一天军训迟到，唐宋不管我死活，硬要我自己拖拽行李狂奔八百米；也记得他在我体育课脚崴后，背我冲出操场，一路把我送到三层医疗室的英勇身姿。而且当时校医不在，还是他自己翻箱倒柜找了瓶红花油，倒手心里搓热了敷我脚踝上揉来揉去，说能舒筋活络，末了又说药味难闻嫌弃了我大半节课。

我记得化学实验课置换反应析出 Ag，清洗试管时我一直琢磨着怎么蹭点白花花的银子下来，然后被唐宋嘲笑财迷钱串子脑袋。后来那年生日他就送了我一条极细的银手链，尾端还缀了朵粉嫩嫩的小花，特别好看。

还有高三最后一次铃声仪式，谢楠抽风似的抱着老徐失声痛哭，以及最后一次年级大会时马副校长特别铿锵有力的那句"我是共产党员，是一名标准的无神论者，可是今天我祈求天上路过的所有神明，都能保佑在座的你们考出最好的成绩，拥有最好的未来"。

……太多太多的回忆翻江倒海般起起伏伏，好像我离开校园并非十年，而是十天，不然怎么能一回到这里，就恍忽觉得自己又缩回了十几岁的身体，年轻而肆意张扬。

循着记忆踏上楼梯，我很快到了二层教室。

曾经高三二班的班牌晃里晃荡又轮回了高一二班，我推门进去，清澈透亮的阳光洒满摆放整齐的课桌椅，后黑板上是明显出自谢楠之手的黑板报，上面画着穿着校服的我们。

教室里空无一人，只有曾属于我的那张桌子上端端正正摆放着一本画册。

我忽然意识到了什么，走过去翻开画册，里面果然全是我的照片——有落日余晖旁多出的我的大半张侧脸，有我举着烤串满嘴流油的吃货本色，也有我睡趴在桌上流口水的丑样……而最后一张照片，是礼堂里我穿着正装哭成花猫的历史黑照……

这时我听到熟悉的脚步声，一转身就看见唐宋含笑站在我身后。

而越过他的肩膀，我看到了前面黑板上端端正正写着的那行白色粉笔字：

——肖静静，待我单膝落地，嫁我为妻可好？

不等我反应过来，唐宋已单膝跪地，将一个心形首饰盒托至我面前。

他缓缓打开盒盖，露出里面闪亮璀璨的单枚钻戒。他抬头看着我，将黑板上的粉笔字重复了一遍，然后凝神望着我，等待答复。

我俯下身，用亲吻代替了回答。

从校服到婚纱，谢谢你陪我走过整场无悔的青春。